# NÃO-SEI-QUÊ

# STEFAN BACHMANN

## O PECULIAR VOL. 2

# NÃO-SEI-QUÊ

Tradução
Ana Carolina Mesquita

1ª edição

GALERA
—*junior*—
RIO DE JANEIRO
2015

```
CIP-BRASIL. CATALOGAÇÃO-NA-FONTE
SINDICATO NACIONAL DOS EDITORES DE LIVROS, RJ
```

Bachmann, Stefan
B118n   Não-sei-quê / Stefan Bachmann; tradução Ana Carolina Mesquita. – 1ª ed. – Rio de Janeiro: Galera Junior, 2015.
(O peculiar; 2)

Tradução de: The whatnot
Sequência de: O peculiar
ISBN 978-85-01-40188-5

1. Ficção juvenil americana. I. Mesquita, Ana Carolina. II. Título. III. Série.

14-18224                               CDD: 028.5
                                         CDU: 087.5

TÍTULO ORIGINAL:
*The Whatnot*

Copyright © 2013 by Stefan Bachmann

Publicado mediante acordo com HarperCollins Children's Books, divisão da HarperCollins Publishers.

Texto revisado segundo o novo Acordo Ortográfico da Língua Portuguesa.

Todos os direitos reservados. Proibida a reprodução, no todo ou em parte, através de quaisquer meios. Os direitos morais do autor foram assegurados.

Composição de miolo: Abreu's System

Adaptação de layout de capa: Renata Vidal

Direitos exclusivos de publicação em língua portuguesa somente para o Brasil adquiridos pela
EDITORA RECORD LTDA.
Rua Argentina, 171 – Rio de Janeiro, RJ – 20921-380 – Tel.: 2585-2000, que se reserva a propriedade literária desta tradução.

Impresso no Brasil

ISBN 978-85-01-40188-5

Seja um leitor preferencial Record.
Cadastre-se e receba informações sobre nossos lançamentos e nossas promoções.

Atendimento e venda direta ao leitor:
mdireto@record.com.br ou (21) 2585-2002.

*Para minha família,
que fez de mim o que sou.*

# Sumário

Prólogo — 9

Capítulo I — Ladrões — 17

Capítulo II — Hettie na Terra da Noite — 36

Capítulo III — O presente do silfo — 47

Capítulo IV — A caravana feliz — 62

Capítulo V — O Sr. Millipede e a fada — 76

Capítulo VI — As Belusites — 92

Capítulo VII — Os pássaros — 112

Capítulo VIII — A Casa da Insurgente — 121

Capítulo IX — O garoto pálido — 132

Capítulo X — A Hora da Melancolia — 142

| | |
|---|---|
| Capítulo XI — A Prisão de Fadas de Scarborough | 153 |
| Capítulo XII — O baile de máscaras | 175 |
| Capítulo XIII — Os fantasmas de Siltpool | 190 |
| Capítulo XIV — O quarto rosto | 207 |
| Capítulo XV — Tar Hill | 215 |
| Capítulo XVI — Uma sombra de inveja | 221 |
| Capítulo XVII — Fantoches e Mestres de Circo | 232 |
| Capítulo XVIII — A Cidade da Risada Negra | 243 |
| Capítulo XIX — Pikey na Terra da Noite | 256 |
| Capítulo XX — Mentiras | 277 |
| Capítulo XXI — Verdades | 290 |
| Epílogo | 315 |

# Prólogo

NINGUÉM percebeu a presença do soldado. Ele estava parado no meio do salão de baile, sombrio e encurvado contra as luzes ofuscantes, e ninguém o viu. Vestidos de cores brilhantes rodopiavam ao redor. Caudas de fraques giravam por ele. As risadas e o burburinho preenchiam o ambiente, e as serviçais autômatas corriam apressadas, carregando bandejas pesadas cheias de taças e tarteletes de groselha, até muito perto de onde estava, mas ele jamais movia um dedo. Seu rosto era branco como osso. Olheiras azuladas destacavam-se abaixo de seus olhos, e o uniforme estava manchado de lama.

De início, o Sr. Jelliby também não o notou. Agitado com suas preocupações e um tanto irritado, recostado contra a lareira, observava os convidados valsando pela pista de dança. Os cavalheiros trajavam uniforme completo, com direito a espada na cintura e condecorações de bravura, embora a maioria não tivesse presenciado nem um só dia de batalha. Faixas vermelhas cruzavam seus peitos. As damas sorriam, sussurravam. *Que passarinhos mais coloridos*, pensou o Sr. Jelliby. *Tão felizes. Por enquanto.*

Estava quente no salão. Apesar dos peitoris das enormes janelas cobertos de gelo, ali dentro parecia uma fornalha. Havia velas acesas, o fogo era atiçado, e os candelabros ardiam com tanta intensidade que o ar ao redor ondulava e o teto estava coberto de fumaça. O Sr. Jelliby esfregou o cabelo acima da orelha, como se para remover os fios grisalhos que começavam a nascer ali. Sentia o perfume das tarteletes de groselha quando passavam por ele. Sentia o cheiro do óleo das juntas das serviçais e dos xales úmidos e das galochas empilhados em montes fumegantes na saleta ao lado. A orquestra começou a afinar os instrumentos. A querida Ophelia estava curvada sobre um sofá, tentando acalmar Lady Halifax, que parecia estar sempre prestes a explodir. O Sr. Jelliby sentiu necessidade de sentar-se um pouco. Virou as costas para a lareira, procurando a saída mais conveniente...

Foi quando avistou o soldado.

*Céus.* O Sr. Jelliby semicerrou os olhos para enxergar melhor. A que ponto estavam chegando as coisas, quando se podia entrar na casa de um lorde vestido *daquela maneira*? O casaco do rapaz estava imundo; a lã, encharcada; os botões, foscos; e o colarinho parecia preto graças a sabe-se lá o quê. Se o jovem tivesse acabado de chegar dos campos de batalha, aquilo faria algum sentido para o Sr. Jelliby, mas o Baile de Wyndhammer era justamente a festa de comemoração da partida do exército. A guerra ainda nem havia começado.

— Festança esplêndida, esta — declarou Lorde Gristlewood, aproximando-se do Sr. Jelliby e interrompendo seus pensamentos. O Sr. Jelliby deu um pequeno sobressalto. *Maldição.*

Lorde Gristlewood era um homem gorducho, meio corcunda, com mãos brancas e inchadas que faziam o Sr. Jelliby lembrar-se de coisas mortas dentro de vidros com produtos químicos. Pior ainda: Lorde Gristlewood era o tipo de sujeito que pensava ser estimado por todos, quando, na verdade, ninguém gostava dele

— Esplêndida, de fato — concordou o Sr. Jelliby. Correu os olhos pela multidão, fazendo questão de ignorar o outro.

Lorde Gristlewood não captou a indireta.

— Ah, veja só... Rapazes corajosos, todos eles. O orgulho da Inglaterra. Ora, nem mil trolls enraivecidos seriam capazes de assustar esses homens!

O Sr. Jelliby franziu os lábios.

— O que foi? O senhor não acha? — perguntou Lorde Gristlewood.

— Não. Em geral, não acho — respondeu o Sr. Jelliby baixinho com os lábios na taça, torcendo para Lorde Gristlewood não ouvir.

— Como?

— Hã... Quero dizer... Espero com toda certeza que sim!

Lorde Gristlewood deu um sorriso.

— Claro! Ânimo, meu velho camarada. Afinal de contas, isto aqui é uma comemoração.

— De fato. — O Sr. Jelliby pousou a taça com força na cornija da lareira. — Bem, meu *velho camarada*, para ser bem sincero, não vejo motivo algum para comemorar. Estamos entrando em uma guerra civil.

O sorriso de Lorde Gristlewood diminuiu um pouquinho.

O Sr. Jelliby não se conteve:

— Amanhã, a única coisa que vamos ouvir é: "Entregue as joias de sua esposa!", "Aliste seu lacaio!", "É pelo bem do império!", e outras bobagens do tipo. Depois os corpos vão começar a voltar em sacos e carroças, e um deles será o de seu lacaio, e então ninguém mais irá dançar. Não é nada divertido lutar contra fadas.

— Ah, mas o senhor está muito pessimista — retrucou Lorde Gristlewood. — Ora, ora. A coisa não chegará a esse ponto. As fadas são selvagens! Não têm liderança nem organização; vamos acabar com elas do mesmo modo que acabamos com os franceses. Com nosso intelecto superior. Deixe que venham, é o que digo. Deixe que nos ataquem com toda a força. Não iremos nos abater. — Lorde Gristlewood soltou uma risada incomodada e saiu de fininho, aparentemente resolvendo encantar alguém menos deprimido com sua presença.

O Sr. Jelliby suspirou. Tornou a apanhar sua taça e girou-a de leve. Bebeu um gole. Por sobre a borda cintilante viu o soldado, parado, sombrio e solitário, no meio dos dançarinos.

Ficou observando-o por um segundo. Então sorriu. *Mas claro. O garoto é tímido!* Como ele não havia pensado nisso antes? Sem dúvida o jovem soldado estava ali morrendo de medo, tentando imaginar qual seria o melhor jeito de convidar uma das damas para dançar. O Sr. Jelliby resolveu ir até lá para ajudá-lo. Com certeza devia haver alguma filha de nobre igualmente infeliz dando sopa, de preferência dotada de um olfato ruim.

O Sr. Jelliby abriu caminho entre as pessoas, rumando para a pista de dança no meio do salão. Caminhar entre todos aqueles vestidos era como navegar em um mar de algodão-doce. Cada vez mais casais seguiam para a pista. Na verdade, o salão parecia ficar mais lotado a cada segundo, não exatamente de pessoas, mas de calor e risadas. A cabeça do Sr. Jelliby começou a zumbir.

Não tinha dado nem dez passos quando Lady Maribeth Skimpshaw (que caminhava dentro de uma atmosfera própria de perfume de rosas) o interceptou e lhe segurou o braço, sorrindo. O sorriso dela era bastante rosado e dominado pelas gengivas, tal como acontece com quem usa dentaduras. O Sr. Jelliby tinha ouvido dizer que ela começara a carreira no distrito teatral de Londres, por isso certamente todos os seus dentes verdadeiros deviam ter sido trocados por poções de papoula e bebidas ilegais de fadas.

— Lorde Jelliby! Que coisa mais perfeitamente adorável encontrar o senhor. O braço de sua esposa vai acabar caindo. Ela devia parar de abanar aquela abominável Lady Halifax. A tola pensa que alguém roubou uma de suas joias, mas provavelmente apenas esqueceu quantas colocou esta noite. Não importa. Eu raptei o senhor, e isso sim é relevante. — O sorriso dela se alargou. — Escute, sei como está terrivelmente ocupado administrando suas propriedades, contando seu dinheiro e tudo mais, no entanto, absolutamente *preciso* conversar com o senhor, com a máxima urgência.

— Ah, minha cara, espero que não.

— Quê?

— Espero que o braço de Ophelia não caia. Permite que lhe ofereça uma tartelete?

— Não, Lorde Jelliby. O senhor está escutando o que digo? — Os dedos da lady se apertaram ao redor do braço dele. — É sobre Mestre Skimpshaw. Quero pedir-lhe um favor em seu nome.

*Maldição de novo.* As pessoas estavam sempre pedindo favores ao Sr. Jelliby, agora que era um lorde. Pediam cargos no governo, ou que desse umas palavrinhas com almirantes, ou desejavam saber se ele por acaso não teria algum serviçal não mecânico dando sopa. Aquilo o deixava perplexo. Só porque ele havia salvado Londres da completa destruição e a Rainha lhe dera um casarão e uns campos pedregosos num canto longínquo de Lancashire, não significava que agora era seu desejo passar a vida inteira sendo caridoso com os aristocratas. Enfim, era de se imaginar que cada um fosse capaz de resolver os próprios problemas.

— Lamento muitíssimo, milady, mas terá de me encontrar outra hora. Alguém necessita de minha assistência neste momento e... — O Sr. Jelliby escapou do aperto de Maribeth Skimpshaw. — Realmente preciso ir. — Saiu em disparada mais uma vez em direção ao jovem soldado, levando um rastro de perfume de rosas.

A orquestra estava a pleno vapor, fazendo todo mundo girar em uma valsa gloriosa e rodopiante. O Sr. Jelliby mal conseguia enxergar o soldado agora — só um vislumbre aqui e outro ali, em meio às pessoas corrupiando e aos vestidos coloridos. O rosto do outro estava pálido feito giz. Praticamente drenado de todo sangue.

— Lorde Jelliby? Oh, Arthur Jelliby! — chamou alguém do outro lado do salão.

O Sr. Jelliby apertou o passo.

E, de uma só vez, uma onda atravessou a multidão, uma perturbação, como o vento sobre o topo das árvores antes de uma tempestade. Começou na pista de dança e espalhou-se por todos os lados até alcançar os cantos mais distantes do salão. A onda aumentou. Houve berros, depois um grito lancinante, e então as pessoas começaram a se afastar do Sr. Jelliby, recuando para se encostar nas paredes.

O Sr. Jelliby parou na mesma hora.

O jovem soldado estava bem à frente dele, a uma distância que não chegava nem a cinco passos. Estava sozinho, completamente sozinho, de pé sobre o assoalho de madeira encerado. Sua mão estava estendida, bem esticada diante do corpo, e nela havia um trapo ensanguentado.

O Sr. Jelliby soltou um leve pigarro.

O trapo era azul, da cor da Inglaterra, da cor do exército daquele país. Algumas tiras de tecido vermelho ainda estavam presas a ele. Era uma medalha difamada. A boca do jovem soldado se abriu, mas não saiu som algum. Ele simplesmente ficou olhando para o trapo em sua mão com um olhar de ligeira surpresa no rosto branco, branquíssimo.

O salão de baile agora estava num silêncio mortal. Ninguém dizia palavra. Ninguém se mexia. Todas as serviçais mecânicas haviam estacado com um rangido. As velhas damas encaravam com tanta intensidade que seus olhos pareciam prestes a saltar das órbitas. O rosto de Lady Halifax, ainda esparramada sobre o sofá, estava vermelho como uma maçã.

O primeiro pensamento do Sr. Jelliby foi: *Minha nossa, ele matou alguém*; entretanto, ele não via ninguém ferido. Não parecia estar faltando nem um pedacinho do uniforme de ninguém, nem tampouco havia qualquer ferimento à vista entre as ondas de renda e cetim.

— Meu rapaz — começou a dizer o Sr. Jelliby, hesitante, dando um passo em direção ao soldado. — Meu rapaz, o que em nome de...

Porém, ele não teve tempo de terminar a frase, porque, de repente, o soldado começou a se transformar. Enquanto o Sr. Jelliby assistia, impotente, o sangue começava a jorrar de entre os dentes do jovem, descendo em cascatas por seu queixo em um lençol carmesim. Buracos se abriram sozinhos no tecido de seu uniforme. Seu corpo deu um espasmo, dois, como se tivesse sido atingido por uma força enorme, invisível.

Então ele começou a desabar, bem lentamente. Pétalas negras se destacaram de seu casaco, de seus braços e das laterais do rosto à medida que ele ia desmoronando. Ouviu-se um ruído como o de tiros a distância, e, antes que o corpo atingisse o chão, o soldado pareceu se desintegrar, transformando-se em cinzas, fumaça e pólvora negra.

Depois desapareceu, e as damas se puseram a berrar.

O Sr. Jelliby ouviu sons de vidro se quebrando. Agora as luzes estavam tão quentes, tão infernalmente quentes... Ele não conseguia mais sentir o cheiro das tarteletes. Somente o cheiro do medo, espesso como um rio de lama, atravessando o ar ondulante.

# Capítulo I
# **Ladrões**

*P*IKEY *Thomas estava sonhando com ameixas e maçãs do amor na noite em que a fada com o rosto descascado roubou seu olho esquerdo.*

*Era um sonho maravilhoso. Ele não estava mais no frio amargo de seu buraco embaixo da botica. A velha placa de madeira, com suas mãos e folhas de espinheiro pintadas, já não mais rangia acima de sua cabeça, e o gelo não endurecia mais seu rosto. Em seu sonho, Pikey estava quentinho, encolhido ao lado de um fogão de ferro, e ameixas voavam pelos ares na escuridão, e ele comia uma maçã do amor que parecia nunca diminuir de tamanho.*

*Sempre que podia, sonhava com maçãs do amor. E fogões de ferro também, no inverno. E ameixas e tortas, e vozes animadas, felizes, que chamavam seu nome.*

*Tap-tap. Tap-tap. Longe, muito longe, do outro lado de suas pálpebras, um vulto entrou pelo beco congelado.*

*Pikey mordia sua maçã. Ouviu os passos, mas tentou não se preocupar. Fosse quem fosse, logo iria embora. Sempre havia gente entrando sem querer no beco do boticário, vindo da Ruela do Sino, das sarjetas e canais de água, e de todas as demais fissuras que existiam entre as velhas casas de Spitalfields. Nenhuma delas se demorava muito por ali.*

Tap-tap. Tap-tap.

*Pikey se remexeu sob os cobertores.* Vá embora, *pensou.* Não me acorde. *Mas as passadas continuavam a vir em sua direção, mancando devagar pelo calçamento de pedra.*

Tap-tap. Tap-tap. *Pikey já não se sentia quentinho. As ameixas continuavam a cair, mas agora lhe pinicavam a pele quando a atingiam, frias como gelo. Ele tentou dar outra mordida na maçã. Ela transformou-se em vento e cinzas, e foi soprada para longe.*

Tap-tap. Tap-tap.

*A neve começou a cair. Não eram mais ameixas. Neve. A qual invadiu sua toca junto a rajadas de vento, e de repente o nariz de Pikey estava tomado pelo fedor de água parada e poços profundos cobertos de limo. Houve uma confusão, a velha Rinshi lutando para se soltar de sua corrente, latindo para alguém e depois parando. Ouviu um som metálico, rascante e agudo.*

*Pikey viu primeiro o sangue e depois o vulto, o sangue escorrendo sem parar em sua direção sobre as pedras do calçamento. Aí o beco foi inundado pelos gritos.*

Pikey Thomas corria para salvar sua vida.

Era um dia claro, brilhante e afiado como uma lâmina, mas ele não enxergava nada. O cordão que segurava o tapa-olho sobre seu olho ferido estava escorregando. O quadrado de couro antigo estapeava seu rosto e o desorientava. Ele saltitou sobre um cano de esgoto, rodopiou de um jeito desastrado e continuou a correr. Às suas costas, ouviu o som de um sino perseguindo-o, badalando furiosamente. Adiante, havia uma sarjeta. Ele pulou dentro dela e deslizou a toda velocidade sobre a suja água congelada, mais veloz que qualquer coisa. A sarjeta terminava em uma grade enferrujada. Pikey içou o corpo por cima da grade e caiu com tudo nas pedras do calçamento do outro lado, depois continuou a correr. Seus dedos seguravam o tapa-olho, tentando desesperadamente apertar o laço do cordão que teimava em soltar, mas ele não podia parar e tentar consertá-lo. A situação só tendia a piorar.

A fada do calçamento de pedra o fez tropeçar na Rua da Mosca Varejeira.

Lá estava Pikey, segurando com força um naco de pão preto por baixo do casaco, subindo uma rua tão vazia e tão gelada quanto qualquer outra em Londres. Seu perseguidor continuava atrás dele, a duas ou três quadras de distância. Pikey tinha certeza de que conseguiria escapar. Mas aí sentiu o tremor no chão e o chacoalhar das pedrinhas do pavimento quando uma figura minúscula correu entre seus túneis secretos. Ela surgiu de baixo de uma das pedras bem no instante em que o pé de Pikey voava em sua direção.

Pikey soltou um grito e foi atirado a toda velocidade contra a parede de uma casa. Bateu a cabeça na pedra. A dor o atravessou com um espasmo, e ele ouviu uma vozinha malvada dizer:

— Mas que desastrado, mas que desastrado; ora, ora, quem é o menino desastrado?

Pikey virou o corpo, tentando se afastar da parede.

A criatura o espiava por baixo da pedrinha solta do calçamento, os olhinhos pretos de miçanga faiscantes. Era um elfo; não tinha nem 8 centímetros da cabeça aos pés. Pedacinhos de galhos congelados cresciam atrás de suas orelhas pontudas, e um sorriso horrendo estampava seu rosto, ocupando metade dele. Era um sorriso muito amarelo, cheio de minúsculos dentinhos afiados.

— Cale essa boca — sibilou Pikey. Correu até a criatura, decidido a esmagá-la e transformá-la em uma maçaroca melequenta, mas foi lento demais. O elfo puxou a pedrinha para baixo como se fosse um chapéu e desapareceu.

Pikey estacou. Olhou para a rua novamente e ficou ouvindo, atento, para saber se ainda tinha alguns segundos de sobra. Então bateu o salto de sua bota no chão três vezes, cada uma mais suave que a outra, para dar a impressão de estar indo embora. O elfo ressurgiu de repente, ainda sorrindo. Então Pikey pulou bem em cima da pedrinha. Ouviu-se um guincho. A pedrinha voltou a seu lugar com um ruído seco. A mão do elfo retorceu-se onde ficou presa.

— Bem-feito para você — disse Pikey, mas não teve tempo de cantar vitória. O sino estava próximo agora, ecoando entre os edifícios. Um instante depois, um policial grandalhão usando uniforme azul e vermelho entrou na rua. Um cara-de-chumbo.

— Ladrão! — berrou o cara-de-chumbo, a voz estranhamente sem entonação por trás do capacete de ferro. — *Ladrão!* — Mas antes que pudesse notar Pikey, o garoto já havia voltado a correr, escapando por baixo de um arco e descendo um lance de escadas, o coração na boca.

O cara-de-chumbo disparou pela Rua da Mosca Varejeira, chacoalhando seu sino. Pikey achatou o corpo contra a parede áspera da escadaria, apenas o bastante para ainda conseguir observar a rua. Viu as botas pretas passando e permitiu-se dar um sorriso cauteloso. O policial saiu correndo em direção ao local exato onde estava o elfo do calçamento. Dali a cinco passos, se estatelaria de cara no chão. *Três. Dois...* Porém, o policial continuou correndo a toda velocidade em direção ao finalzinho da Rua da Mosca Varejeira e ao tráfego escuro da Aldersgate.

*Nossa.* Pikey limpou o nariz. *Ele deve ter esmagado aquele elfo com mais força que imaginei.*

Encostou-se na parede pegajosa, esperando o som do sino se perder em meio ao barulho das carruagens a vapor e das multidões. Então subiu os degraus e entrou na rua, as mãos nos bolsos, dando a impressão de ter acabado de se levantar para vender fósforos, engraxar sapatos ou berrar as notícias para os pedestres desavisados.

Mas, obviamente, não era nada daquilo. Na verdade, tinha acabado de roubar seu jantar e agora buscava um lugar tranquilo para comê-lo. Os caras-de-chumbo eram inconvenientes; os elfos dos calçamentos também, ainda mais depois de terem sido supostamente expulsos da cidade juntamente a todas as outras fadas, meses atrás. Mas não havia nada que Pikey Thomas não fosse capaz de enfrentar.

Abriu caminho de volta até Spitalfields, tomando cuidado para evitar os lugares onde os caras-de-chumbo ficavam à espreita e onde os agentes de guerra aguardavam dentro de suas cabines de recrutamento bem pintadas. Ultimamente eles estavam em todos os lugares e iam atrás de quase todo mundo que avistavam. "Pela Rainha e pela Nação!", gostavam de berrar através de seus amplificadores. "Pela Inglaterra, para erradicar a ameaça das fadas! Alistem-se, homens de físico robusto!"

Pikey não sabia se seu físico era robusto, mas sabia que para a guerra não iria. Um ano antes, sim: mesmo com apenas 12 anos, ele teria se alistado num piscar de olhos. No exército havia pão. Havia casacos quentes e estandartes coloridos, além de belas canções de guerra que faziam os pés sentirem vontade de marchar sozinhos, mesmo sem saber para onde estavam indo. E lá ainda davam um mosquete para atirar nas fadas, o que parecia ótimo para Pikey. Isso, porém, foi antes. Antes daquela noite nevada no beco do boticário, do sangue entre as pedras do pavimento e dos pés que mancavam até ele, implacáveis, por mais que ele se encolhesse para esconder-se no escuro. Antes de tudo mudar e de Pikey já não saber mais o que ele era.

De uma viela, Pikey observou um grupo de garotos com não mais que 14 anos encurvados sobre a mesa de um agente de guerra, assinalando seus xis em quadradinhos de papel-cartão pardo. Quando terminaram, o cara-de-chumbo entregou um casaco e um par de enormes botas acolchoadas a cada um deles. Depois os garotos foram levados para uma carroça, que se afastou rangendo as rodas.

Então o cara-de-chumbo da cabine voltou a examinar os transeuntes, os olhos invisíveis por trás dos buracos escuros do capacete. Pikey apertou o passo. Aqueles garotos em breve iriam para o combate em algum lugar do norte. Enfrentando as florestas, os rios e toda aquela besteirada mágica sem sentido. Será que suas botas seriam enviadas de volta a Londres depois que morressem, para serem entregues a outros garotos?

Pikey seguiu de rua em rua, entrando em becos sempre que ouvia os berros dos caras-de-chumbo, correndo para se abrigar embaixo das casas sombrias e inclinadas que, um dia, tinham sido as mansões das fadas tecelãs de seda. Agora eram casas de batedores de carteira, barbeiros-sangradores e dos mais miseráveis entre os miseráveis. De vez em quando, uma mulher na janela ou um garoto na rua avistava Pikey e gritava: "Ei, Pikey!", com um tom de voz não muito amigável. Nesses momentos, ele sempre apertava ainda mais o passo.

Pikey não era seu nome verdadeiro. Nem Thomas, por falar nisso. "Pikey" era como as pessoas chamavam os estrangeiros, e o apelido pegou porque Pikey tinha um rosto tão acobreado quanto uma moeda antiga (se por sujeira ou porque ele realmente *era* um estrangeiro, nem mesmo Pikey saberia dizer). Quanto a Thomas, era o nome que estava escrito na caixa onde ele fora abandonado havia 12 anos, à soleira de uma porta em Putney: *Thomas Ltda. Bolachas e Biscoitos. Qualidade premium.*

As pessoas costumavam achar isso engraçado, ser entregue dentro de uma caixa de bolachas. Pikey, no entanto, não achava a mínima graça.

Na área lotada de pombos em frente à Catedral de St. Paul, um bando de garotos o abordou com agressividade.

— Te daremos uma moeda se deixar a gente ver seu olho vazado — vociferou o mais velho (e mais alto). Usava um casaco azul com botões de latão grandes demais e um par de botas com os bicos rasgados. Parecia ser o líder.

Os outros garotos o cercaram, cutucando Pikey, aproximando seus rostos sujos.

— É, mostre o buraco! O que foi que aconteceu, hein? Viu o que não devia? Jenny Greenteeth arrancou seu olho pra usar pendurado num cordão como se fosse um colar?

Se Pikey tivesse mesmo um buraco no olho, teria aceitado a oferta dos garotos no mesmo instante. Com uma moeda poderia comprar uma refeição decente, sentar-se no calor fedorento de uma hospedaria e comer batatas e carne cinzenta de carneiro cozida com molho até estourar. O problema é que no lugar de seu olho não havia buraco algum, e os garotos não iriam gostar do que veriam.

— Caiam fora. Me deixem em paz.

— Ah, qual é, *piker*. Só uma espiadinha. E aí, gente, vocês acham que dá pra enxergar os miolos dele pelo buraco? Que tal eu puxar o tapa-olho pra gente dar uma olhada no cérebro desse camarada, todo amarelado e gosmento?

Os garotos murmuraram seu consentimento, alguns mais prontamente que outros. O líder da gangue deu um passo adiante e esticou a mão para o tapa-olho. Pikey se preparou para a briga.

— Eu disse: *caiam fora!* — O tom saiu tão ameaçador quanto o de um verdadeiro rato das ruas, mas ele era baixinho demais para aquilo surtir efeito. O garoto com o casaco de botões de latão avançou em sua direção.

Pikey se desvencilhou e preparou-se para correr, mas então dois garotos seguraram seus braços e os prenderam atrás das costas.

— Pode ficar paradinho — sussurrou um deles perto de sua orelha.

— Socorro! — gritou Pikey, a voz rouca. Havia gente por todos os lados. *Alguém* iria ouvir. Ou ver. A área em frente à Catedral de St. Paul era uma das mais movimentadas de Londres, mesmo no inverno, mesmo quando o céu escurecia. Ambulantes gritavam atrás de carrinhos de frutas e legumes, oferecendo alfaces, repolhos e raízes de aparência duvidosa. Vendedores de bugigangas pechinchavam, a criadagem comprava. A menos de dez passos de distância havia uma barraca de cidra, enfeitada em vermelho e dourado, com uma fila enorme de pessoas na frente. Não é possível que todas fossem surdas.

— Socorro; *ladrão!* — berrou Pikey.

Ninguém nem sequer olhou para o lado.

— Pare de gritar como uma bichinha. A gente só quer dar uma olhada rápida. Cale a boca, eu já disse. Cale a boca, senão vamos nos encrencar. — O líder deu um soco com toda força na barriga de Pikey, que deixou escapar um grito em meio a uma baforada enevoada.

Ele ficou parado um momento, arfando, os braços ainda presos atrás das costas. Sentiu os dedos do líder desamarrando o cordão do tapa-olho e o retirando.

— A gente só vai dar uma espiadinha...

Pikey fechou bem os olhos e impulsionou o corpo para trás com força. Sua cabeça bateu na do garoto atrás dele, e os dois caíram, rolando pelas pedras do pavimento. Pikey aterrissou em cima da barriga de outro garoto com um barulho bem satisfatório e logo se pôs de pé num pulo, cobrindo o lugar onde antes estava o tapa-olho com uma das mãos enquanto a outra dava bordoadas loucamente.

O líder se levantou com dificuldade e deu uma cusparada no chão.

— Seu trapaceiro de meia-tigela. Vou acabar com sua raça... — Correu na direção de Pikey, os cravos de suas botas batendo no chão.

— Soca ele! — berraram os outros garotos, acotovelando-se. — Soca o outro olho dele pra fora!

Pikey não teve tempo de pensar. Atirou as mãos para cima a fim de se proteger...

O garoto de casaco com botões de latão estacou onde estava, de repente. O olho que antes estivera coberto pelo tapa-olho agora estava à mostra, para quem quisesse ver. Pikey sentiu o frio entrar por ali. Sabia qual era sua aparência, o que os garotos estavam vendo: uma órbita achatada e vazia, cinzenta como o céu gélido. Sem pupila. Nem de longe parecido com um olho cego: apenas massa cinzenta que rodopiava sem fim.

Por um instante, Pikey passou a enxergar dois lugares ao mesmo tempo, e seu cérebro praticamente berrou de dor com aquele esforço. De um lado estava Londres, fria e escura, enxameada de gente como um formigueiro. Mas, do outro, havia um lugar bem diferente, uma gigantesca floresta morta erguendo-se sobre a neve. Porém, ele ainda conseguia ouvir os barulhos de Londres. Os gritos. O estrépito de um carrinho de botijão de gás. O líder da gangue xingando enquanto recuava.

— Tocado pelas fadas! — disse o garoto com casaco de botões de latão. — *Foi tocado pelas fadas, esse aí!*

Agora sim, as pessoas prestavam atenção. Pikey deu meia-volta, viu gente desacelerando o passo, encarando, uma mulher de bombazina preta e véu levar a mão espalmada sobre a boca. Os cochichos se espalharam, agitando o ar ao redor. Pelo canto do olho bom, Pikey viu homens seguindo em direção ao emaranhado de ruas que iam do pátio da Catedral de St. Paul até a entrada da Fleet Street, onde ficavam os caras-de-chumbo. Em algum ponto não muito distante dali, um sino começou a tocar.

Pikey forçou o punho contra o olho nublado. *De novo não*, pensou. *Duas vezes no mesmo dia, não.* Então começou a correr, dando encontrões para abrir caminho entre as pessoas, buscando a rua mais larga que pudesse encontrar. Quatro caras-de-chumbo marcharam depressa no sentido oposto, em direção aos gritos e ao pânico crescente. Pikey havia perdido seu tapa-olho, que ficara na mão do garoto de casaco de botões de latão, mas isso não tinha importância. Pelo menos não agora. Abaixou a cabeça e correu o mais depressa e com o máximo de empenho que conseguiu.

Correu até sua respiração chiar dentro da caixa torácica. Correu até seus músculos arderem e suas pernas parecerem geleia. E, quando finalmente levantou o olhar das pedras do calçamento, percebeu que estava em uma região de Londres que jamais vira.

Ele havia seguido para o lado errado, completamente errado. Agora devia estar a quilômetros de distância de Spitalfields, a quilômetros de distância do boticário. A noite começava a cair. As ruas estavam se esvaziando das pessoas normais e se enchendo das pessoas anormais, dos corruptos, dos bêbados, dos dândis com roupas chamativas e das senhoras com saias de anquinhas e maquiagem tão pesada que mais pareciam palhaços saídos de um pesadelo. Lá em cima, os postes de luz lançavam fracos halos de brilho avermelhado. As fadas que moravam dentro das lâmpadas antes da Expulsão tinham sido substituídas por lâmpadas de enxofre que produziam uma luz feia, parecida com sangue, mas pelo menos não havia mais cusparadas e pancadas, não havia mais rostos de fadas brilhantes tentando chamar a atenção das pessoas abaixo. Pikey sentia-se feliz por isso.

*Fadas idiotas.* Bem-feito para elas por terem sido expulsas para longe. Ele lembrou-se de como, há muito, muito tempo, Spitalfields era enxameada de fadas — fadas com cristas, fadas com olhos negros como tinta e pele branca como cebola, com cabeças de craca ou cheias de espinhos e múltiplos dedos. Não se podia ir a parte alguma sem ver uma delas, e Pikey tinha perdido a conta das vezes em que acordara em seu buraco embaixo da botica com os cadarços das botas amarrados uns nos outros, ou urtigas trançadas em seus cabelos. Bem, enfim; agora as fadas estavam sendo banidas, e ele esperava que todas aterrissassem em um ninho de espinhos.

Continuou seguindo, apressado, olhando para todo mundo e limpando o nariz. Os bares explodiam de luzes e de retumbantes canções de guerra. Algumas casas adiante, uma porta se abriu e um enorme punho emergiu, segurando pelo colarinho um tolo imundo que socava o ar, depois o depositou no gelo esverdeado de uma sarjeta. Ali perto, um circo de rua era montado. Um realejo tocava sua desafinada música metálica. Pikey avistou uma mulher que arrastava um balão de ar quente em miniatura cujo cesto estava repleto com óculos de ópera, um leque e outros artigos pessoais. Viu alguém usando um par de sapatos ultramodernos feitos de engrenagens e movidos a carvão, os quais levantavam os pés de modo que não era preciso movimentar as pernas. Só que o homem que os calçava andava pesadamente de um lado a outro, como um elefante de duas toneladas, por isso Pikey tomou o cuidado de passar bem longe dele.

Agora desacelerava o passo e enfiava a mão no bolso para apanhar seu pão. Havia retirado a mão do olho nublado, mas não dava a mínima. Duvidava que fosse ser a primeira pessoa a ser notada ali. As ruas se alargavam. As multidões iam diminuindo, e todos caminhavam muito silenciosamente; o ar, de certa maneira, era pesado, como se toda a neve prestes a cair estivesse pressionando-o, compactando-o acima da cidade. Agora apenas uma ou outra carruagem a vapor passava de vez em quando. Pikey olhou para os altos edifícios de pedra, com suas espiras, empenas e portões de ferro antifadas.

Dobrou uma esquina. Não sabia onde estava, mas devia ser um bairro rico. As casas dali pareciam absolutamente explodir de tanta luz. Era quase como se não houvesse pisos nem paredes dentro delas e todas fossem simplesmente cascas vazias enormes, pequeninos sóis ardendo com luz própria.

O tráfego aumentava de novo. Damas e cavalheiros bem-vestidos subiam a rua, balançando bengalas, farfalhando os vestidos por baixo das peles pesadas. Carruagens a vapor e carruagens mecânicas chacoalhavam a sua volta, deixando rastros de fumaça de carvão. Todas se dirigiam ao mesmo destino: uma enorme mansão palaciana de quatro andares e teto verde de metal onde todas as janelas, de cima a baixo, estavam acesas e abriam buracos dourados na noite.

Pikey aproximou-se da mansão, mordiscando seu pão. De trás de um poste, viu quando uma imensa mulher gorda subiu os degraus até a porta. Ela usava um chapéu em formato de mosca e praticamente gotejava diamantes. Mas não parecia feliz. Na verdade, parecia extremamente amargurada. Pikey queria entender como alguém com tantos diamantes, entrando em uma mansão daquelas, quente e iluminada, podia se sentir amargurado...

— Ah, o Baile de Guerra de Wyndhammer! — disse, ao passar perto do poste, um cavalheiro que, de tão encurvado, tinha a barriga voltada para dentro. Uma senhora altíssima caminhava a seu lado, e ele lutava para conseguir acompanhar-lhe o passo. — Que grande diversão será, não acha, querida? Não acha?

Depois de um tempinho, Pikey avistou o uniforme vermelho e azul inconfundível de um cara-de-chumbo e escondeu-se atrás da roda de uma carruagem, caminhando no mesmo ritmo enquanto esta sacolejava pelo pavimento de pedra. A roda da carruagem era mais alta que ele e o escondia até o topo da cabeça. O cara-de-chumbo passou marchando. E, assim que ele sumiu de vista, Pikey apressou-se em direção à mansão e pulou a cerca de ferro para chegar aos degraus que levavam até a entrada dos serviçais. Ainda não queria ir embora. Estava ficando frio, mas as luzes das janelas eram muito animadoras. Cintilavam sobre seu rosto, e ele imaginava quase poder sentir seu calor. O vidro estava embaçado, ou seja, lá dentro devia estar bem quente.

Sentou-se no quarto degrau de cima para baixo e continuou mordiscando seu pão. Estava tão duro quanto uma pedra e cheio de grânulos arenosos que provavelmente não deviam ser de farinha. Pikey adorava aquele pão. A última carruagem se afastou. Por fim, o som de uma orquestra foi arrastado pelo vento até a rua. Ele ouviu o ruído abafado de risadas e de vozes altas e animadas.

E, então, ouviu um som diferente vindo das sombras ao pé da escadaria. O som de algo arranhando o chão como facas sendo arrastadas rapidamente pela pedra. Sentou-se ereto.

*Seria um rato?* As janelas da sala dos serviçais estavam escuras. Sem dúvida estavam todos nas cozinhas, limpando, cozinhando e servindo pratos de altura colossal, cheios de costeletas de porco e frutas cultivadas em estufas.

Uma carruagem a vapor adentrou a rua, com os faroletes acesos. A luz cortou as grades de ferro, lançando faixas de sombras que rodopiaram pela parede. Na escuridão do pé da escada, um par de olhos cintilou. Dois gigantescos globos prateados que num segundo estavam ali, no outro, não.

*Fada.*

Pikey subiu um dos degraus depressa, os músculos tensos, pronto para correr. Lá veio o barulho novamente, o farfalhar brusco, dessa vez acompanhado por um choramingo agudo e alto, como o de uma criança chorando.

Mais uma carruagem a vapor tossiu fumaça rua acima. Os dois globos acenderam-se de novo quando os faroletes passaram por perto, depois desapareceram na escuridão. O que quer que estivesse ao pé da escada começou a se mexer.

Então se aproximou devagar, dolorosamente, uma coisinha pálida e magricela que arrastava pesadas asas negras como um manto.

O coração de Pikey falhou. *Isso aí não é um elfo de calçamento.*

As asas eram imensas, repletas de penas escuras e espinhentas, e a boca de lábios azuis era lotada de dentes. Uma língua preta tremulava dali de vez em quando. Mas quando Pikey olhou para a fada, não teve a impressão que ele seria capaz de lhe arrancar a perna com uma mordida, e sim que a criaturinha poderia se afundar numa poça d'água a qualquer momento. Uma de suas asas arrastava-se pelo chão, as penas esmagadas. O osso estava dobrado num ângulo horrendo.

Mantendo seu pão em segurança atrás de si, Pikey observou a criatura subir as escadas. A fada não *parecia* perigosa, mas fadas podiam ter a aparência que lhes conviesse. Ele não iria se deixar enganar tão facilmente.

— Garoto? — gemeu ele, numa voz aguda e silvante. — Garoto?

*Igual a um bebê*, pensou Pikey, e franziu a testa.

— Garoto? — A criatura havia alcançado o sétimo degrau. Esticou a mão de dedos finos para Pikey, implorando.

— O que cê quer? — perguntou Pikey, rispidamente. Enfiou o pão no bolso e olhou ao redor para se certificar de que não havia ninguém por perto. Confraternizar com fadas era perigoso. Ao menor cheiro de feitiços ou ervas de duendes, a pessoa era mandada diretamente para Newgate, e Pikey tinha ouvido falar que ali existia um velho de aparência amável vestido com avental de açougueiro que estava sempre chorando, e que continuava a chorar sem parar enquanto lhe arrancava as unhas uma a uma, ao mesmo tempo em que o interrogava até você dizer alguma coisa. Então você seria enviado a uma prisão diferente. Ou acabaria enforcado. Fosse como fosse, se daria mal. Pikey havia se dado mal o dia inteiro, e, para ele, já tinha sido suficiente.

A fada continuou subindo as escadas, os olhos redondos fixados aos dele.

— Que foi? — inquiriu Pikey, com brusquidão. — Não, você não pode comer meu pão, se é isso o que você quer. Corri muito pra conseguir isso aqui. Cai fora.

— *Garoto* — repetiu o ser mais uma vez. — *Asa*.

— É, pra mim tá parecendo quebrada. Que azar. — Algum serviçal lá embaixo provavelmente havia flagrado aquela coisa roubando algo e esmagara sua asa com uma frigideira. Bem feito, aliás.

— *Me ajude.* — A fada estava no degrau abaixo do de Pikey agora, olhando para ele com grandes olhos espelhados que pareciam aumentar a cada respiração.

— Não vou ajudar você. — Pikey virou o rosto para o outro lado, mas seu olhar logo voltou. Ele não queria ser mau, mas não iria arriscar o pescoço por causa de uma fada. Alguém podia estar olhando de uma daquelas janelas iluminadas. Um varredor de rua poderia passar bem naquele instante. Pikey não podia ser visto com fadas. Já era difícil o suficiente conseguir sobreviver com um olho que mais parecia uma poça de água de chuva.

— Por favor, me ajude. Por favor? — O tom soava muito humano agora; aquilo condoeu o coração de Pikey contra sua vontade. O ser era pele e osso, uns gravetinhos finos envoltos numa pele frágil como papel. E estava sofrendo. Ele não deixaria nem um cachorro naquelas condições. Ora, não deixaria nem mesmo um cara-de-chumbo daquele jeito.

Ele franziu ainda mais a testa e sacudiu o joelho. Depois se inclinou para a frente e segurou a asa machucada. A fada recuou muito de leve ante seu toque, mas não se afastou.

— Tudo bem — disse Pikey. — Mas, se alguém vir alguma coisa, atiro você em cima da pessoa e dou o fora daqui, tá me ouvindo?

As penas tinham uma textura macia e oleosa, estranhamente imateriais, como fumaça. Pikey apalpou com cuidado ao longo do osso. Não sabia grande coisa de cuidados médicos, mas, no ano anterior, Bobby Blacktop, o filho do velho boticário, foi atropelado por um carrinho de botijões de gás e quebrou as duas pernas. Depois disso, Pikey aprendeu uma coisa ou outra sobre o assunto.

De repente, a criatura sentou-se ereta, as orelhas retorcendo-se, como se estivesse ouvindo um som que apenas ela conseguisse captar.

— *Depressa* — sibilou. — *Depressa!*

— Ora, você não tá em posição de ficar mandando em ninguém. Qual é a pressa, afinal? Aonde precisa ir? — Os dedos de Pikey encontraram a articulação e recolocaram-na no lugar. — Só estava deslocada, só isso. Tá melhor? Agora ela funciona?

A fada pestanejou uma vez. Como num raio, suas asas se abriram, mais depressa do que Pikey acreditaria ser possível. Ele sobressaltou-se. A criatura o espiou por mais um segundo, a língua deslizando entre os dentes. Depois rodopiou, envolvendo o corpo com as asas. Houve um sopro de vento, um coro de sussurros, como pequeninas vozes chamando-se umas às outras, e, em seguida, a criatura desapareceu.

Mas não exatamente evaporou. Pikey teve a impressão de que sim, mas era mais como se a fada tivesse entrado num bolso, como se a escada e as ruas e Londres inteira estivessem pintadas no mais fino dos véus e a coisa tivesse simplesmente se enfiado por trás dele.

Pikey ficou olhando para o local onde ela estivera, depois se levantou depressa. Luzes vinham da sala dos serviçais, abaixo. Ele ouviu vozes falando alto e com empolgação, o retinir de metais. A mão de alguém começou a remexer as cortinas de renda de uma janela.

*Hora de dar o fora*, pensou Pikey. Pulou a cerca de metal e disparou pela calçada.

Ele tinha dado poucos passos quando um tremor profundo, um verdadeiro calafrio, quase o atirou para longe. Ele cambaleou. O tremor aumentou de intensidade, sacudindo tudo, como se todas as locomotivas a vapor da estação de King's Cross resolvessem funcionar ao mesmo tempo.

Pikey virou-se. Era a casa. Fissuras atravessavam as janelas, bifurcando-se em ramos cada vez menores. As paredes tremiam e inflavam, como se alguma coisa estivesse empurrando-as de dentro para fora. Então, com um chiado colossal, todas as vidraças explodiram. Todas aquelas janelas cintilantes espocaram na noite em jatos dourados. O teto foi lançado para os céus. Choveram pedras, além de vidro, metal verde e pedacinhos de seda colorida. Pikey gritou e saiu correndo pelo meio da rua, desviando dos destroços que caíam.

Um carrinho de óleo derrapou ao contorná-lo. Carruagens a vapor buzinavam, soltando colunas de fumaça. Homens inclinavam o corpo para fora dos veículos, prestes a gritar com Pikey, mas suas palavras ficavam presas na garganta. Todos os olhos se voltavam para a Mansão de Wyndhammer.

Uivos lancinantes, de romper os tímpanos, vinham dali, varrendo a rua invernal. Ouviu-se outra explosão retumbante, então a casa começou a desabar.

## Capítulo II
# Hettie na Terra da Noite

Por seis dias e seis noites, Hettie e o mordomo-fada caminharam sob os galhos desfolhados das árvores da Terra Velha, mas, apesar disso, o chalé não parecia estar mais próximo do que quando eles o avistaram pela primeira vez.

Obviamente, Hettie não sabia se tinham sido de fato seis noites. Naquele lugar sempre parecia ser noite, ou pelo menos um fim de tarde meio cinzento. O céu estava quase sempre sombrio. A lua diminuía e aumentava, mas jamais desaparecia completamente. Hettie caminhava com dificuldade por entre raízes e nevascas atrás do mordomo vestido com casaco de lã, porém o pequenino chalé de pedra continuava a distância, inalcançável. Uma luz ardia em sua janela. As árvores negras formavam uma pequena clareira ao redor. Às vezes Hettie tinha a impressão de avistar fumaça erguendo-se da chaminé, mas sempre que olhava com atenção, não havia nada.

— Pra onde estamos indo? — perguntou ela, incisiva, pela centésima vez desde que haviam chegado. Forçou o tom de voz para que fosse duro e sem inflexão, de modo que o mordomo-fada não pensasse que ela estava assustada. Era melhor ele achar que ela seria capaz de lhe dar uma bordoada, caso quisesse. Era melhor.

O mordomo-fada a ignorou. Continuou caminhando, a cauda do fraque agitando-se ao vento.

Hettie olhou-o, carrancuda, e chutou um punhado de neve atrás dele. De vez em quando ela se perguntava se ele ao menos tinha alguma noção. Desconfiava que não. Desconfiava que, por trás das engrenagens que cobriam um dos lados de seu rosto, por trás do maquinário e do monóculo de vidro verde, ele estivesse tão perdido e amedrontado quanto ela. Mas não sentia pena dele. *Fada idiota.* Era por culpa dele que estava ali. Por culpa dele que não havia saltado quando seu irmão Bartholomew gritara, chamando-a. Ela poderia ter saltado para a segurança naquela noite em Wapping, saltado de volta ao depósito e à Inglaterra. Poderia ter voltado para casa.

Abraçou o próprio corpo, sentindo as linhas vermelhas através das mangas de sua camisola, sentindo as marcas que as fadas haviam colocado ali para que Hettie pudesse servir de portal. *Lar.* A palavra lhe deu vontade de chorar. Imaginou Mamãe sentada na cadeira, em seus aposentos, lá no Beco do Velho Corvo, com a cabeça entre as mãos. Imaginou Bartholomew, o balde para carvão, a cama embutida. As ervas colocadas para secar acima do fogão bojudo. Docinho em seu vestido xadrez. *Fadas idiotas. Mordomo idiota, Sr. Lickerish idiota e portais idiotas que levam a outros lugares e não deixam mais você voltar.*

Parou para tomar fôlego e percebeu que estivera rangendo os dentes com tanta força que doíam. Limpou o nariz com as costas da mão e olhou para cima.

O chalé continuava distante. A floresta estava em grande silêncio. O mordomo-fada mal fazia barulho ao caminhar, e, quando os próprios passos altos de Hettie cessaram, todo o mundo coberto de neve pareceu ficar completamente silencioso.

Ela semicerrou os olhos, esforçando-se para ver detalhes do chalé. Havia algo de estranho nele. Algo errado. A luz na janela não ajudava em nada a dissipar a aparência vazia e abandonada do lugar. E o modo como as árvores pareciam afastar-se dele... Ela fechou os olhos, ouvindo as batidas de seu coração e o vento sussurrante. Imaginou-se seguindo por entre as árvores, correndo e girando, ganhando velocidade. Num instante estava de costas para o chalé. Depois estava de frente e, por um momento, teve certeza de que aquilo não era uma casa, e sim uma ratoeira enferrujada cheia de dentes, com uma vela acesa no meio, piscando como uma isca.

— *Venha*. — O mordomo-fada estava ao lado de Hettie e a arrastou para a frente. — Não temos todo o tempo do mundo. Vamos, estou dizendo!

Ela cambaleou atrás dele. O chalé agora parecia normal de novo, silencioso e ameaçador em sua clareira.

— Posso andar sozinha — protestou Hettie, puxando o braço de volta. Mas teve o cuidado de não se afastar muito do mordomo. Realmente, eles não tinham todo o tempo do mundo. Na verdade, Hettie queria saber quanto tempo mais aguentariam continuar daquele jeito. Não tinham nada para comer além dos cogumelos cinzentos e farelentos que cresciam nos espaços ocos das árvores, e mesmo estes estavam começando a escassear à medida que os dois prosseguiam. Não havia riachos naquela floresta, portanto tudo o que tinham para beber era neve. Eles a derretiam nas mãos e lambiam a água gelada enquanto esta escorria pelos pulsos. Tinha gosto de terra e fazia Hettie trincar os dentes, mas era melhor que nada.

Hettie atravessou mais um emaranhado de raízes negras, pisando em mais um trecho de neve dura. Sentia tanta fome. Estava acostumada a sentir fome em Bath, mas ali era diferente. Em Bath havia sua mãe, que lavava, esfregava e fazia chá de repolho, e Hettie sempre soube que a mãe jamais deixaria que ela ou Bartholomew passassem fome. Duvidava que o mordomo-fada fosse se importar muito caso ela morresse de fome. Ele não lhe dava nada para comer. Não lhe dissera para comer os cogumelos nem para derreter a neve. Ela o observara e torcera o nariz diante do que ele fazia, mas depois a fome foi tanta que se viu *obrigada* a imitá-lo. Porém, o que aconteceria quando não houvesse mais cogumelos? O que aconteceria quando a neve derretesse de vez?

Quando sentiu que não conseguiria dar mais nenhum passo, ela parou.

— Estou cansada — disse no tom de voz ríspido e irritado que, em casa, faria com que Mamãe lhe desse um tapa na cabeça e Barthy lhe mostrasse uma careta. — Vamos parar. Vamos passar a noite aqui. Não estamos nos aproximando em nada daquela casa velha horrorosa, e eu quero dormir.

O mordomo-fada continuou andando. Nem sequer olhou para trás.

Ela correu até ele com passadas largas:

— Sabe do que mais? E se alguém morar naquele chalé? Você já pensou nisso? E se não gostar de nós? O que vai acontecer então?

O mordomo manteve os olhos fixos no caminho adiante.

— Desconfio que iremos morrer. De tédio. Ouvi dizer que existe uma garotinha nessa floresta que segue as pessoas e fica matraqueando até as orelhas delas murcharem e elas ficarem surdas.

Hettie desacelerou o passo, franzindo a testa para as costas do fada. Torceu para que ele se afogasse em um brejo.

Pensou nisso por algum tempo. Se isso acontecesse — se ele se afogasse em um brejo —, seria assustador. Ele jazeria embaixo d'água, e seu pálido rosto comprido e suas mãos brancas seriam as únicas coisas que ficariam de fora do lamaçal. E talvez também seu olho verde, que cintilaria durante mil anos depois de sua morte. Ela não gostaria de ver aquilo, mas não acreditava que acharia ruim se acontecesse. Afinal, era tudo culpa dele.

Finalmente, quando até mesmo o mordomo-fada ficou sem fôlego e já arrastava os pés, eles pararam. Hettie desabou sobre a neve. O mordomo sentou-se, recostado em uma árvore. Agora a floresta estava escura como breu. Na sua primeira noite na Terra Velha, Hettie também havia dormido com as costas encostadas no tronco de uma árvore, imaginando que as raízes seriam mais quentes que o chão, uma vez que as árvores são seres vivos e coisa e tal. Logo se deu conta do engano. Aquelas árvores não eram nem um pouco parecidas com as árvores da Inglaterra. Não eram ásperas e cheias de musgo como o carvalho da Ruela Espalhacobre. Eram frias e lisas como pedra polida, e ela despertara com a horrível sensação de que as raízes tinham começado a envolvê-la enquanto dormia, como se quisessem engoli-la.

A neve era fria, mas pelo menos ali ela não corria o risco de ser devorada por uma árvore. Ela se enrodilhou pela sétima vez e adormeceu.

Hettie foi acordada pelo som de passos.

No começo, pensou que o mordomo-fada houvesse se levantado e já estivesse vagando, mas, quando espiou ao redor da árvore, viu que ele estava deitado, imóvel. Suas pernas nodosas dobradas como asas, as longas mãos brancas pendendo sobre a neve. Ele emitia uns sons bem baixinhos ao dormir, pequeninos chiados da respiração que formavam nuvenzinhas no ar.

Hettie sentou-se bem ereta. Alguma coisa se movimentava entre as árvores, rápida e sorrateira, vindo na direção deles.

*Tap-tap, snick-snick*. Pezinhos duros caminhavam sobre as raízes, depois sobre a neve, mancando, aproximando-se cada vez mais.

Ela se lembrou das fadas que vira no dia em que eles chegaram na Terra Velha, as fadas selvagens e famintas com olhos redondos e brilhantes. Elas haviam saltado e a rodeado como um enxame, cutucando-a sem parar, até que o mordomo-fada enxotara todas com uma faca. Durante algumas noites, continuaram a segui-los, escondendo-se, rodeando depressa as árvores e dando risadinhas, mas, após algum tempo, pareceram se cansar dos estranhos e sumiram de novo no meio da floresta.

Apenas o chalé permanecia onde sempre esteve.

Hettie contornou o tronco da árvore engatinhando. O mordomo-fada continuava dormindo. Ela cutucou suas costelas com força.

Ele soltou um grunhido. Lentamente, seu rosto voltou-se para ela, mas o olho permaneceu fechado. O olho de vidro verde era uma lente opaca solta na moldura. Hettie estremeceu.

Ele olhou para trás, ao redor da árvore.

E viu-se diante dos olhos vermelhos como brasas de um rosto cinzento e descascado.

— *Meshvilla getu?* — disse ele, e pousou um dedo comprido sobre os lábios.

Hettie soltou um pequeno ruído gutural. A pele das bochechas da criatura se enrolou como as cinzas de um tronco queimado. Sua respiração era fria, mais fria que o ar. Soprava na direção dela, e Hettie sentiu que congelava numa camada escorregadia sobre seu nariz. Tinha um cheiro de coisa podre, molhada como uma sarjeta imunda.

— *Meshvilla?*

Teve vontade de correr, de gritar. O pânico se avolumou dentro de seus pulmões. Ela não saberia dizer se a voz daquele treco cinza era ameaçadora ou aduladora, mas, sem dúvida, era uma voz sombria, uma voz baixa e estrondosa que fazia os pelos dos braços de Hettie se arrepiarem.

— Não! — guinchou ela, porque em Bath essa sempre tinha sido a resposta certa que medonhos como ela precisavam dar. — Não, vá embora.

A criatura se aproximou para espiá-la. Depois suas mãos horrendas tatearam as bochechas de Hettie, correram pelos galhos que cresciam da cabeça. Dedos gélidos pousaram sobre seus olhos.

Ela gritou. Gritou mais alto do que jamais havia gritado em toda sua vida, mas naquela vasta floresta negra aquilo não passava do choramingo de um bebê. Foi o bastante, contudo, para acordar o mordomo-fada. Ele sentou-se assustado, o olho verde de engrenagens tiquetaqueando de volta à vida e girando uma vez para focar-se na fada de rosto cinzento.

O mordomo-fada se levantou num pulo.

— *Valentu! Ismeltik relisanyel?*

O rosto cinzento se virou, os dentes arreganhados. Hettie ouviu o sibilo da criatura.

— *Misalka* — disse a coisa. — Inglesha. Deixe-a. Deixe-a pra mim.

Hettie começou a tremer. Os dedos compridos e frios começaram a apertá-la. Uma dor subiu por trás de seus olhos. Ela sabia que devia lutar, se debater com todas as forças, mas não conseguia obrigar o corpo a se mexer.

O mordomo-fada não sentiu os mesmos incômodos. Uma faca saiu de sua manga, e ele agitou-a num arco brilhante em direção à outra fada, que soltou um grunhido de surpresa. Era tudo de que Hettie precisava. Ela atirou-se no chão e começou a engatinhar desesperadamente pela base da árvore. Quando chegou do outro lado, abraçou o tronco e observou a luta entre os dois seres, apavorada.

Eles se moviam para a frente e para trás na neve, rápidos e silenciosos. O mordomo-fada era veloz. Mais veloz que a chuva. Ela já o vira lutar em Londres, já o vira usar sua faca cruel contra Bartholomew, mas, naquele exato momento, ficou feliz por ele ter aquelas habilidades. Ele movimentava seus braços e pernas compridos com graciosidade, girando o corpo e desferindo golpes com movimentos fluidos à luz do luar. A lâmina rodopiava, riscando o ar em direção à outra fada, que mal conseguia desviar-se.

— Não! — berrou a criatura, no idioma deles. — Seu traidor tolo, o que você vai...?

A faca o atingiu. Pedacinhos de pele cinzenta foram levados pelo vento. Hettie viu que embaixo da pele só havia um negrume como o de carvão novo.

Virou o rosto para a árvore, apertando bem os olhos. Ouviu um grito agudo, o ruído seco de algo caindo. Depois um som arfante e uma respiração longa, muito longa, que foi diminuindo. Então, mais nada.

Só depois de muito tempo Hettie atreveu-se a espiar ao redor do tronco. Ouviu o mordomo-fada caminhando pela neve, ofegante. Ficou na dúvida se deveria ou não dizer alguma coisa, mas não ousava fazer nem mesmo isso. De repente ele lhe parecia ameaçador e perigoso. Depois de algum tempo, ela o ouviu encostar-se contra a árvore, e, depois de mais algum tempo, notou a respiração lenta e chiada. Somente então saiu de fininho de seu esconderijo.

O mordomo-fada estava imóvel novamente, o olho verde escurecido. A neve entre as raízes tinha sido pisoteada. Aos pés dele jazia o que parecia uma pilha de cinzas e roupas velhas, que já estava salpicada de neve.

Hettie se inclinou para ver a pilha. Não parecia mais uma fada. Não parecia mais nada, na verdade. Nada que pudesse meter medo. Então cutucou a pilha com o dedo do pé. A pilha farfalhou e cedeu, o corpete e as botas desmoronando em uma casca delicada de cinzas.

Ela se perguntava que espécie de criatura era aquela. Não sabia se era uma fada-mulher ou uma fada-homem. Jamais havia visto uma fada como aquela em Bath, transmutada em um monte de cinzas.

A lua brilhava como em todas as outras noites, cintilando através dos galhos das árvores, e fez algo faiscar no meio das roupas. Hettie ajoelhou-se e remexeu na pilha. Seus dedos tocaram em algo morno. Ela deu um pulo para trás e esfregou a mão violentamente na manga da camisola. *Sangue? Seria sangue?* Não podia ser. Se havia gelo sobre a pilha, àquela altura o sangue devia estar congelado. Ela voltou a inclinar-se e afastou o resto das cinzas com a barra da camisola. Sua mão fechou-se ao redor do contato quente. Ela trouxe o objeto para perto dos olhos a fim de examiná-lo... e viu-se olhando para outro olho — um olho úmido, marrom e com pupila negra.

Hettie soltou um grito agudo abafado. Quase deixou o olho cair. Mas era apenas um colar. O olho era uma espécie de pedra engastada em um pingente, um disco cheio de furinhos numa corrente frágil. O pingente repousou pesadamente sobre a palma de sua mão, e o calor espalhou-se entre seus dedos.

Ela ficou observando a joia. Há tanto tempo não encontrava nada quente. Correu o polegar pela pedra. Assemelhava-se exatamente a um olho humano. Havia até mesmo uma faísca ali dentro, uma luzinha inteligente como a que existe no olho de uma pessoa de verdade. Hettie não saberia interpretar sua expressão, pois não havia sobrancelhas nem rosto acompanhando o olho, mas achou que de certa forma parecia triste. Solitário.

Espiou mais de perto.

Às suas costas, o mordomo-fada se mexeu, as mãos brancas arranhando a neve. Em algum ponto da floresta, galhos deslocaram-se.

Hettie enfiou o pingente por baixo do colarinho de sua camisola e contornou a árvore, depressa. Então foi dormir, e o olho a manteve aquecida durante a noite inteira.

Na manhã seguinte, quando ela acordou, a floresta parecia haver se iluminado em diversos tons, desbotando-se como as imagens impressas nas latas de café quando deixadas tempo demais ao sol. As nuvens já não pairavam baixas no céu. As árvores não mais pareciam tão próximas umas das outras. O chalé continuava a cem passadas de distância, mas, quando Hettie e o mordomo deram o primeiro passo em sua direção, pareceu-lhes muito distintamente que só faltavam mais 99 até chegarem. Pouco tempo depois, já estavam na metade do caminho.

Nenhuma luz ardia agora atrás da janela. A porta estava aberta, mostrando a escuridão. A casa parecia ainda mais vazia e mais desolada que antes.

Quando eles estavam a poucos passos de distância, Hettie olhou para trás. O que viu a fez girar o corpo inteiro para observar melhor.

As pegadas dos dois estendiam-se para trás numa fileira estreita em direção à floresta. Em seguida, o chão da floresta ficou lotado delas. Milhares e milhares de pegadas circulavam as árvores — as pegadinhas pequenas dela e as pegadas compridas e estreitas do mordomo-fada —, indo de um lado a outro e dando voltas, pisando umas nas outras sem jamais chegar a lugar algum.

Um emaranhado de pegadas embaixo das mesmíssimas árvores.

# Capítulo III
# O presente do silfo

Goblins estavam nas paredes da Mansão de Wyndhammer — dois deles atravessaram depressa o corredor dos serviçais, que ficava escondido atrás do painel polido do salão de baile. Correram embaixo das efervescentes lamparinas a óleo, rápidos como faíscas na penumbra. O corredor era quente, apertado, e sua largura mal era suficiente para as criaturas correrem em fila indiana. Havia bobinas de arame pelo chão. Sinos de ferro tomavam conta do teto. Era uma antiga precaução, destinada a amedrontar fadas invasoras, mas não adiantara de nada. Os arames já haviam sido cortados.

Os goblins respiravam com dificuldade, ofegando, tanto porque o ar estava espesso quanto pela empolgação.

— Viu só as caras deles? — exclamou o mais baixo dos dois, numa espécie de risadinha sem fôlego. Sua pele era rachada e castanha como o tronco de uma árvore, e ele usava um justilho de couro vermelho onde garrafinhas de cobre tilintavam ao longo do cinto. Os pequenos frascos tinham etiquetas como *Ilusão do Soldado, Ilusão da Costureira, Ilusão das Crianças Abandonadas Choronas...*

O outro goblin soltou um grunhido. Era magro e desengonçado, pontudo, exatamente o oposto do baixinho.

— A gente assustou eles, assustou sim — disse o goblin, saltando um monte de arame emaranhado no chão. — Foi por isso que a gente veio. Se dermos o fora antes de os criados chegarem, já teremos feito um ótimo trabalho para uma noite.

O goblin baixote deu uma risadinha de novo, então bufou.

— Um ótimo trabalho para uma noite, diz ele! Um ótimo trabalho para uma noite! Eu digo que fizemos um ótimo trabalho para uma noite. Todos aqueles pombos de peito estufado, com seus casquetes... Não vão mais partir para a guerra tão alegrinhos, não é? Ah, eles não vão mais tão alegrinhos, não.

Os goblins viraram depressa uma esquina e desceram correndo um lance íngreme de escadas carcomidas pelos vermes. As paredes, antes de metal e madeira reluzente, se tornaram um monte de pedra úmida, cheia de musgo. No pé da escada havia uma adega comprida e gotejante, que sumia em meio à escuridão.

O goblin baixote não parava de falar:

— O Rei Matreiro vai ficar muito contente com a gente, não acha? Não acha, Urtiga? A maior parte de Londres está aqui. Todas as partes importantes, pelo menos. E estão todos com tanto medo que a cera de seus bigodes derreteu. Não vai ser surpresa nenhuma se o Rei Matreiro nos pagar uma pequena fortuna quando voltarmos. Não vai ser surpresa nenhuma.

Os goblins dispararam até o fim da adega, entraram em um aposento com teto arqueado, e suas passadas ecoaram ali dentro. Barris de vinho cobriam as paredes. Em algum ponto no alto da casa, eles ouviram uma confusão, pancadas, baques secos e vozes altas. Depois, gritos.

— *Ah, o Rei Matreiro, o Rei Matreiro, em suas torres de cinza, onde venta o dia inteiro* — cantarolou o goblin baixote, sem fôlego. — Quanto você acha que ele vai nos pagar, hein, Urtiga? Quanto você acha que...

O goblin chamado Urtiga virou-se e deu um soco firme na cabeça do baixinho.

— *Não* conte com o sapo no fiofó da galinha! Ninguém sabe o que o Rei Matreiro vai fazer. Ninguém pode ver. Só vamos saber qual será nossa recompensa depois que estivermos em segurança, a caminho. *Leite de Sangue?* — Sua voz ficou subitamente alta, retumbante sob o arco de pedra. — Leite de Sangue, tire a gente daqui!

Devagar, um vulto pequeno e corcunda emergiu das sombras.

— Deu tudo certo? — sussurrou a coisa. — Ele ficará satisfeito conosco?

Ramos nodosos cresciam de sua cabeça em vez de cabelos. De início a criatura parecia uma criança, pele e osso, com olhos enormes e famintos. Mas, à medida que se aproximava, era possível notar as rugas ao redor da boca e os sulcos na pele branca feito a de um cadáver. Era uma velha. Uma Peculiar anciã.

O goblin baixote estremeceu de nojo. Até mesmo Urtiga assumiu uma expressão sombria, juntando as sobrancelhas.

— Não se formos pegos — grunhiu ele, e abriu bem a boca. Uma de suas bochechas estava inchada, e o interior pressionava as fileiras de dentes. Havia uma caixa embutida ali, dentro da pele. Ele levou as mãos até ela e tateou-a desajeitadamente, tossindo. Uma garrafinha de vidro rolou por sua língua, e ele a cuspiu. Estava repleta de um luminoso líquido escuro. Ele a fez girar pelos ares. — Beba. Depressa. Tire a gente daqui.

A mão da Peculiar estendeu-se como um raio e apanhou a garrafa. Os dedos estavam encardidos. Seu corpo inteiro parecia imundo, ensebado com uma camada de sujeira. Os pés descalços apareciam por baixo de um vestido de baile em farrapos. Os braços estavam marcados com linhas vermelhas serpenteantes como tatuagens.

— Ele ficará satisfeito comigo. Ah, sim, comigo ele ficará satisfeito. — Ela falava como se implorasse.

Ela desarrolhou a garrafa e bebeu tudo. O líquido negro lhe escorreu pelo queixo. Quando não restava mais nada, ela respirou fundo, sorvendo bastante ar. Depois esmagou a garrafa em mil pedacinhos aos seus pés.

Urtiga olhou para trás, deslocando o peso do corpo de uma perna a outra. Em breve todos estariam atrás deles — os serviçais, os lordes, os ingleses, os caras-de-chumbo. Vasculhariam a casa, corredor por corredor. E chegariam até ali. Ele mal piscou quando uma linha negra começou a se desenhar ao longo do corpo pálido da mulher, sussurrando ao seu redor e depois se afastando. O ar estremeceu como se tivesse sido golpeado por asas invisíveis. Um portal surgiu, bem pequeno, com apenas 30 centímetros de largura, em cada lado da mulher. Urtiga pôde vislumbrar uma paisagem litorânea atrás dela, escarpas escuras, ondas com crista branca e um céu da meia-noite repleto de estrelas.

— Pelas *pedras*, você está ficando cada dia pior! — exclamou o goblin baixote. — Logo, logo seremos obrigados a entrar engatinhando na Terra Velha!

— Cale a boca, Reboco — disse Urtiga, mas sua carranca ficou mais carrancuda ainda.

A mulher fez uma expressão condoída e retorceu as mãos por baixo da renda imunda de seu vestido.

— Isso mesmo, cuidado com a língua. Olhe lá com quem está falando — disse ela.

Reboco vociferou:

— Ah! E você, quem pensa que é? Não passa de uma escrava. Pior que uma escrava: você é uma *Peculiar*.

— Sou serva do Rei! — gritou a velha. — Mostre um pouco de respeito! — Aquilo, porém, pareceu apenas atiçar Reboco ainda mais, e ele começou a andar de um lado a outro, fazendo as garrafinhas chacoalharem.

— Você não passa de uma escra-a-va! — cantarolou, saltitando ao redor dela. — De uma escrava, de uma escrava, de uma escrava, de uma *escrava imprestável*!

A mulher pálida olhou para Urtiga, os olhos caídos cheios d'água.

— Faça-o parar! — pediu.

— Escrava, escrava, escrava! — guinchava Reboco.

Os olhos da velha tornaram-se suplicantes.

— Antigamente, eu era sua favorita.

Foi a gota d'água. Os lábios de Urtiga se retorceram num sorriso maldoso.

— Bom, agora obviamente não é mais — retrucou ele.

Foi como se tivesse dado um tapa na velha.

Ela recuou, encarando-o.

— Como ousa? — disse. — Como ousam, *vocês dois*? — Ela começou a tremer. Era tão pequena e velha, mas, apesar disso, tremia com toda fúria.

Então, subitamente, uma porta no alto da adega se abriu com um estrondo e vozes ecoaram ali dentro, tão altas quanto o som de tiros. A luz dos lampiões dançava pelas paredes, aproximando-se cada vez mais.

— Vocês vão ver só! — rosnou a mulher. — Vão ver só do que sou capaz. — Ela deu um passo na direção dos goblins.

— *Não!* — vociferou Urtiga. Mas era tarde demais.

Um vento frio chicoteou a adega. E de repente o lugar inteiro estava repleto de asas. Elas açoitaram o rosto de Urtiga. Com uma guinada brusca, o portal se expandiu.

— Basta! — berrou ele por sobre as asas oscilantes. Correu depressa para a frente a fim de atravessar o portal e entrar nos rochedos escarpados. — Venham, vocês dois, ou seremos todos mortos!

A velha começou a caminhar.

— Peçam desculpas! — guinchou ela. — Peçam desculpas!

A cada passo que ela dava, o portal crescia, as asas rodopiavam cada vez mais negras e violentas. A escuridão havia atingido o teto. Fragmentos de poeira e rocha acumulavam-se no chão. As estrelas da Terra Velha cintilavam dentro da adega, brilhando sobre as poças do chão.

— *Agora*, seus bestalhões! Querem que a casa inteira caia em nossas cabeças? Entrem logo de uma vez!

Gritos. O brilho dos lampiões aumentou de intensidade, espalhou-se. Sombras surgiram nas paredes. As sombras começaram a correr.

Até mesmo Reboco parecia com medo agora.

— E-e-eu... Não foi o que eu quis dizer! Não mesmo, desculpe!

Mas a mulher pálida já não escutava mais.

— Antigamente eu era sua favorita — repetiu. — Sou o Portal para Bath. Sou o maior portal dessa era. Ele ficará satisfeito comigo novamente.

Ela começou a correr, bem na direção dos ingleses que se aproximavam.

— Volte! — berrou Urtiga. — Volte!

As asas incharam, mais escuras que a noite. O teto soltou um gemido violento. Reboco saltou para os rochedos.

Um guincho ensurdecedor preencheu a adega, vindo do alto da Mansão de Wyndhammer e do corredor repleto de calor e de dançarinos. Pés, centenas deles, batiam no chão em tropel como um trovão.

A Mansão de Wyndhammer começou a desabar.

Os sinos da Catedral de St. Paul soaram 35 minutos depois da meia-noite, mas Pikey nem cogitava dormir. Estava atravessando a lama que batia em seus tornozelos, os ombros erguidos sobre as orelhas para impedir que estas congelassem. Não contou as badaladas dos sinos.

Não havia lua. Nuvens vagavam pelo céu, negras e intermináveis, rasgando-se nas espiras da catedral, nos cata-ventos e nas pontas dos coruchéus. Estava tão escuro.

*Somente mortos e fadas saem nas noites sem lua. Mortos e aqueles que em breve o serão.* Qualquer um que quisesse conservar o sangue nas veias e o casaco nas costas desaparecia das ruas depois das onze da noite. Mas Pikey não tinha escolha. *Precisava* encontrar seu tapa-olho.

Depois do desabamento da Mansão de Wyndhammer, ele havia fugido de volta à praça diante da Catedral de St. Paul. Procurara durante horas, o corpo encurvado, cutucando entre as pedras musguentas do pavimento como um velho fazendeiro semeando um campo. Era a sétima vez que fazia aquilo. O frio estava entranhando em seus ossos. As pernas tinham se tornado tão duras quanto postes. Mas nada de encontrar o tapa-olho. Tinha se perdido para sempre; fora roubado ou então pisoteado para muito fundo no pavimento. Quando um grupo de desertores chegou na praça aos gritos, Pikey fugiu apavorado.

Mancou em direção às ruelas repletas de casas que levavam a Spitalfields, esfregando as mãos para afastar a dor enregelante. Tentou conservar-se nas sombras, disparando de uma porta para outra e dando no pé sempre que ouvia passos. Não sabia o que havia acontecido na Mansão de Wyndhammer, mas podia apostar as botas como tinha algo a ver com as fadas, e estava começando a sentir medo. E se alguém o tivesse visto ali? E se ele estivesse sendo seguido naquele exato momento? Não podia ser pego assim. Não com seu olho ruim totalmente exposto.

Tentou ir mais depressa. A cidade se transformava num monstro quando anoitecia; as ruas eram suas gargantas, e os cemitérios, suas barrigas, e, desde que as coisas entre ingleses e fadas começaram a degringolar, o monstro sentia cada vez mais fome. Primeiro apareceram os policiais caras-de-chumbo contratados pelo Parlamento para perseguir as fadas e afugentá-las da cidade, então reuniram soldados para combatê-las, uma vez que fossem expulsas. Depois deles, apareceram os salteadores e os pistoleiros, os valentões, os rufiões e os caçadores de fadas, com seus dentes de aço e sacos repletos de facas e redes. Desde que a Expulsão havia sido declarada, eles pareciam pulular em Londres como cogumelos. Saíam à noite, vasculhando por toda parte em busca de qualquer fada que porventura ainda não tivesse ido embora. Às vezes encontravam alguma. Ora essa, na semana passada mesmo, Pikey ouvira falar de uma colônia inteira de ninfas e elfos das águas que tinha sido descoberta nos esgotos de Whitechapel, escondida na água verde estagnada. Onde eles estavam agora, Pikey não sabia; a única coisa que sabia é que não desejava juntar-se a eles.

Mal tinha acabado de dobrar a esquina perto da Estalagem Glockner, chapinhando pela sarjeta, quando viu a garota.

Seu coração parou, do nada, como se tivesse congelado de repente.

Ela estava de pé, a uns 3 metros de distância, olhando para ele. Mas não estava na rua. Seus pés não estavam sobre o calçamento de pedra, com as casas e as chaminés enegrecidas de Londres ao fundo. Atrás dela havia árvores e neve. *Luar.*

— Que diab...? — arfou Pikey. Durante todo o período em que tivera o olho nublado, só vira três coisas: uma escadaria de madeira comprida com uma luz instável no topo; um rosto cinzento descascado que se aproximava, olhando malignamente com olhos vermelhos como brasas; e uma floresta coberta de neve. Jamais tinha visto uma garota naquelas paisagens. Nunca uma criança vestida só de camisola, descalça sobre a neve como se isso não fosse esquisito.

A garota deu um passo em sua direção.

O cérebro de Pikey deu uma guinada estranha e forte ao tentar compreender o que estava acontecendo. Ela parecia pairar acima dele, enquanto o garoto permanecia no chão, olhando para o alto. Por um segundo, Pikey não teve certeza se estava de pé ou se caía.

Encostou-se na parede da estalagem, com a cabeça abaixada, ofegando lufadas de ar gélido. Quando olhou para cima, viu que ela estava correndo em sua direção, a camisola agitando-se atrás de si. Era tão branca. Parecia cintilar na escuridão. Uma das mangas estava amarrotada e arregaçada, e Pikey percebeu que a pele de seu braço estava repleta de linhas vermelhas entrelaçadas, como tatuagens. Ele sobressaltou-se. Ela olhou para baixo.

Aquilo o deixou enjoado de novo. Seu estômago revirava, e ele fechou os olhos com o máximo de força que conseguiu. Quando tornou a abri-los, a garota estava tão próxima que ele conseguia enxergar cada poro e cada veia de sua pele fina como papel. Ela ergueu um dedo e, com ele, roçou o olho nublado.

Pikey tentou desviar-se dela, arranhando as costas nas pedras ásperas. Tentou dar-lhe uma pancada, dizer a ela que mantivesse aqueles dedos malditos longe dele, mas sua mão apenas golpeou o ar fumacento da rua.

Ela era apenas uma criança, percebeu ele, mais jovem ainda que ele. No lugar do cabelo havia galhos, e exibia olhos tão grandes e negros que pareciam gotas de tinta, e...

*Oh, não.*

Ele sabia o que ela era. Não era uma criança humana.

— Saia daqui! — disse ele, a voz estrangulada. — Caia fora, por favor...

*Por favor, por favor, não permita que um cara-de-chumbo apareça agora...*

A garota estendeu a mão em sua direção novamente. Pikey pôde sentir, sentir *de verdade*, o toque do polegar em seu olho. Ele deu um pulo para a frente, brandindo os punhos.

A mão dela continuava no olho dele, mas ela não estava ali, não em Londres. Não se abalou com as investidas dele, e, embora Pikey tivesse avançado vários passos, ela continuava diante dele. Pikey cerrou os dentes, deu uma trombada nela, tentou empurrá-la para longe, porém ela nem piscou.

Então, em algum lugar na floresta escura atrás da garota, Pikey viu um movimento, um leve farfalhar. O rosto da menina se contraiu de medo. Sua outra mão subiu, e seus dedinhos foram diretamente na direção do olho dele.

A lua sumiu. As árvores também. Ele estava mais uma vez sozinho no meio de uma rua escura e vazia.

Pikey correu todo o caminho de volta até a ruela do boticário, ignorando a dor nas pernas. Engatinhou para dentro do buraco e enrolou-se nos velhos cobertores. O ar estava frio o bastante para congelar a pele das bochechas, mas ele mal sentia. Ficou deitado no escuro, tremendo, preocupado. Quando conseguiu reunir forças, abriu o olho embaçado e espiou.

A garota não estava mais lá. Nem a floresta. Tudo o que viu foi escuridão e um ou outro clarão de luz. Pousou a mão novamente sobre o olho e tentou pensar em fogões e presuntos e rostos felizes, sorridentes.

Por fim, adormeceu.

Um ruído na ruela despertou Pikey. Por um instante, um buraco profundo abriu-se em seu estômago e ele tornou a ouvir aqueles passos, *tap-tap, tap-tap*, mancando em sua direção sobre as pedras do pavimento. Sentiu o cheiro do gelo e do limo, e o odor perturbador do açúcar queimado das maçãs do amor. Viu o sangue...

Sacudiu-se e ergueu-se 1 centímetro, tomando cuidado para não bater a cabeça nas tábuas. Ainda estava escuro. Ele não devia ter dormido mais que uma hora. Mantendo o cobertor ao redor das orelhas, espiou para fora do buraco. Ele dormia de roupa, é claro, com boné, casaco e três pares de meias. Entretanto, se antes de despertar ele estava com frio, agora estava congelando. Todo o ar quente e fedorento escapou de debaixo de sua cama numa lufada de vapor.

Ele correu os olhos pela ruela, tremendo. As pedras do calçamento estavam escorregadias por causa do gelo, e o ar era límpido e gélido. Aguardou, esforçando-se para ver o que poderia tê-lo despertado.

De repente, a lamparina negra balançou acima da porta da botica.

Pikey assustou-se. Havia alguma coisa ali. Não uma coisa lenta e manca, e sim algo veloz, que se movimentava em rompantes, uma sombra irregular na parede, depois mais próxima, no corrimão de pedra da botica.

Ele recuou para dentro de seu buraco depressa. Abriu a boca, prestes a gritar pelo boticário, sua esposa, o chaveiro lá de cima da rua, todo mundo em Spitalfields. Mas aí ele viu.

Era a fada. A fada da Mansão de Wyndhammer. Veio esvoaçando até a entrada da toca de Pikey, as plumas negras como tinta flutuando atrás de si. Parou e virou a cabeça para um lado e outro, farejando. Depois focou em Pikey, e sua boca abriu-se num sorriso todo dentes afiados e nojenta língua negra.

Pikey sentou-se bem empertigado e, daquela vez, bateu a cabeça no teto.

— *Garoto* — disse ele. Não era mais um pedido hesitante. Era uma confirmação. Ele o encontrara.

— O que cê *quer*? — sibilou Pikey, olhando depressa para a porta do boticário. A luz alaranjada ao redor dela havia desaparecido. Isso significava que o fogo da lareira tinha se apagado. Isso significava que passavam das quatro da manhã. Em breve o boticário acordaria. — Vá embora! — Pikey sacudiu as mãos na frente da criatura. — *Xô!* Se alguém flagrar você aqui, me mata. Mata nós dois, e vai ser tudo culpa sua.

Ele lembrou-se dos caras-de-chumbo. Do boticário com o bacamarte e dos caçadores de fadas com as bocas cheias de ferrões. Um pânico horrível começou a apertar seus pulmões.

A criatura não se mexeu. Ficou ali parada na entrada do buraco, ainda exibindo aquele sorriso tenebroso e irregular.

— Olhe — sussurrou Pikey, recuando para dentro de seus cobertores. — Ajudei você lá naquela mansão, mas tá tudo certo agora, tá bom? Você não me deve nada. Não precisa vir me visitar. — Ele abaixou ainda mais a voz: — Pode aparecer um caçador de fadas. Se alguém vir você, um caçador vai aparecer e te colocar num moedor de carne. As fadas foram *expulsas* de Londres. Expulsas!

A fada inclinou a cabeça para o lado, ainda sorrindo. Então abriu uma mão de dedos finos e estendeu algo para Pikey.

Estava negro como breu ali. A lamparina acima da porta do boticário tinha se apagado havia muito tempo, mas ele não precisava dela. Porque o que aquele ser tinha na mão era uma pedra preciosa tão grande quanto um ovo de ganso, e ela parecia preencher o espaço congelante com sua fria luz cinzenta. Tentáculos de filigrana prateada a envolviam. Seu interior era de um tom púrpura intenso, repleto de veios e lascas. O exterior era liso como vidro.

Pikey ficou olhando para a pedra. *Ah, isso aí deve valer umas doze libras, essa belezura. Ou cem.* Ele poderia comprar uma maçã do amor com aquilo. Poderia comprar *meia arroba* de maçãs do amor! Poderia ir direto até um desses carrinhos de pintura bonita, com vapor saindo pela traseira e cheio de maçãs protegidas atrás de um vidro, e comprar tudo, até os aventais.

Pikey estendeu a mão e passou um dedo sobre a pedra.

— *Garoto* — repetiu a fada, então pegou a mão de Pikey, envolvendo-a ao redor da pedra. Pikey olhou da pedra preciosa para a criatura e desta para a pedra. Seu coração dava uns saltinhos esquisitos de encontro às costelas.

— É pra mim? — arfou ele. Já podia ver tudo: ele fugindo dali, encontrando um lugar bacana, um lugar onde houvesse meias grossas e quentinhas e um fogão, onde as pessoas não o chutassem e enxotassem quando ele chegava perto, e...

Rodas de carruagem entraram chacoalhando na Ruela do Sino. Ferraduras martelavam as pedras do calçamento. O sorriso da fada desapareceu. Ele olhou mais um instante para Pikey, os grandes olhos espelhados e límpidos. Depois virou as costas, fazendo as asas negras roçarem pelo chão, e sumiu rua afora.

Pikey observou-o se afastando, sentindo o peso da joia na mão. Era muito fria. Mas também era maciça, mais confortadora que qualquer outra coisa que ele já tivesse tocado. Sentiu vontade de rir ao segurá-la. Sentiu vontade de gritar de alegria e de dançar pela rua, e de dizer a todas as poucas pessoas que conhecia que ele era mais rico que elas e o senhorio do prédio juntos. Olhou para a pedra um segundo mais, envolvendo-a com a mão em concha, e observou sua respiração nublá-la. Então, com espanto, deu-se conta do que estava segurando e apertou a joia contra o peito. Olhou com atenção pela ruela. Enfiou-se no fundo de seu buraco e enrolou-se nos cobertores, mantendo a pedra preciosa bem perto do coração, como um pedaço de boa sorte.

Não sonhou com maçãs naquela noite, por mais que fosse seu desejo. Sonhou com a garota de cabelos de galhos. As enormes árvores escuras a rodeavam, inclinando-se para baixo. Sua camisola fina agitava-se ao vento. Ela caminhava, encurvada e cansada, na direção dele, mas parecia que nunca se aproximava. E parecia tão triste. Tão triste e solitária embaixo daquelas gigantescas árvores negras.

# Capítulo IV
# A caravana feliz

No castelo sombrio, à beira de um mar retumbante, certo vulto estava sentado em um trono, no ponto exato onde quatro salões se encontravam. Água e luz das estrelas salpicavam as janelas sem vidraças, mas nenhuma das duas atingia o vulto. O trono era alto e estava de costas, de modo que não se podia ver a figura ali sentada, a não ser ficando na ponta dos pés e espiando ao redor.

Urtiga e Reboco não se atreveriam a espiar ao redor de nada, nem na Inglaterra nem na Terra Velha. Aguardaram nervosamente, remexendo os pés, e tudo o que viam da figura eram os compridos dedos brancos, que brincavam com algo brilhante como vidro.

— *Mi Sathir?* — disse Urtiga, por fim. — *Mi Sathir*, fizemos o que nos ordenou. A ilusão na Mansão de Wyndhammer? Foi feita, exatamente como o senhor ordenou.

As mãos pálidas pararam de se mexer.

— Simssenhor — completou Reboco, tentando parecer corajoso. Cutucou Urtiga nas costelas. — E de um jeito bastante satisfatório, aliás, ouso dizer. Não houve nem um camarada ali que não tenha ficado com medo da própria sombra. E todos aqueles generais e tenentes do *Exército de Sua Majestade*... — Ele pronunciou aquelas palavras com ódio exagerado. — Todos ficaram estatelados, boquiabertos. Ah, agora quero ver se vão ter coragem de ir para o campo de batalha! Vão ter tanto medo que não se atreverão a empunhar arma alguma contra você, *Sathir*. Não será um grande combate.

A figura no trono soltou uma risada, um som agudo e nítido como o de um sino. Então falou, com voz suave e animada:

— Não. Não será, não é mesmo? Eles não irão combater porque metade deles morreu, certo? Vocês os mataram quando deixaram minha pequena Leite de Sangue abrir seu portal embaixo da Mansão de Wyndhammer. Ah, e por falar nisso, ela também morreu. Os caras-de-chumbo encontraram o corpo embaixo dos destroços. — A figura riu de novo, baixinho, para si.

Os goblins se entreolharam, e, se sua pele castanha como um tronco de árvore pudesse ficar pálida, teria ficado. Urtiga tentou dizer alguma coisa, engasgado:

— *Sathir* — gaguejou. — *Sathir*, nós não, nós...

— A missão de vocês era assustar os ingleses — disse a figura no trono. — Foi isso que ordenei que fizessem. Um truquezinho, para dar a eles o gosto do que estaria por vir. Eu *não disse* para atiçar o fogo do patriotismo no país inteiro mandando metade de sua aristocracia pelos ares. Vocês arruinaram tudo.

Seu tom era divertido, como se achasse tudo aquilo insuportavelmente cômico.

Os olhos de Reboco desviaram-se para Urtiga. Então ele começou a falar, sem parar:

— Não, *Sathir*, ah, não, nós não atiçamos fogo algum! Pelo menos *eu* não aticei. Foi o Urtiga aqui que atiçou. *Ele* é que foi horrível com a Peculiar, chamando a velha de todo tipo de nome feio. Oh, *Sathir*, não fui eu, juro que não fui eu!

— Vão embora. — A figura no trono gargalhou, e o som da risada ecoou pelos quatro salões, gelado e cinzento. — Vão embora, já ouvi o bastante.

Seus dedos compridos estalaram. Ao final de um dos salões, duas mulheres se materializaram, ricamente vestidas, usando máscaras com bicos. Uma delas tinha seis braços brancos. Uma chave emergia das costas da outra. Elas deslizaram para a frente sem fazer nenhum ruído.

— O que quer que façamos com eles, *Sathir*? — perguntaram. As vozes que saíram de trás das máscaras espocaram como faíscas.

Mais uma gargalhada. A esguia mão branca levantou novamente o objeto de vidro e o revirou, preguiçosamente.

— Ah, não sei. O que se faz atualmente com quem não se gosta? Algo horrendo, espero. Algo verdadeiramente horrendo.

Hettie e o mordomo-fada ficaram no chalé por um período que pareceu enorme. Hettie não saberia dizer exatamente *quanto* tempo. Não havia relógios na Terra Velha, nem horários de trens, e, mesmo que houvesse, Hettie desconfiava que não fariam o menor sentido. O tempo naquela floresta parecia ter um trajeto diferente. Todas as noites Hettie dormia, e todas as noites ela acordava e vagava pela casa, observando o céu se transformar de negro para muito negro, mas não *parecia* que os dias estavam passando. Lá fora, na floresta, as estações nunca mudavam. A neve estava sempre no chão, mas nenhuma neve caía. Hettie ainda podia ver as pegadas deles sempre que olhava por uma das envidraçadas janelas de chumbo. O labirinto de pegadas dando voltas e voltas rumo ao nada.

Desde a luta com a criatura de rosto cinzento, o mordomo-fada caíra em grande silêncio. No primeiro dia em que pisaram no chalé, ele se encostou à parede assim que entrou. Desde então, mal se mexeu. No início Hettie ficou ao lado dele, perto de sua faca e de seus braços finos e brancos. Mas, à medida que os dias se passavam e ele se limitava a arrastar-se para fora para beber neve e comer os cogumelos cinzentos que nasciam nas rachaduras das árvores, Hettie chegava à conclusão de que *ela* deveria fazer alguma outra coisa. Cedo ou tarde Bartholomew viria resgatá-la, mas até lá ela achava que seria melhor se ocupar. E poderia se ocupar explorando o chalé. Afinal, o treco que morava ali estava morto, mesmo. Não passava de um montinho de cinzas a cem passos de distância, que talvez até já houvesse sido completamente varrido embora pelo vento. Não havia nada a temer.

Então, certa manhã, quando o mordomo-fada ainda estava do lado de fora, Hettie caminhou até o fim do corredor. Tinha estrutura de madeira, do tipo que se encontra em um chalé comum. Ao final havia duas portas e uma escada íngreme de madeira que levava ao andar de cima. Uma das portas estava pintada de azul. A outra, de vermelho.

Ela testou primeiro a porta azul. Esta se abriu para um pequeno aposento que provavelmente devia ter sido uma cozinha, mas que estava completamente vazio. Havia uma lareira de pedra, o que explicava a chaminé, e mais nada. O chão estava perfeitamente limpo. As paredes, embora rachadas e esburacadas, eram caiadas de branco. Nem mesmo o apartamento onde Hettie havia morado na Inglaterra era tão vazio. Pelo menos lá havia *coisas*, garrafas, tigelas, Mamãe, a tina de torcer roupa de Mamãe. Tinha ao menos uma teia de aranha num canto qualquer. Ali, não. Hettie não vira nenhuma aranha desde o dia em que chegaram. Nem mesmo um besouro. Nem sequer um pássaro no céu cinzento como ferro.

*Por que uma fada tão horrorosa teria uma casa tão arrumada?* Hettie se perguntava o que a fada fizera para ganhar a vida.

Caminhou pelo aposento diversas vezes, olhou pela janela, espiou para cima, pela chaminé, e, conformada com o fato de aquele ser de fato um cômodo vazio, nu, voltou para o corredor. Em seguida, tentou a porta vermelha. Esta se abriu para um aposento imundo, de pé-direito baixo, tão negro quanto o interior de uma chaminé. Havia montes de lixo empilhados em todos os cantos. A luz que forçava passagem pela janela sebenta mal penetrava a escuridão, e o ar era pesado e horrendo. Fedia a mofo e a água parada.

Ela avançou alguns passos. Mal conseguia distinguir a silhueta de uma cadeira no meio do quarto, diante de uma mesa de madeira. Deu mais alguns passos e olhou para trás a fim de ter certeza de que a porta continuava aberta: de repente ela parecia muito distante. Aproximou-se da mesa. Estava coberta de ferramentas e gotejava algo que parecia ser alga marinha. Hettie forçou a vista para enxergar melhor. Havia martelos, alicates e estranhos instrumentos em forma de gancho, além de diversos papéis grossos e amassados. Uma rajada de vento entrou pela porta de repente, farfalhando os papéis, e Hettie viu então que eles estavam cheios de rabiscos e desenhos. Imagens de olhos, olhos esboçados de todos os ângulos, redemoinhos de tinta, as veias e os nervos parecendo galhos retorcidos. Todos pareciam observá-la, franzindo a testa, fazendo cara feia, chorando. Hettie estremeceu, juntou os papéis numa pilha e fugiu, fechando bem a porta.

Depois disso, não entrou mais naquele quarto. Visitava com frequência o da porta azul. Pediu ao mordomo-fada que a acompanhasse e acendesse a lareira. Ele não foi. Ela sentou-se ao lado dele no corredor e disse que, além disso, ele poderia construir algumas cadeiras e uma mesa, mas ele nada disse.

Hettie não se importou. Desde que a porta vermelha permanecesse fechada, para ela tudo estaria bem. O colar que havia retirado dos restos mortais do cara-cinzenta estava sempre por baixo de sua camisola, encostado em sua pele, para lembrá-la de que a coisa que vivera ali não existia mais e não sairia de um canto de repente, nem desceria correndo as escadas sombrias a qualquer momento. Às vezes, quando o chalé parecia especialmente solitário e o mordomo-fada não dizia palavra, e nem sequer olhava para ela, Hettie ficava segurando o pingente para não sentir medo.

O metal estava sempre frio ao toque, mas a pedra... parecia sempre quente.

Hettie descobriu a luz quando subiu até o alto da escadaria. Pelo menos, tinha quase certeza de que aquilo era uma luz.

Havia avistado a tal luz pela primeira vez em Londres, no depósito. Naquela ocasião, ela havia cintilado na janela da frente do chalé, a poucos centímetros do solo. Agora estava no alto de uma escada longa e sinuosa, numa janela que dava para a floresta, a uma altura que parecia ser de metros. A luz viera de uma vela, mas algo a apagara.

A vela era amarela e de aparência sebosa. Veios vermelhos corriam logo abaixo da superfície. O que aconteceria se Hettie a acendesse novamente? Pensou em levar a vela para baixo a fim de afastar a noite.

Esticou o braço para tocá-la.

Então ouviu um som. *Sinos.* Sinos tocando na floresta.

Arregalou tanto os olhos que ficaram parecendo xícaras de chá.

— Alguém está vindo — sussurrou. E, num piscar de olhos, estava descendo as escadas, correndo, descendo cada vez mais para o interior do chalé. — Alguém está vindo! — gritou, pulando os últimos cinco degraus. O mordomo-fada continuava recostado na parede. Não se mexeu ao ouvir o som da voz dela. Hettie passou por ele como um tufão.

*Barthy. Tinha de ser Barthy. Ele teve semanas e semanas para me encontrar...*

Os sinos estavam próximos agora, quase na clareira. Ela ouviu o som de cascos esmagando a neve, e vozes, e risadas altas e alegres. Soltou o ferrolho para entreabrir a porta.

*Não era a voz de Bartholomew.*

Ela espiou lá fora.

*Não era Bartholomew.*

Um grupo de cavaleiros saía de entre as árvores e seguia em direção ao chalé. De início pareceram ser todos brancos e pretos — cavaleiros negros montando cavalos brancos, ou cavaleiros brancos sobre cavalos negros —, e, com os galhos escuros entrelaçando-se atrás deles e a neve sob seus cascos, era como se fossem uma extensão viva da própria floresta, como pontos de bordado em um travesseiro.

Hettie não tinha visto muita coisa durante sua breve vida no Beco do Velho Corvo, mas conhecia a aparência de um cavalo e sabia que não era daquele jeito. Aqueles animais tinham quatro patas e pescoços compridos, *quase* iguais aos de cavalos, mas seus ossos eram mais delicados, e os rostos, mais fortes; e suas crinas e caudas pareciam feitas de água ou de algas marinhas, ou de vidro derretido.

Na garupa levavam pessoas brancas de rostos pontudos. Algumas eram altas e magras como o mordomo-fada. Outras, pequenas como o Sr. Lickerish, o cavaleiro Sidhe malvado que a transformara em portal em Londres.

Os homens usavam coletes negros e casacas negras como qualquer cavalheiro inglês. As damas trajavam vestidos de gotas de orvalho, ou feitos de páginas esvoaçantes de livros. Uma delas, uma mulher velha e encarquilhada, estava coberta com tantas camadas de preto que parecia praticamente ter sido engolida. Trazia a cabeça curvada, e as mãos entrelaçavam-se com firmeza na crina de seu cavalo.

Na frente do grupo vinha uma pequenina fada com um sorriso estranho. Não era um sorriso feliz, mas era bem largo. Usava um vestido de espinhas de peixe que haviam sido costuradas de modo a formar algo semelhante a uma teia de aranha. E, quando os cavaleiros entraram na clareira e pararam para desmontar, Hettie receou que todas as amarras do vestido daquela senhora se descosturassem e o vestido inteiro se desfizesse a seus pés.

Nada do tipo aconteceu.

A fada não desmontou. Em vez disso, seu cavalo encolheu-se embaixo dela; os ossos do animal remoeram-se e reuniram-se até que no lugar deste sobrou apenas um rapaz alto de aparência maligna, com olhos rasgados e duros. Ele abraçou a dama e então a pousou delicadamente sobre a neve. Os outros cavalos fizeram o mesmo.

A dama de vestido de espinha de peixe olhou brevemente ao redor, o queixo empinado de forma arrogante. Então caminhou até o chalé.

Hettie afastou-se da porta.

— Eles estão vindo para cá — sussurrou ela, aproximando-se do mordomo-fada. — Prepare a faca! Prepare a faca, faça alguma coisa, eles estão *vindo*!

Mesmo assim, o mordomo não se mexeu. Por um instante, Hettie achou que ele estivesse refletindo sobre alguma coisa, mas então viu seu rosto. A pele estava esticada e cinzenta. Pequeninos músculos retorciam-se em sua bochecha, e seu olho verde estava arregalado e opaco. Ele não se mexeria, percebeu Hettie, e sentiu um aperto no peito. Ele estava completamente apavorado.

Ela olhou de novo para a porta. Através da fresta, viu a barra do vestido da fada varrendo a terra congelada. Deu uma última sacudidela irritada no mordomo, depois seguiu pelo corredor e subiu as escadas.

Ouviu a fada bater na porta aberta, três batidas fortes.

— Belusite Número 14! — gritou ela. — Viemos fazer a coleta.

As dobradiças rangeram.

Hettie correu para cima, sempre para cima, rumo à janela e à vela. Lá embaixo, passadas intensas. Subitamente ela ouviu vozes em toda parte, por baixo das treliças de madeira, flutuando pela escadaria atrás dela. Portas bateram. Após alguns segundos, as vozes se transformaram em gritos irados.

Queriam a pessoa que morava ali. E a pessoa não estava.

Por fim, Hettie foi até a janela alta e subiu desajeitadamente no peitoril. Olhou para a cena abaixo, através dos galhos escuros.

A fada saíra do chalé e rodopiava de um lado a outro, como se estivesse em uma festa num jardim, e não no meio de uma vasta floresta morta. Três cavalheiros-fada estavam de pé atrás dela, em fileira, imóveis e, pelo que Hettie podia perceber, em silêncio. A mulher velhíssima, envolta em seus xales e panos, estava encurvada de encontro às raízes de uma árvore.

*E o mordomo-fada...?* Dois rapazes-cavalo o arrastavam pelo paletó, para fora do chalé, e as pernas compridas deixavam rastros pela neve.

Hettie arfou. *Por que você não fugiu?*, pensou, desesperada. *Você podia ter se escondido! Podia ter se escondido* em algum lugar!

Os rapazes-cavalo o atiraram no chão. Um deles o imobilizou na neve com um pé ossudo de dedos afiados, enquanto o outro o chutava na barriga. Hettie ouviu o grito, viu sangue manchar a brancura.

Não quis ver mais. Virou as costas depressa e afastou-se da janela, descendo as escadas. As treliças voavam por baixo de seus pés. Ela não gostava do mordomo-fada. Em geral, ela o odiava, mas ele era a única coisa que lhe restava da Inglaterra e de sua casa, e ela não iria deixá-lo morrer. Chegou ao corredor de madeira. Escancarou a porta da frente.

— Parem! — gritou, pulando para dentro da clareira. — Parem, deixem ele em paz!

Doze pares de olhos negros voltaram-se para fitá-la. Ela congelou. O mordomo-fada levantou a cabeça. Um brilho esverdeado, quase de surpresa, atravessou seu olho de engrenagens. Então a dama de vestido de espinhas de peixe caminhou até Hettie e olhou-a bem no rosto. Era pouca coisa mais alta que Hettie e parecia uma criancinha pomposa.

— Inglesa. — Era uma afirmação, dita com um sotaque ligeiro e preciso que nenhum inglês usaria.

— Sim — concordou Hettie, a coragem falhando um pouco. Suas mãos tocaram a camisola, e ela olhou para baixo, subitamente tímida.

— Você é cúmplice desta fada?

— Eu... não. Mas não quero que vocês o machuquem. O que vão fazer com ele?

— Esta fada — disse a dama, agitando a mão para o mordomo — foi condenada por assassinar um dos servos mais valiosos de Sua Majestade, o Rei Matreiro. Será morta, é claro. Afogada em um brejo, creio.

— Oh — arfou Hettie.

— E você?

— Sim, senhora.

— Quem é *você*? — A dama pontuou o "você" com uma única sobrancelha erguida.

— Não sou ninguém.

— Sim, isso posso ver, mas que espécie de ninguém? Você é a fada mais estranha que já vi. Se não fosse por esse cabelo, eu acharia simplesmente que é um ser humano particularmente horroroso.

Hettie sabia que era melhor não contar que era uma medonha, filha de mãe humana e de pai fada. Algo intermediário.

Os ingleses não gostavam dos medonhos, mas ela sempre ouvira dizer que as fadas gostavam ainda menos.

— Ah, acontece que *sou* uma fada sim, senhora. É que... bom, eu vim da Inglaterra e passei minha vida lá, e... não sei, acho que acabei ficando meio parecida com os ingleses.

Doze pares de olhos se entreolharam acima de sua cabeça. Houve uma longa pausa na qual o ar gelado pareceu se encher e tornar-se pesado, repleto de toda espécie de palavra implícita e de risadas.

Então a dama de vestido de espinha de peixe soltou uma gargalhada aguda e musical que fez todos os outros gargalharem também, e os rapazes-cavalo gargalharam, e a velha gargalhou, e até mesmo os sinos de prata pareceram tilintar nas próprias notas alegres.

— Ela é tão maravilhosamente engraçada — disse a dama.

— *Ma-ra-vi-lho-sa-men-te* — arremedou um dos rapazes-cavalo, e aquilo fez todo mundo cair na risada mais uma vez.

A dama de vestido de espinha de peixe retorceu a boca. Seus olhos ficaram um pouco mais negros, e suas sobrancelhas pareceram ainda mais destacadas. Então ela gargalhou de novo, mais alto que qualquer um.

— John? — disse ela, virando-se para um dos rapazes-cavalo de cabelo branco e pele branca, que cintilava como se estivesse coberto de neve. — John, deixe-a montar em você. Vamos levá-la conosco.

— O quê? — A criatura chamada John pareceu completamente horrorizada. — Esta *coisa*? Em cima de *mim*?

— Oh, não, eu... — O pânico tomou conta de Hettie. Envolveu sua garganta, fez sua respiração sair em pequeninas arfadas. — Por favor, eu não deveria...

Todos a encararam, todos aqueles olhos negros com faíscas de diversão em suas profundezas, faíscas de maldade. Ela não podia ir com eles. Não podia ser levada para longe daquela floresta, nem daquele chalé. Era ali que o portal havia se manifestado e ali que ela havia chegado, e ali que Bartholomew a encontraria quando fosse resgatá-la. *O que ele vai fazer se eu não estiver aqui?*

A ideia a deixou nauseada.

— Por favor, senhora — disse, dando um passo em direção à dama. — Por favor, não me obrigue a partir.

A fada nem sequer olhou para ela.

— Você deve partir. Será minha Não-Sei-Quê. Senão cortarei sua língua. Não seja chata.

Hettie fechou a boca na mesma hora.

— Bem — disse a dama, virando de costas. — Vizalia? Mande um mensageiro para o Rei. Uma de suas Belusites foi assassinada. Já eliminamos o culpado. Nada foi encontrado. Não é necessário mencionar coisa alguma sobre minha bagatelazinha.

E, quando Hettie se deu conta, ela estava no lombo de um cavalo branco com pelos que mais pareciam fiapos de vento com neve. Tudo era confusão, cascos batendo, farfalhar de mantos. Seu cavalo começou a galopar pela floresta. *O mordomo-fada.* Hettie olhou freneticamente para os outros cavaleiros. *Onde ele está? Ele não está aqui!* Com um ligeiro calafrio, olhou para trás.

Três vultos tinham permanecido diante do chalé. O mordomo-fada estava ajoelhado no chão, o queixo encostado no peito. De pé na frente dele havia dois rapazes-cavalo, os rostos estranhamente magros e famintos. E, justamente antes de o grupo de cavaleiros subir uma elevação e o chalé perder-se de vista, Hettie viu os rapazes-cavalo mudando de forma novamente, seus dentes crescendo tanto quanto adagas e seus olhos emitindo um brilho vermelho ao fitarem o mordomo. Mas daí Hettie já estava no alto do morro, cavalgando para longe, sombras e neve adentro.

# Capítulo V
# O Sr. Millipede e a fada

P IKEY conseguiu evitar o boticário e a mulher do boticário, e praticamente qualquer pessoa durante duas longas e frias noites. Sua sorte acabou na terceira, quando ele estava voltando da Fleet Street. Vinha caminhando pelo beco quando, ao passar pela porta da botica, tão suave quanto uma sombra, os cravos de suas botas bateram contra as pedras e o som ecoou até as chaminés.

Ele estremeceu.

— Ei! Quem taí? Pikey?

Uma luz alaranjada brilhou através do batente da porta.

— É. — A voz de Pikey saiu tão áspera quanto um latido. Ele correu para o buraco embaixo da botica, segurando com força a pedra em seu bolso. — É, sou eu, Jem.

O ferrolho destravou a porta. Pikey puxou os pés para dentro do buraco e ficou deitado, imóvel.

— Ei! — repetiu o boticário ao ver o beco vazio. Sua voz era grave, mas agora estava embargada e úmida, e Pikey soube que Jeremiah Jackinpots tinha feito uma visita às garrafas mais uma vez. Jem não era um homem mau. Pikey gostava mais dele que da maioria das pessoas. Mas era um homem fraco e meio lerdo, e o gim não ajudava em nada a aumentar sua inteligência.

— Já se enfiou tão rápido assim na sua toca de rato, garoto? — Pikey ouviu Jem dar alguns passos pesados na direção do buraco e, depois, uma cusparada daquelas. — Não vai dar uma palavrinha comigo? Bater um papo? Como estão os preços do óleo de minhoca? Por acaso a guerra já começou?

Pikey permaneceu completamente imóvel.

— Sei não — mentiu. — Não ouvi falar nada. Tinha ninguém não, ninguém pra contar nadinha. — Mas ele tinha ouvido falar, *sim*. O arauto estivera na Fleet Street como sempre, lendo as notícias e os preços para os analfabetos que enxameavam ao seu redor. Pikey estivera lá também, com a cabeça enfiada por entre os coletes imundos. Ele ia todos os dias à Fleet Street para ouvir o arauto e evitar que os vendedores de ervas e raízes trapaceassem Jem quando visitavam a botica. Era por isso que Jem o deixava ficar no buraco, era por isso que as senhoras da assistência social não vinham com seus chapeuzinhos pretos e saias de anquinhas para levar Pikey a um abrigo de indigentes. Ele esperava que Jem o perdoasse, só daquela vez. *Só mais um dia.*

— Estou cansado que nem um boi de carga, Jem — gritou Pikey. — Conto tudo pela manhã, prometo que conto

Jem soltou um grunhido. Pikey ouviu o tilintar do vidro de uma garrafa e um estalar de lábios. Depois resmungos enquanto o outro entrava de volta na botica. A porta fechou-se com um estrondo. O beco caiu em silêncio outra vez.

Pikey enfiou-se o mais fundo que conseguiu em seu buraco e se enrodilhou como uma bola, todo braços e pernas e lã fedorenta. Estava arriscando a sorte. Sabia que sim. Aquela noite Jeremiah Jackinpots estava carrancudo e bêbado demais, mas, na manhã seguinte, não estaria mais. De manhã, Pikey precisava estar longe dali.

*Vendo a pedra, arranjo um tapa-olho, saio da cidade. Vou pro sul. Longe da guerra. Longe dos caras-de-chumbo, das cidades e das malditas fadas.*

Vinha repetindo aquilo para si nos últimos três dias como se fosse um encantamento, hora após hora, até adormecer. Mas as palavras tinham mudado um pouquinho desde aquela primeira manhã, quando foram: *Compro uma maçã do amor. Depois limonada e doce de gengibre e seis — seis não —,* sete *tortas de carne. Depois volto pro carrinho das maçãs do amor e compro tudo.*

Ele ainda compraria sua maçã do amor; a diferença é que agora estava sendo mais pragmático.

Estremeceu e enfiou o cobertor pela frente do casaco para se proteger do frio. Seu buraco ficava dentro das fundações da botica, direto na terra. Um metro e vinte de comprimento. Metade disso de altura. Acima dele, através das tábuas do assoalho, dava para ouvir Jem e a esposa discutindo. Precisava encolher os joelhos e dobrar o pescoço para caber ali dentro, e o inverno às vezes chegava até sua porta.

Mas não tinha importância. Ele estava de partida. As coisas só ficariam piores em Londres depois que a guerra começasse no norte. E, independentemente de qualquer coisa, ele não *queria* ficar ali, num buraco em Spitalfields. Desejava um dia ir a outro lugar, um lugar verdejante talvez, com ameixas, tortas e as vozes com as quais sonhara, as vozes animadas e felizes.

Pikey caiu no sono e sonhou com elas mais uma vez.

Na manhã seguinte, improvisou um tapa-olho frouxo e malfeito com uma de suas meias e amarrou-o sobre o olho ruim. Depois, enfiou a pedra bem no fundo do bolso cujas costuras ainda estavam inteiras e espremeu-se para fora do buraco.

O pé que agora só tinha duas meias em vez de três percebeu quase imediatamente seu estado mais pobre. Ficou dormente, depois anestesiado. Pikey tinha certeza de que fazia aquilo em protesto. Mas era melhor um pé congelado a tapar o olho com a mão o dia inteiro, feito um paspalho, e, portanto, ele o ignorou e saiu apressadamente pela rua que dava para a Ruela do Sino.

A porta do boticário rangeu quando ele passou por ela. O ferrolho foi aberto e depois as dobradiças, com esforço. Pikey soube quem era antes mesmo de ela sair para o beco. Não era Jeremiah, daquela vez. Era pior.

— O que você está escondendo aí, rapazinho? — A Sra. Jackinpots podia até ser capaz de arrulhar como uma pomba para seu filhinho, mas com todo o restante das pessoas era pior que um corvo.

— Nada. — Pikey apertou a mão ao redor da pedra dentro do bolso. Deu mais alguns passos apressados, o pé congelado arrastando-se no chão.

— Jem disse que faz quase três dias que não vê nem cheiro seu. Cadê as notícias? Como andam os preços? Você sabe qual é o trato, e precisa cumprir sua parte. Preços e notícias seis vezes por semana, senão não faz o menor sentido deixar *você* morar aí.

Pikey virou-se de leve, e seu olhar examinou a Sra. Jackinpots pelo mais breve dos instantes. Era uma mulher baixinha e gorducha, com um lenço florido manchado amarrado num cabelo que parecia barbante de sinóvia preta. Havia manchas abaixo de seus olhos. Pikey olhou para o chão.

A Sra. Jackinpots, não. Olhou fixamente para ele, as mãos na cintura.

— Jem é mole demais, é sim. Eu teria arrancado você de baixo de nossa loja assim que o encontrássemos e mandado direto pro abrigo, disso você pode ter certeza.

*Vocês não me encontraram*, pensou Pikey. A raiva irrompeu de repente, quente entre suas costelas. *Eu morava aqui antes de vocês. O antigo boticário me deixava morar aqui. É meu direito.* Ele rangeu os dentes.

— O que foi? O goblin comeu sua língua? Olhe pra mim, garoto!

— O Velho Marty dizia que eu podia morar aqui — rebateu Pikey, a voz ressentida e monótona. — E Jem também. — Ele focou os olhos numa lâmina de grama destroçada que emergia do espaço entre duas pedras do pavimento. Não queria olhar para o rosto duro e rígido que o encarava, para as manchas abaixo daqueles olhos.

— Pra você, é *Senhor* Jackinpots — sibilou ela, dando um passo na direção do garoto. — Ou senhor. A loja é dele agora. O Velho Marty morreu. Morreu; não se esqueça disso.

*Sangue, gotejando por entre as pedras.*

Pikey cambaleou em direção à Ruela do Sino, mas a Sra. Jackinpots arremeteu o corpo e bloqueou sua saída.

— Por favor, senhora, deixa eu passar — disse ele. — Não tenho nada.

A Sra. Jackinpots estava olhando para o bolso dele.

— Ah, tem sim. O que você está escondendo, garoto? *Maldito seja*, se você estiver me escondendo alguma coisa, juro que vou... — De repente ela parou, e uma ira tão grande surgiu em seu rosto que Pikey sentiu a própria raiva evaporar-se. Deu um passo para trás, assustado. — Esse tapa-olho... — disse ela, devagar. — Deixe-me ver isso. Isso aí não é seu. É a meia do meu Jem, ora se é! No seu rosto *imundo*! Minhas mãos tricotaram isso que você anda *enfiando*...

Pikey passou por ela rapidamente e disparou para a Ruela do Sino, ignorando os gritos da mulher, que sacolejavam as casas atrás dele. Só parou de correr quando já estava a meio caminho de Ludgate. Então se encolheu embaixo da janela de uma alfaiataria e tateou o bolso, procurando a pedra. Sua mão fechou-se ao redor dela, e ele soltou um suspiro.

*Longe da guerra. Longe dos caras-de-chumbo e das fadas. Longe de pessoas horríveis como a Sra. Jackinpots.*

Ele ia fazer isso. Ia sair dali para nunca mais voltar.

Era uma longa caminhada de Spitalfields até qualquer lugar respeitável. Ele caminhou pesadamente durante quilômetros a partir dos cortiços, ao longo do vagaroso rio esverdeado, indo em direção às ruas largas e às casas de fundo reto da St. James. Ele mantinha uma das mãos embaixo do braço, tentando impedir os dedos de racharem de frio. A outra ficava dentro do bolso, segurando a pedra com força.

Sempre que pensava nela, sentia um lampejo de alegria, um prazer com seu peso. Ela se transformaria em muitos xelins e *sovereigns* para ele. Numa pilha deles. Ele venderia a pedra e encheria os bolsos de dinheiro, depois abandonaria Londres de uma vez por todas.

Uma hora mais tarde, Pikey estava na região da cidade que as pessoas chamavam Mayfair, numa rua grande e barulhenta repleta de lojas e carruagens. Caminhou por ela, desviando das bicicletas e das vassouras congeladas dos varredores de rua mecânicos. Graças aos cavalos e aos carrinhos de gás, o clima de certo modo era menos gelado que em outras regiões da cidade, mas ainda assim estava frio o bastante para fazê-lo bater os dentes. Um esquadrão de soldados marchou por ele, soldados de verdade, adultos, vestidos com esplêndidos uniformes azuis e vermelhos. Marchavam em formação, e um apito acima de suas cabeças tocava uma música enérgica e alegre. Pikey observou-os passar.

Parou na frente de uma loja alta de pedra cinzenta. A placa acima da porta dizia *Jeffreyhue H. Millipede, Joalheiro*, mas para Pikey aquilo não passava de floreios e rabiscos. Uma vitrine tomava conta de toda a frente da loja, tão limpa que corria-se o risco de trombar nela sem perceber. Atrás do vidro havia uma parede cheia de joias. Fileiras e mais fileiras de pedras cintilantes presas como insetos brilhantes em tiras de veludo preto. Havia colares de diamantes e pentes iridescentes. Havia cordões de pérolas, opalas engastadas em prata, esmeraldas tão verdes quanto o verdigris da velha torre do relógio da Rua da Maçã Podre. Todas pareciam imensas e polidas. De repente Pikey temeu que sua pedra não fosse boa o bastante, que seus dedos sujos a houvessem maculado e que, quando ele a retirasse do bolso, parecesse opaca, sem graça como um seixo de rio.

*Não*, disse a si com firmeza. Fora até ali e não desistiria agora. Sabia de um vendedor de maçãs do amor que ficava na saída da cidade. Já conseguia até sentir o gosto da sua. Podia sentir a doçura marrom e grudenta pingando sobre seus dedos, aquecendo-os enquanto ele caminhava até o campo.

Pikey endireitou os ombros e empurrou a porta de vidro para entrar na loja.

Um tilintar de sininhos dourados e o trovejar de um enorme sino de ferro, para amedrontá-lo caso ele fosse uma fada, anunciaram sua presença. Três mulheres usando chapéus com plumas gigantescos viraram-se langorosamente para encará-lo. Uma das assistentes do joalheiro fez o mesmo, assim como um cavalheiro careca de colete que estava atrás de uma mesa de vidro. A mesa estava repleta de colares vermelhos bulbosos, e o modo como o homem estava ali de pé, com suas enormes mãos leitosas bem abertas em cima do tampo, fazia com que sua aparência fosse bastante sinistra.

Pikey sentiu o coração falhar quando todos olharam para ele, mas não hesitou. Caminhou diretamente até o cavalheiro de colete, que para ele parecia ser o indivíduo com jeito de mais importante, e disse:

— 'Dia, patrão. Trouxe uma coisa pro senhor. O senhor é o mandachuva?

Pikey tentou fazer a voz soar o mais grave e séria possível, da maneira como os homens de Spitalfields faziam quando queriam que as coisas fossem do seu jeito. Então encarou o homem bem dentro do olho e aguardou, torcendo para ter feito direito.

— Perdão?

— O senhor é o mandachuva? — perguntou Pikey de novo, e dessa vez a voz saiu um pouquinho mais esganiçada.

O homem fungou.

— Não, tenho plena certeza de que não sou. E, se você não disser qual o assunto em três segundos, mando levarem-no direto para o abrigo de indigentes. O que quer?

Pikey quase desistiu ao ouvir aquilo. Quase. Mas estava tão perto de dar o fora, de fugir das guerras, dos caçadores de fadas e de pessoas horríveis como a Sra. Jackinpots que não iria desistir agora.

Controlando o medo com todas as forças, disse:

— Tenho um assunto mesmo, patrão. Uma coisa pra vender pro senhor. — Então abriu a mão e estendeu a pedra para todos verem. Ela veio à luz, cinza-pálida e cintilante. Linda como nunca.

O cavalheiro inclinou-se para a frente. As três damas fizeram o mesmo, e o cheiro que vinha delas, uma mistura de romãs, sabonete e talco de rosas, era tão forte que por um instante Pikey achou que fosse espirrar. Então o Sr. Millipede (porque é quem aquele cavalheiro era) apanhou a pedra das mãos de Pikey. Sacou um monóculo mecânico de uma gavetinha atrás do balcão e encaixou-o no olho. O monóculo clicou ao focar, as lentes girando e se realinhando. As damas deram um passo atrás, sussurrando entre si.

O Sr. Millipede olhou através das lentes por vários segundos. Passou a língua nos lábios. Então tirou o monóculo e fechou-o com um estalo.

— Onde conseguiu isto? — indagou, em tom bem alto e rígido.

A pergunta fez os braços de Pikey ficarem dormentes. Ele não tinha imaginado a possibilidade de alguém lhe perguntar isso. Se tivesse roubado a pedra, teria pensado naquilo, pois então ele seria culpado e inventaria todo um emaranhado de mentiras e histórias para se proteger. Mas ele *não tinha* roubado a pedra. Não tinha feito nada de errado. De repente tomou consciência de como o cavalheiro, a assistente do dono da joalheria e as damas ali presentes deviam enxergá-lo: um garoto enlameado, sujo de neve e pateticamente faminto. Seu coração martelava. Ele tinha esperanças de que ninguém conseguisse notá-lo batendo contra a lã imunda de seu casaco.

— Alguém me deu — respondeu ele. — De presente.

O Sr. Millipede arqueou uma sobrancelha.

— Um presente. Claro. Bem, você deve ser um garoto sensacional para ganhar um presente desses, realmente. Siga-me e vamos acertar o negócio.

Que bom. Então aquela era *mesmo* uma pedra de qualidade, afinal, e, se o Sr. Millipede se considerasse superior demais para pagar por ela, Pikey poderia muito bem levá-la a outro joalheiro.

Pikey seguiu o cavalheiro, passando pelas três damas com o máximo de dignidade que conseguiu reunir. Elas viraram as cabeças para vê-lo passar, fazendo as plumas dos chapéus se alvoroçarem.

— Por aqui, por gentileza — disse o Sr. Millipede, indicando a Pikey um corredor depois de uma enorme máquina de falar de metal. — Para a sala do dinheiro.

Eles pararam diante de uma porta ao final do corredor. O joalheiro destrancou-a e curvou-se em uma ligeira reverência ao abri-la.

Pikey espiou ali dentro. A sala era quadrada, minúscula e escura. Havia uma janela encardida no alto de uma parede. O chão era uma bagunça repleta de engradados velhos, cadeiras e quadros enrolados com barbante e papel encerado.

*Sala do dinheiro, uma ova.*

Quando Pikey virou-se para dizer exatamente isso ao cavalheiro, o Sr. Millipede empurrou-o com toda a força para dentro. O garoto foi arremessado para a frente e caiu de joelhos no chão. A porta fechou-se com um estrondo, e ele ouviu o barulho da chave sendo girada na fechadura.

— Ei! — berrou Pikey, esmurrando a porta. — Ei, o que... Socorro! Sequestro, *socorro*!

Chutou, berrou e sacudiu a maçaneta com força. As damas ouviriam. Estavam a pouquíssima distância dali. Não era possível que *não* ouvissem.

Ele encostou a cabeça na porta para escutar. Nenhum ruído. Nenhum ruído de damas correndo para resgatá-lo. Nenhum gritinho, nenhuma exclamação indignada ou chocada. A única coisa que ouviu foi o zumbido da máquina de falar enquanto o Sr. Millipede girava a manivela, e o *ping* metálico quando uma chamada se completava.

— Sim. Sim, Sr. Millipede, número 41, Dover Street. — A voz do cavalheiro havia perdido todo o tom educado. Agora era profissional e ríspida, o que fez Pikey sentir vontade de dar um soco naquele rosto falso e horroroso do joalheiro. — Um mendigo a trouxe para cá... É de Lady Halifax... roubada... Venham imediatamente.

Então Pikey sentiu vontade de dar um soco em si mesmo.
*Idiota.*

Deslizou o corpo pela porta até se sentar, e fechou os olhos.

*Idiota, imbecil, cabeça de bagre.*

Claro que era roubada! A fada de asas negras a surrupiou em algum lugar e entregou-a a Pikey, provavelmente para pregar uma peça. E Pikey caíra direitinho. Pensou que poderia simplesmente entrar ali e vender uma pedra que valia mais que toda Spitalfields e mais um monte de ruas de Fenchurch também, uma pedra que valia mais dinheiro do que a maioria dos homens ganha em sua vida inteira? O que estava achando? Que o joalheiro fosse acreditar nele? Que bastava andar empertigado e fazer uma voz grave que todos ignorariam as roupas imundas e o cheiro de lama e de becos congelados?

Bem, agora ele estava *mesmo* encrencado. Agora estava morto. Maçãs do amor? Esqueça. Esqueça seus sonhos idiotas. Os policiais viriam agora. Veriam seu olho, e a guerra iria começar em breve. Qualquer garoto que fora tocado pelas fadas estivesse no meio de Londres seria eliminado num piscar de olhos. Mandado para a prisão, para o abrigo ou, pior... para um presídio de fadas.

Ouviu o som metálico do bocal sendo colocado na base. Passos afastaram-se pelo corredor. Pikey ouviu o tremor de risadinhas agudas. Depois, mais nada.

Encostou a cabeça na porta e sentiu o cabelo grudando de modo desagradável na madeira fria. Sabia que precisava agir, procurar uma arma, um jeito de escapar, mas sentia que não seria capaz. Estivera tão perto. Durante três dias tivera um caminho traçado diante de si, uma pedra preciosa no bolso e um estímulo em seus passos; as vozes felizes e o fogão quentinho lhe haviam parecido muito próximos de repente. Porém agora o Sr. Millipede tinha colocado a pedra dentro do bolso de seu colete, e era ali que ela ficaria até que Pikey estivesse a caminho da prisão, onde desapareceriam com ele e...

*Desaparecer.* A palavra trouxe-o de volta à realidade com uma pontada aguda de pânico. Seria o fim, então. Ele morreria e pronto; seria o fim de tudo.

Ficou de pé num salto e olhou ao redor. A fechadura da porta era forte e antiga, mas mesmo que não fosse, ele nunca tinha sido muito bom em arrombar ferrolhos. O único modo de escapar era pela janela. Olhou para ela, lá no alto: veios de chumbo a atravessavam. E ela ficava muito acima de sua cabeça. Mas nem tanto.

Pegou uma das cadeiras caindo aos pedaços e arrastou-a até embaixo da janela. Subiu nela, tomando cuidado para manter um pé em cada um dos dois lados do frágil assento de palhinha. Então puxou a manga do casaco por sobre uma das mãos e bateu de leve no vidro. Era grosso. Tão grosso que distorcia a ruela em ondas e espirais azuladas. Bem, ele não tinha escolha. Fechou bem a mão para estilhaçá-lo...

— Pare — disse uma voz.

Pikey congelou.

A porta não estava aberta. Ninguém havia entrado. A voz era baixa, sombria e carregava o mais leve indício de risada.

Lentamente, Pikey virou-se para trás. A cadeira balançou embaixo dele.

Um vulto alto e magro estava nas sombras, ao lado de uma pilha de telas e molduras de quadros vazias. Pikey não conseguia ver seu rosto nem seus olhos — apenas uma silhueta — e, por um instante, ficou em dúvida se aquilo não seria uma estátua e se havia imaginado a voz. Mas então a mão com dedos compridos saiu das sombras e a voz voltou a falar:

— Venha até aqui. Venha depressa. Não devemos deixar que você entre em apuros.

Pikey saltou da cadeira e encostou-se na parede, as mãos espalmadas na rocha.

— Fique longe de mim — sibilou. — Quem é você? Fique longe de mim! — Sua voz saiu num tom baixinho e ríspido, a voz de um garotinho.

— Eles vão pegar você. — O vulto magro riu baixinho. — Vão *matar* você.

Do outro lado da porta, a joalheria não estava mais em silêncio. Sininhos ressoavam, longa e insistentemente. Então ele ouviu passos pesados no interior do estabelecimento, no corredor. *Botas*. Estavam vindo atrás dele.

— É isso o que você quer? Que eles sumam com você, como se nunca tivesse existido? Eles verão seu olho. Vão arrastar você até uma de suas prisões de fadas no meio do nada, e ninguém *nunca* sai de uma delas. Ninguém como você, pelo menos. — Outra risada, tão baixinha que não passara de um arfar. — Segure minha mão.

Pikey olhou para a mão, depois para o vulto nas sombras. Não conseguia distinguir seu rosto. Não conseguia ver *nada*.

O bater de botas chegou à porta. Uma chave chacoalhou na fechadura. *Girando, girando.*

O vulto agitou os dedos, chamando-o. A porta se abriu com um guincho.

Pikey segurou a mão da criatura com força.

Era fria. Fria e dura como a mão de um cadáver. Ela puxou Pikey para a escuridão.

Atrás de si, ele ouviu um grito. O vulto agarrou Pikey. Sussurrou de maneira bem ofegante, e as sombras pareceram voar como corvos dos cantos da sala, envolvendo-o. Os policiais caras-de-chumbo estavam no cômodo, revirando molduras de quadros e espiando em toda parte, mas de repente o som que faziam ficou muito distante, como se estivessem atrás de uma cortina de veludo. O Sr. Millipede estava parado à porta, boquiaberto. Pikey via tudo. Então o vulto magro disse mais uma palavra, e Pikey foi transportado para a frente, passando pelo joalheiro, pela porta, carregado por um vento invisível. Eles voaram para fora da joalheria, pela rua, cada vez mais depressa, e ninguém pareceu notar. As casas, as carruagens a vapor, os autômatos, as centenas de pessoas usando chapéus e anquinhas passavam por eles a toda velocidade. Eles cruzaram o rio, tão depressa que Pikey não soube dizer se tinham usado uma ponte ou se haviam simplesmente flutuado por sobre as águas. E então o vulto soltou sua mão. Tudo parou de repente.

Pikey arfou, com as pernas bambas. Olhou ao redor. Estava de volta à esqualidez de Spitalfields, numa pracinha atrás de um açougue. Uma árvore antiquíssima que era chamada de Árvore da Forca arqueava-se acima dele, os galhos retorcidos e escuros.

— Agora escute — disse o vulto alto. — Não seja tolo novamente. Não tem nenhuma serventia se estiver morto.

Não aguardou por uma resposta. Disse mais uma palavra, e a Árvore da Forca pareceu estirar os galhos e abrir-se como uma boca escancarada. O vento açoitava Pikey. Não o vento pesado repleto de cinzas de Londres, mas um vento úmido e violento que cheirava a sal. Agitou seus cabelos, umedeceu-lhe os lábios. Através da árvore, como se fosse um telescópio, avistou uma paisagem litorânea, rochedos escuros e ondas batendo numa areia muito branca. Estava tão perto; conseguia praticamente sentir os respingos do mar ao redor, batendo em suas bochechas. O vulto piscou para Pikey, assentiu e entrou na árvore. Houve um som de estalo. Pikey sentiu uma dor na cabeça quando uma faísca escura e intensa roubou-lhe a visão. E, quando conseguiu voltar a enxergar, notou que estava sozinho na praça. A Árvore da Forca permanecia silenciosa e imóvel como sempre estivera. Apenas a mais tênue das lembranças de um riso pairava no ar, dissolvendo-se na neve.

Pikey não voltou à botica. Não sabia para onde ir. Passou a noite na esquina de um beco congelado, coberto com alguns exemplares do *The London Standard*, sem saber o que seria de si.

Acordou na manhã seguinte rodeado de objetos cintilantes.

Sentou bem devagar, esfregando a remela dos olhos. Os objetos rodeavam-no por todos os lados, espalhados pelas pedras do calçamento num círculo amplo. Diamantes, opalas e brocado vermelho vivo em rolos amarrotados. Um faqueiro de prata completo, uma xícara forjada com folhas, uma caixa de madeira de onde saíam pérolas aos borbotões. E em cima de tudo aquilo, um manto de neve recém-caída.

Pikey piscou, borrando a visão para ver se aquilo tudo se dissolveria na fumaça e sujeira congelada da ruela. Não se dissolveu. Tudo era bem nítido, cintilante no frio. Uma única pena negra flutuava, presa nos dentes de um garfo.

Pikey empertigou-se, assustado.

*Oh, não. Fadas idiotas. Fadas idiotas, idiotas!*

Mas era tarde demais para fugir. E havia alguém ali. Vários alguéns. Na ruela. De pé na frente dele. Três caras-de-chumbo.

— Agora nós apanhamos você! — vociferou um deles, tão perto de Pikey que ele pôde ver a saliva do sujeito pingando nas pedras do calçamento. — Agora você já era. *Seu ladrão.*

# Capítulo VI
## As Belusites

Hettie logo aprendeu algumas coisas viajando pela floresta com a caravana de cavaleiros. Aprendeu que rir e sorrir não significavam necessariamente que os Sidhe estavam contentes com alguma coisa. Aprendeu que certas palavras os deixavam amuados, enquanto outras faziam a escuridão acumular-se ao seu redor como um manto encharcado, e outras ainda deixavam-nos esquisitos, sombrios, com aparência lúgubre, olhando de cara feia e olhos brilhantes uns para os outros. Mas, acima de tudo, Hettie aprendeu a desaparecer. Sentada no lombo do cavalo de pelos brancos como a neve, ficava tentando parecer o menor possível, tentando não fazer o mínimo som, para que nenhum daqueles pálidos rostos compridos se virasse para fitá-la. No Beco do Velho Corvo, ela mal saía da cozinha de Mamãe: não lhe era permitido ser vista, pois isso significaria sua morte. E agora ela estava cavalgando juntamente a uma caravana inteira de fadas em um país estranho, rumando para algum lugar estranho...

*Vai ficar tudo bem*, repetia para si sem parar. *Não tenha medo. Não seja um bebezinho.* Mas ela estava com medo. O mordomo-fada a raptara. Sim, ele tinha sido uma criatura maligna, irritada, que se recusara a parar de andar quando ela pedira, mas... bem, pelo menos ela o conhecia. Desde a Inglaterra. Ele tinha sido um pedaço de lá, como um fio de uma meada que conduz até o caminho de casa. Agora nem isso Hettie possuía.

Ela entrelaçou as mãos na camisola. *O chalé*. Ela não estaria ali quando Barthy chegasse. Ele a chamaria, mas ela estaria longe. Ele entraria no chalé e encontraria tudo em silêncio e vazio. Talvez visse o sangue na neve e fosse embora mais uma vez, e nunca mais voltasse a procurar por ela, por acreditar que aquele sangue era dela e que estava morta.

Hettie se sentou tão empertigada que seu cavalo virou a cabeça e olhou feio para ela. *Não*, pensou ela, ferozmente. *Não meu irmão. Meu irmão jamais desistiria. Vou voltar para casa um dia.*

Após o que pareceram horas de cavalgada, eles entraram em uma região mais profunda e escura da floresta. As grandes árvores formavam um túnel ao redor da companhia, com galhos tão grossos quanto chaminés. Hettie percebeu que seguiam pelas ruínas de uma antiga estrada, onde pedacinhos das pedras do pavimento se projetavam do chão como se fossem dentes quebrados emergindo da neve. O terreno tornou-se mais macio. Os cascos dos rapazes-cavalo afundavam mais no solo que antes, soltando um som molhado em vez de um ruído duro. E então, de repente, a neve sumiu. Os cascos dos cavalos passaram a chapinhar pela relva e pelo musgo, e as árvores já não eram mais negras, mas sim verdes e cheias de folhas, com troncos ásperos de casca quebradiça.

Uma fada ao lado de Hettie soltou um suspiro.

— Ah! — disse ela. — Até que enfim. Saímos do Inverno Profundo.

Hettie olhou para trás. A floresta coberta de neve simplesmente tinha terminado, como se pertencesse a um mundo completamente distinto. Como se houvesse uma divisória invisível, e tudo de um dos lados fosse desolação e morte enquanto tudo do outro lado fosse vida e crescimento.

— Como odeio aquele lugar — comentou a fada para ninguém em particular.

Hettie olhou para ela com atenção. Não era tão bela quanto a dama das espinhas de peixe. Tinha um rosto bastante redondo, como uma lua ou um prato, e enormes olhos aquosos. Seu vestido fora costurado a partir das pétalas de uma rosa gigante. Embora sua pele também fosse pálida como a de um cadáver, de algum modo ela não parecia tão sinistra quanto algumas das outras fadas. Hettie resolveu fazer-lhe uma pergunta. Inclinou o corpo de leve no cavalo e falou:

— O que disse? Onde estamos agora?

Hettie tinha desejado que aquilo saísse o mais baixo possível, para que apenas a fada das pétalas ouvisse, mas não teve tanta sorte.

— Onde? — repetiu a fada, tão alto que toda a floresta pareceu ecoar a pergunta. — A feiosa me pergunta onde! Ora, no Iluminado Verão, é claro! Sua tola!

Todos do grupo viraram-se para encarar Hettie e começaram a rir.

— Cabeça-oca — disse a velha, os olhos brilhantes.

— Abestalhada — disse a dama de vestido de livro.

— Mas que palerma! — falou a dama do vestido de espinha de peixe, cheia de alegria.

Hettie afundou na crina comprida e branca de seu cavalo e esperou que terminassem. E de fato terminaram, pouco tempo depois. Ela lembrou-se de como ouvia Mamãe resmungar dizendo que o temperamento das fadas parecia o clima da primavera, estava sempre mudando, nunca para melhor. Talvez fosse verdade. Uma coisa, entretanto, era certa: as fadas jamais se mantinham interessadas em nada durante muito tempo.

Quando todas já haviam se distraído com uma coisa ou outra, Hettie olhou ao redor da nova floresta. *Isto aqui não parece* nem um pouco *um "Iluminado Verão"*, pensou, despeitada. *Para mim, não. Vocês é que são os palermas.* Em Bath o verão significava ruas fedorentas, quartos abafados e escadas tão quentes que a madeira suava e os pregos queimavam a mão quando você os tocava. Aqui nem sequer fazia calor. O ar era pesado e úmido. Cheirava a umidade, neblina e coisas verdes, mas não era quente. Na verdade, estava até um pouquinho mais fresco que antes, e tudo ao redor continuava sombrio, triste e cinzento.

Eles cavalgaram por aquela nova floresta durante algum tempo, embaixo de galhos curvos e vazios silenciosos. Uma névoa recobria o chão. Hettie viu que alguns dos cavaleiros haviam mudado também, tal como as árvores. A dama de rosto de prato parecia ligeiramente mais luminosa, as pétalas de seu vestido tinham um tom mais forte. Outra dama estava coberta de borboletas azuis como safiras, todas recém-saídas das crisálidas costuradas em seu vestido. A velha — aquela minúscula e enrugada que estivera sempre tão encurvada sobre o cavalo — agora estava branca, esbelta e muito jovem, fresca como uma maçã de verão. Seus xales e mantas negros tinham se transformado em echarpes diáfanas. Os cachos cinzentos de seu cabelo agora eram compridos e dourados como milho. Hettie achou que ela havia ficado muito bonita.

Por fim, o grupo chegou ao final da floresta e entrou em um orvalhado campo verde que também estava banhado pela névoa.

Havia uma enorme casa a algumas centenas de passos da floresta. Não se parecia em nada com o chalé da fada de rosto cinzento: aquela casa era ampla e espalhada, e a cada ângulo parecia ligeiramente diferente, dependendo de como Hettie virava a cabeça para fitá-la.

Um dos lados parecia a fachada de uma imensa casa de fazenda, com venezianas pintadas e arremates marrons. Outro parecia a frente de um castelo altíssimo, com torres, ameias e gárgulas vigiando do alto de janelas com vidraças de cristal de diamante. Outro ainda era um palácio, todo de vidro e jardins de inverno em estufas.

A neblina envolvia tudo que se situava para além da casa. Hettie se perguntava como seriam os campos de lá, pois a impressão que tinha era de que não existiria *nada*. Porque sua sensação era de que o mundo das fadas terminava ali e tudo o mais depois da casa era simplesmente um campo verde enevoado que se estendia infinitamente. Ela não gostava dessa ideia.

O grupo parou diante de uma porta gigantesca esculpida com ursos e carcomida pelos vermes. Hettie meio que havia esperado que eles se dirigissem a um estábulo ou celeiro, mas se esqueceu de que não estavam cavalgando em cavalos de verdade. Provavelmente os rapazes-cavalo dormiam em camas com lençóis e comiam com garfos, exatamente como os ingleses. Embaixo de si, ela sentiu os ossos de seu cavalo começando a dar sacudidelas e estalar. Sufocou um grito de susto. Ele estava se transformando, e o esqueleto dava pequeninos solavancos horríveis embaixo do couro. Os outros rapazes-cavalo estavam fazendo o mesmo: os cavaleiros haviam sido cuidadosamente colocados no chão, mas Hettie foi derrubada.

— Ai! — gritou ela enquanto se levantava da queda na grama. Estava prestes a gritar com o garoto de pele cintilante e dizer que era a criatura mais malvada e mal-educada, porém ele já tinha ido embora. — Ai — disse ela de novo, dessa vez num tom mais baixo.

Ninguém mais estava prestando atenção em Hettie. Não tinham nem sequer se dado ao trabalho de rir quando ela caiu. A dama de vestido de espinha de peixe ficou na frente da imensa porta, enquanto os outros aguardaram impacientemente logo atrás. Ela disse uma única palavra, afiada como um alfinete de costura, e a porta estremeceu e se abriu muito repentinamente como se tivesse se assustado.

Os cavaleiros entraram primeiro, depois os rapazes-cavalo. Ninguém esperou por Hettie, portanto ela entrou por último, esfregando as costas e fazendo cara feia. Viu-se dentro de uma sala empoeirada à meia-luz, desprovida de teto e que simplesmente continuava infinitamente pela escuridão. Cordas pendiam da negritude. Em uma das paredes, havia um relógio de pé com rostos no lugar dos números, e, na parede mais distante, uma cortina vermelha bastante trabalhada como a de um teatro em miniatura, com moldura dourada descascada e desbotada. E nada mais. A sala jamais comportaria o grupo inteiro se eles tivessem esperado por Hettie. Porém, a moça de cabelo cor de milho entrou atrás da cortina, os rapazes-cavalo saltitaram pelas paredes, e logo não havia ninguém ali a não ser Hettie, a dama com vestido de espinha de peixe e três pequeninos cavalheiros.

Os cavalheiros falavam entre si, os olhos semicerrados. A dama estava com o nariz empinado, o olhar fixo no relógio, e suas mãos remexiam uma das espinhas de peixe do corpete.

Hettie olhou para as fadas, uma de cada vez. Agora seria o momento de fugir. As fadas eram todas muito pequenas — não muito mais altas que ela. Às suas costas, a porta continuava aberta. Ela poderia derrubá-las no chão, correr pelo campo verdejante e entrar na floresta. Então comeria cogumelos, beberia neve e seguiria o rastro dos rapazes-cavalo até chegar ao chalé. *E então...*

Então eles a encontrariam. Conheciam a floresta melhor que ela. Conheciam o país inteiro e tinham matado o mordomo-fada, embora ele só a estivesse protegendo. Eles a matariam também. Aquelas pessoinhas horrorosas tinham tanta predisposição para lhe decepar a mão quanto para sacudi-la num cumprimento amistoso, e, se por acaso descobrissem que ela era uma Peculiar, não lhe decepariam a mão, e sim a *cabeça*. Só de pensar nisso, já ficou com raiva.

Bateu o pé.

— O que estamos *esperando*? — Aquilo saiu numa espécie de guincho agudo. Os três cavalheiros fadas viraram para fitá-la, os olhos ainda semicerrados.

A dama de espinha de peixe não olhou para ela.

— *Nós* estamos esperando que nossa passagem fique pronta — respondeu. — E *você* está esperando por nós.

Atrás de Hettie, a porta carcomida cerrou-se com um estrondo. Ela sobressaltou-se. Nesse momento, o relógio bateu, e a dama de espinha de peixe esticou a mão e puxou uma cordinha dourada. A cortina vermelha se enrolou para cima em ondas, revelando um corredor comprido e opulento, com as paredes cobertas de painéis de tons brancos e dourados. A dama entrou no corredor. Os cavalheiros a seguiram, e Hettie seguiu os cavalheiros. Olhou ao redor, tentando manter o passo para acompanhá-los. Definitivamente havia algo estranho naquele corredor. Era repleto de portas, mas não eram verdadeiras, estavam apenas pintadas nas paredes, até mesmo as maçanetas. Adiante, parecia que estava faltando um dos painéis de madeira. Hettie arfou: por um segundo viu um espaço vasto e sombrio, com polias, arames e pequeninas lamparinas alaranjandas estendendo-se a distância. Viu que as paredes do corredor tinham apenas 2 centímetros de espessura e eram feitas de gesso. Então uma fada de cordames saiu da escuridão e fechou o painel com força, e o corredor pareceu ser real mais uma vez. Hettie, porém, ainda conseguia escutar o rangido das polias do outro lado da parede. Que espécie estranha de casa era aquela?

O grupo continuou caminhando, sem dizer palavra. Seus passos ecoavam com um som abafado no chão, como se estivessem dentro de uma caixa. Em dado momento, os cavalheiros desapareceram por trás das portas. Hettie sentiu-se esquisita seguindo apenas a dama de espinha de peixe, principalmente porque a fada parecia até mesmo ter se esquecido de que ela estava ali.

— Para onde estamos indo? — perguntou Hettie, apenas para lembrá-la de sua presença. — Senhora, eu preciso...

— Shhh! — silvou a dama de espinha de peixe, e olhou rapidamente ao redor, como se alguém pudesse estar observando.

Por fim, o corredor terminou em um par de portas compridas, cobertas com painéis de madeira. A dama de espinha de peixe as abriu, e elas entraram em um aposento altíssimo e longo, repleto de sombras. As vigas arqueavam lá no alto como galhos. Centenas de retratos pintados cobriam as paredes. Um trono com espaldar alto situava-se no canto mais distante. Acima do trono havia duas janelas exatamente iguais a rodelas finas de limão. De início, Hettie achou aquilo muito inteligente, pois as janelas faziam a luz cinzenta do exterior parecer cálida e ao mesmo tempo lhe davam um ar cítrico. Mas então viu os rostos brilhantes pressionados contra o vidro amarelo do outro lado: *fadas dos lampiões*. As janelas também eram falsas.

A dama trancou as portas com uma chave dentada, três fitas e um raminho de algo verde e vivo.

— Ah! — disse ela, depois que terminou. — Finalmente, terra firme. Venha.

E praticamente arrastou Hettie até a extremidade do aposento, colocando-a num banquinho baixo, desses de apoiar os pés. A fada subiu no trono. Em seguida, se ajeitou e olhou para Hettie, cheia de expectativa.

Hettie ficou sentada, muito quieta, olhando para os dedos dos pés.

Após algum tempo, a dama bateu palmas.

— Vou chamar você de Maud — anunciou, depois deu uma risadinha. — Sempre quis chamar alguém por esse nome.

Hettie olhou para cima bruscamente.

— Não quero que me chamem de Maud — retrucou, sem se conter. — Quero ser chamada de Hettie. Este é meu nome. Hettie.

A dama mal olhou para ela.

— Hettie? Hettie é um nome enfadonho. O som parece o de vassoura e palha. Maud, por outro lado, se parece com violetas, poeira e melancolia. É muito mais adequado.

— Eu não gosto.

— Bem, ninguém lhe perguntou nada — disse a dama, balançando as pernas feito criança.

Hettie piscou de forma confusa para ela.

— Agora, Maud, seja gentil e faça uma reverência sempre que alguém importante vir você. Quero que fiquem impressionados comigo. — Seu sorriso sumiu. O canto da boca retorceu-se. — Ficou claro?

Hettie estava olhando para a imagem atrás da cabeça da dama: havia começado a se mexer. Havia criaturas emergindo da floresta pintada à distância e dançando em uma campina. Algo escuro aproximava-se delas, vindo de um caminho ensanguentado no canto. *Algo escuro e...*

— Maud! — O tom de voz da dama foi ríspido.

— Oh... sim, senhora.

— Desculpe, sua tola, mas não sou uma *senhora*. Sou a Duquesa de Anseios-perto-da-Floresta, Filha dos Lagos e Senhora do Corredor dos Grampos de Chapéu. Você deve me chamar de "milady".

A fada se inclinou para a frente. Seu rosto enrugou-se abruptamente em um sorriso.

— Mas, quando não houver ninguém por perto, pode me chamar de Piscaltine. — Deu uma piscadela conspiratória. — Ah, nós duas seremos tão *amigas*.

Hettie não queria ser amiga daquela criatura estranha, mas duvidava que fosse uma boa ideia dizer aquilo a Piscaltine.

— Sim, milady — respondeu, e um segundo depois as portas rangeram ao se abrir e uma multidão de fadas entrou esvoaçando no aposento.

Hettie assustou-se. Piscaltine aprumou um pouco mais as costas no trono.

— Ah, minha cara — sussurrou. — Ah, elas não deviam ter vindo esta noite. Eu *disse* aos reconstrucionistas para manterem todas na Ala Libélula e esconder todas as passagens ao redor delas, caso resolvessem sair!

Hettie não fazia a menor ideia do que eram os reconstrucionistas, mas desejou que tivessem sido mais obedientes. Pois as criaturas que avançavam na direção dela agora formavam o grupo mais estranho e amedrontador que já vira, mais estranho ainda que o grupo de cavalgadas de Piscaltine. Havia uma dama com pequeninas janelas e cortinas no lugar dos olhos, e uma porta de madeira no lugar da boca. Outra que era extremamente linda de frente, com um enorme vestido pregueado e rosto moreno com malares proeminentes, mas de costas parecia uma árvore oca, retorcida e infestada de besouros. Existia um homem que, no lugar da cabeça, tinha uma aranha negra enorme cujas pernas compridas se lhe enrolavam ao redor do pescoço. E uma fada das águas que flutuava dentro de um tanque vertical cujas rodas eram empurradas por dois duendes minúsculos que mal mediam 30 centímetros da cabeça aos pés. Havia muitos outros, todos eles vestidos com trajes suntuosos e vestidos de baile rebuscados; todos bizarros de alguma forma, disformes ou com aparência de malucos. Das costas de uma das criaturas emergia uma chave.

Todas avançaram, e Hettie e Piscaltine ficaram olhando enquanto se aproximavam, a dama-fada postada em seu trono como uma estátua.

— Não diga nada — sibilou, mal mexendo os lábios. — Nem uma só palavra.

As criaturas pararam a cinco passos do trono e formaram um semicírculo. Hettie ouviu Piscaltine tomar fôlego.

— Oooh — disse uma dama alta e pálida, com nariz adunco, ao avistar Hettie. — Oooh, minha nossa, o que é *isso*? — Em suas saias havia larvas brancas costuradas, as quais se retorciam, e a cada tanto ela espremia uma delas entre os dedos e comia.

— Ora, Piscaltine, isso é verdadeiramente *grotesco* — gorgolejou a fada das águas de dentro de seu tanque. Bolhinhas perfeitas saíam de sua boca a cada palavra.

Piscaltine soltou todo o ar dos pulmões numa explosão.

— Quê? — gritou ela, arrastando Hettie para seu colo. — Não, ela é uma raridade! Ao mesmo tempo uma curiosidade e uma peculiaridade! Ela será minha Não-Sei-Quê. Seu nome é Maud, e ela vem das Terras Fumacentas. Lá de Londres, podem imaginar?

— Uma bárbara.
— Inculta.
— Terrivelmente vulgar.

Piscaltine empinou o nariz, mas sua boca começou a se retorcer novamente.

— Como se alguma de *vocês* fosse capaz de saber alguma coisa.

A dama com vestido de larvas agitou a mão para deixarem o assunto de lado.

— Tolinha; é claro que sabemos. Somos do Rei; não se esqueça. A maioria de nós já esteve por lá. Em Londres. Em Darmstadt, Praga e São Petersburgo. Para realizar nossas tarefinhas. Para meter a colher e garantir que os seres humanos façam as coisas exatamente como ele deseja que façam. É o lugar mais difícil de se chegar, sem falar que a viagem através das asas sempre deixa meus sapatos cheios de *plumas*. — Ela riu e olhou para as demais, para ter certeza de que também estavam rindo. Não estavam, mas a dama com olhos de janelas levantou a mão obedientemente e abriu sua boca-porta. Um passarinho vermelho emergiu, preso em um arame metálico, e gorjeou. A dama das larvas virou-se de novo para Piscaltine.

— Está vendo só? — disse. — É por isso que nenhuma de nós gostaria de ter alguém como ela por perto. Eles são contagiosos, sabe.

Imediatamente todas as damas se puseram a assentir e a sussurrar, e, de vez em quando, Piscaltine virava-se e tentava dizer alguma coisa para Hettie.

Então Hettie percebeu que duas mulheres do grupo não falavam nada. Estavam de pé, extremamente imóveis, a pouca distância dos demais, observando-a. Eram ambas incrivelmente altas e usavam vestidos idênticos de espesso veludo vermelho. Seus rostos eram brilhantes como os de uma boneca, um deles branco como porcelana e o outro tão negro e liso quanto as árvores do Inverno Profundo. Os olhos eram buracos vazios com bordas vermelhas. As duas encaravam Hettie em silêncio, sem piscar.

De repente, a gêmea branca perguntou:

— Onde a encontrou?

Sua voz deslizou acima da balbúrdia. Não tinha entonação, era oca. Instantaneamente, todos do salão ficaram em silêncio.

— Como? — exclamou Piscaltine. — Simplesmente a encontrei. Não é da sua conta.

— Tudo é da nossa conta. *Onde* você a encontrou? — A gêmea negra agora se pronunciava também, em uníssono com a gêmea branca. Hettie estremeceu.

— Na... na floresta. No Inverno Profundo. Ninguém estava lá. Ela estava sozinha. É bastante inútil e não serve para nada; ela mesma disse isso.

— Você nos contaria, claro, se esta criatura pudesse ter algum interesse para nosso Rei. Não a esconderia dele. — Aquilo não era uma pergunta. Hettie percebeu que as outras criaturas pareciam tão temerosas em relação às gêmeas de vermelho quanto Piscaltine. Todas permaneciam imóveis, chocadas.

— Ah. Claro que não! Que ideia. Enfim, ela não é nada de especial. Só uma perdidazinha engraçada. — Piscaltine riu, efusivamente demais.

— Peça que ela arregace as mangas. — As gêmeas deram um passo em direção ao trono, ao mesmo tempo.

— Quê? — Piscaltine abraçou Hettie e a apertou com tanta força que Hettie arfou.

— Faça com que ela arregace as mangas agora mesmo — ordenaram as mulheres novamente.

Piscaltine franziu a testa. Então curvou-se sobre Hettie e lutou para arregaçar a manga de sua camisola. O tecido enrolou-se 2 centímetros para cima. *Marcas vermelhas em espirais na pele branca. Onze. Onze. Onze, disseram no idioma das fadas.* Piscaltine percebeu. Hettie não sabia dizer se as gêmeas de vermelho também haviam notado, mas teve certeza de que ninguém mais viu, porque num piscar de olhos Piscaltine puxou a manga da camisola para baixo de novo e inspecionou o rosto de Hettie. Seu olhar não era de raiva. Eram olhos arregalados, trêmulos e com muito, muito medo. Atrás dela, Hettie sabia que todos a estavam encarando, esticando aqueles pescoços brancos e compridos para enxergar melhor.

Piscaltine empurrou Hettie de seu colo.

— Maud? Saia. — Encarou os outros. — Acho que todos devemos ir ao Salão da Intemperança e comer goblin selvagem até enjoar. Que tal? Meus caçadores apanharam um deles há uns quinze dias. Deve estar maravilhosamente deteriorado a essa altura.

Hettie não fez reverência a ninguém. Desatou a correr. Atrás dela, Piscaltine falava sem parar, com uma voz rápida e irritante, mas as gêmeas de vermelho encararam Hettie, assim como todos os outros. Hettie alcançou a porta. Era pesada, mas não estava mais trancada. Empurrou-a para sair. Depois de sua passagem, a porta se fechou com um sólido ruído metálico.

Hettie expirou longa e vagarosamente. O que foi *aquilo*? Do que eles estavam falando? Hettie não tinha gostado nadinha do modo como as gêmeas a encararam, e nem do modo como todos falaram dela, como se não estivesse ali. Não gostava daquele lugar. Precisava ir embora.

O corredor pintado já não estava mais do outro lado da porta. Em vez disso, agora ela estava em uma enorme escadaria escura que subia e descia, coberta por tapetes cor de vinho, os quais estavam desbotados e gastos em determinados pontos, totalmente empoeirados. Olhou para cima. Olhou para baixo. Então seguiu apressada até o corrimão e olhou pela beirada. Era muito alto. Acima, mal dava para se enxergar o teto, mas tudo lá embaixo era um emaranhado de construções. Viu aposentos sendo construídos, outros sendo desmantelados; salas de estar, quartos de dormir e salões de baile sendo unidos como peças de um quebra-cabeças. Havia aposentos pendurados em cordas e correntes, ou então um em cima do outro, como pilhas oscilantes. Portas se abriam para o nada. Os corredores simplesmente acabavam. E, por toda parte, rangendo na escuridão em pequenos balanços de metal e correias, havia goblins e gnomos construindo, martelando, içando.

Alguém, provavelmente uma empregada, desceu correndo as escadas carregando uma pilha de painéis pintados de modo a parecerem uma cozinha. Ela parou por tempo suficiente para encarar Hettie.

— Oh — disse Hettie, ao vê-la. — Oh, com licença, senhora, pode me ajudar?

A empregada deu um pulo ao ouvir o som da voz de Hettie, como se não estivesse esperando que ela pudesse ser capaz de falar.

Hettie não percebeu.

— Sou a... bem... sou a Não-Sei-Quê de Lady Piscaltine. E preciso saber onde fica uma porta que dê para a saída. Preciso ir embora daqui.

— Ir embora? — sussurrou a empregada, e seus olhos praticamente saltaram da cabeça. — Oh, mas você não pode sair. Ninguém pode. — Ela começou a descer os degraus correndo de novo, falando sozinha ansiosamente.

— O quê? Espere, não vá embora! — Hettie foi atrás da mulher. — Como assim, ninguém pode? *Eu* posso. Só preciso saber onde fica a porta! Você não pode responder a minha pergunta? — Ela sentiu um pequeno bolo de raiva crescer em seu estômago. *Fadas idiotas. Piscaltine idiota, casa idiota.*

— Não! — gritou a empregada, olhando para trás. — Pergunte a um troll. Pergunte às fadas-da-piedade quando elas estiverem com fome. Vai ser melhor para você, no final das contas.

Hettie parou e olhou com uma cara feia para a fada. Virou as costas sobre o degrau. Então resolveu subir e ficou completa e desesperançosamente perdida. A casa era enorme, e o fato de estar sempre mudando não ajudava em nada. Às vezes ela entrava em um corredor em reconstrução e descobria uma parede atrás de si onde, segundos antes, estivera uma porta, ou então que todos os painéis tinham sido virados e o que antes parecia um corredor normal agora mais se assemelhava a uma floresta com cogumelos cor de ferrugem. Algumas passagens tinham apenas 30 centímetros de largura, e Hettie precisava atravessá-las de lado, espremendo o corpo entre as paredes de gesso. Outras estavam apodrecendo, desfazendo-se, e balançavam perigosamente em suas correntes. Ela vagou sem parar até as pernas doerem; subindo escadas, entrando em galerias cheias de teias de aranha. Não encontrou muitas fadas. As poucas que encontrou pareceram todas espantadas ao vê-la, e sumiram antes que Hettie pudesse se aproximar.

Quando começou a olhar pelas portas, logo se arrependeu. Os cômodos quase sempre eram falsos e planos, construídos para parecerem salas de estar ou de jantar. À primeira vista, alguns deles davam a impressão de estar repletos de fadas, e Hettie encolhia-se de medo, mas as figuras eram apenas recortes, silhuetas que andavam sobre trilhos no chão. Era como se Piscaltine estivesse querendo fingir que sua casa era movimentada e cheia de vida, embora não o fosse. Uma das portas levava a um aposento cheio de brinquedos, cavalos de balanço grandes demais e coloridos blocos de montar. Outra dava em um quarto onde não havia outra coisa senão sinos, dos pequeninos de prata aos enormes, de estourar os tímpanos. Nenhuma daquelas portas dava para fora da casa.

Finalmente Hettie desistiu e, ao encontrar um assento de janela de verdade numa parede de verdade, enrodilhou o corpo de encontro à vidraça fria.

Lá fora, o céu começava a se manchar como prata velha, ficando enegrecido. Logo seria noite completa. Ela dizia a si que tudo bem, que não queria fugir, mas era mentira. Queria ir para casa. Queria estar em sua cama embutida e queria sua boneca, muito embora ela não passasse de um lenço, e queria Mamãe, que estava sempre cansada, meio triste, mas que amava muito Hettie. Queria seu irmão, acima de tudo — seu irmão, que a procuraria a todo custo não importando o quão longe ela fosse, que jamais desistiria. Talvez ele já estivesse na Terra Velha, seguindo seus rastros, aproximando-se do chalé. E não encontrando nada. *Nada, a não ser o sangue na neve...*

Hettie fechou os olhos. Segurou o pingente que estava por baixo da camisola. O olho engastado no metal escuro parecia mais vivo que nunca, cintilando úmido, intenso. Ela o fitou, tentando não chorar.

— O que vou fazer? — perguntou para ele, baixinho. — Você sabe? Como vou conseguir voltar para casa?

— Com quem você está falando?

Hettie estremeceu com tanta força que suas omoplatas colidiram. As gêmeas — as altas, uma branca e outra negra — estavam bem atrás dela, com seus vestidos vermelhos. Ela não tinha ouvido as duas chegarem. Poderia jurar que não tinha havido nenhum ruído no corredor desde que subira naquele assento da janela.

— Oh... — respondeu depressa, deixando o pingente cair novamente dentro da camisola. Estava sentada de costas para elas. Esperava que não tivessem visto a joia. — Nada. Com ninguém, quero dizer.

Elas a encararam. Pareciam bonecas, pensou Hettie. Não como a sua do Beco do Velho Corvo, e sim bonecas de porcelana de verdade com buracos nos olhos feitos por alguém.

— Com quem? — repetiram as duas, e as cabeças se inclinaram de repente.

— Com ninguém! — Ela encolheu o corpo para esconder o formato do pingente sob o tecido fino da camisola. — Quem são vocês?

As gêmeas piscaram para ela, ao mesmo tempo.

— Somos Florence La Bellina.

— Oh. — Os olhos de Hettie foram de uma a outra. — Bem... qual das duas é Florence e qual das duas é La Bellina?

— Como assim *qual das duas*? — Elas se inclinaram para Hettie, e a menina ficou sem saber quem tinha falado: a branca ou a negra; ou se ambas tinham falado ao mesmo tempo. — Nós, juntas, somos Florence La Bellina. Não existe *qual das duas*.

— Oh — disse Hettie mais uma vez. *Vão embora. Por favor, vão embora.*

A gêmea branca levantou a mão, e Hettie viu que havia algo ali, um gancho na ponta de um cabo de marfim comprido. Florence La Bellina enfiou o gancho por baixo da manga da camisola de Hettie, delicadamente, como se estivesse tocando uma lesma. Começou a puxar o tecido para trás. Mas pouco antes de as linhas vermelhas serem reveladas, uma voz ressoou ao final do corredor...

— Maud? — ecoou ela. — Maud, pelo amor *das pedras*! — Era Piscaltine.

A gêmea branca recuou. A manga voltou ao lugar. E, diante dos olhos de Hettie, as duas mulheres se uniram, dando os braços e se fundindo até restar uma única mulher, com um dos lados do rosto branco e o outro negro, negro como uma caixa laqueada.

Florence La Bellina ficou encarando Hettie durante um bom tempo com aqueles olhos de bordas vermelhas sem fundo, vazios. Então virou as costas e deslizou para dentro das sombras da casa, as saias ondulando como sangue na escuridão.

## Capítulo VII
# Os pássaros

UMA mulher louca estava presa na cela em frente à de Pikey. Ela estava sentada encurvada, encostada na parede úmida do outro lado do corredor cheio de goteiras, bem distantes das costas dos ratos ruidosos e dos tufos de limo. Ele podia ouvir a mulher falando sozinha no escuro, hora após hora, sussurrando palavras que não faziam nenhum sentido.

— A gente sabia — disse ela, e sua voz rangia como uma dobradiça velha. — A gente sabia que ele ia cortar as asas deles e colocar suas cabeças na terra. Mas que foi triste, *foi*.

Pikey saiu depressa de seu canto e espiou por entre as barras. Ratos fugiram correndo para todos os lados. A mulher não olhou para cima. Continuou sentada como sempre, encolhida nas sombras. Seu cabelo, ralo e cheio de nós, caía-lhe no rosto. Às vezes, quando ela dizia alguma palavra em um tom especialmente alto, as mechas voavam de sua boca. Pikey não conseguia enxergar seus olhos, mas sabia que ela não estava olhando para ele. Não estava olhando para ninguém.

— A água é negra ali, sabe. — Ela cobriu as orelhas com as mãos. — Negra, verde e forte como aguarrás, e os martelos caem a noite inteira.

Pikey pigarreou e arrastou-se de volta para seu canto. Havia um monte de palha ali, úmida e negra de tão velha. No alto da parede, ao nível da rua, havia uma janela gradeada onde não tinha sido colocada nem sequer uma veneziana para barrar a neve e o vento. As paredes da cela, que ficava pouca coisa abaixo do nível do chão, estavam sempre úmidas. Em determinados dias, quando o ar nas ruas não estava tão frio e as carruagens a vapor eram mais numerosas, a neve derretia e descia pela rocha em filetes d'água. O limo crescia nas fendas entres as pedras. A única coisa que Pikey podia ver pela janela eram pés, que passavam por ali em um estrondoso desfile interminável.

— Não deixe que ele veja — sibilou a louca de sua cela. — Não deixe que ele veja!

Alguns dos pés chapinhavam metidos em botas imundas e rachadas como as dele. Outros usavam sapatos finos de ébano, encerados, impermeabilizados e polidos até ficarem como espelhos. Outros ainda calçavam botas femininas, com bico fino e botões, as quais apareciam por baixo de saias quando estas eram levantadas para evitar que se arrastassem na lama.

Para se divertir, Pikey tentava imaginar que tipo de rosto pertencia aos pés que passavam lá fora. Os refinados, concluiu ele, deviam ser de cavalheiros brancos de sobrancelhas grossas, verrugas na ponta do nariz e relógios de ouro no pulso, cavalheiros que trabalhavam em bancos e fumavam charutos até os pulmões ficarem pretos e eles tossirem baforadas de cinzas. As botas gastas deviam pertencer a homens de melhor coração, ocupados e cansados, como Jem quando não estava bêbado. As botinhas pontudas e os sapatos de criança coloridos eram de gente boa também, senhoras gentis e meninos e meninas felizes. Eram naqueles que Pikey mais gostava de pensar.

— *E os outros?* — A voz da louca ressoou de repente, ríspida, das profundezas da cela. — Os outros, com as roupas bonitas? Sumiram? Quebraram?

Pikey ignorou os gritos da mulher e se aproximou um pouco mais da janela. Decidiu verificar se alguma de suas hipóteses estaria correta. Tocou a meia que escondia o olho nublado para checar se continuava no lugar. Quando um par de botas de veludo verde especialmente refinado passou por perto, ele correu depressa até a base da janela a fim de olhar para cima.

As botas pertenciam a uma idosa. Ela estava vestida inteiramente de verde, com chapéu e um cachecol de pele de raposa. Quando notou Pikey olhando para ela através das barras da janela, soltou um gritinho sufocado, subiu as saias para não se sujar na lama e atravessou para o outro lado da rua.

Pikey observou a senhora se afastar. *Bem*, pensou. *Não era assim que eu tinha imaginado essa aí, não. De jeito nenhum.*

Com os outros a coisa não foi melhor. Nenhum rosto parecia combinar com as botas em seus pés. Os sapatos ultrapolidos pertenciam a cavalheiros perfeitamente normais, de barba e cartola, que não tossiam cinza alguma. Os sapatos de criança em geral estavam nos pés de garotos e garotas arrumadinhos com cara de doentes. Eles sempre apressavam o passo quando o viam ali embaixo, observando-os. Depois de algum tempo, Pikey resolveu que não gostava mais daquela brincadeira e afundou o corpo na palha, apoiando a cabeça no punho fechado. Tentou dormir, mas a louca não parava de falar.

— *Uma torre de sangue* — cantarolava ela numa melodia oscilante e corrediça. — *Uma torre de sangue e uma torre de osso. Uma torre de cinzas e uma torre de rocha. Quem está no alto, quem está na escuridão? Quem sobe as escadas sem deixar indicação?*

Pikey acordou com frio, úmido e pegajoso. Não sabia quanto tempo tinha dormido, mas a maluca havia parado de cantar. O carcereiro caminhava entre as celas. Ao passar, assobiava e chacoalhava o cassetete contra as grades.

— Hora da boia, meus queridinhos! — gritou ele, revirando uma tigela com alguma coisa cinza e embolotada. — Ou melhor... meu queridinho. Tem tão pouco trabalho agora que num tem mais fada nenhuma por aqui. É bem solitário cá embaixo!

*Tão pouco trabalho, agora que todos os rapazes estão fora de Londres lutando na guerra*, pensou Pikey, mas não disse nada. Sentou-se, tremendo. Tinha caído em uma das poças do chão durante o sono, e agora havia limo espalhado por todo seu pescoço.

O carcereiro foi até a cela de Pikey e empurrou a tigela por entre as grades. Era mingau. Mingau ralo com água e tudo mais que estivesse a um braço de distância de quem tinha preparado aquilo. Que bom seria se houvesse sido um pato ou uma vaca dando sopa por perto, mas Pikey não viu nada daquilo na tigela. Nem nabo nem carne. Nem sequer um osso.

— Parece que tá u'a delícia, né — disse o carcereiro, sorrindo, e Pikey apanhou a tigela e começou a despejar seu conteúdo goela abaixo. Estava frio como gesso molhado.

O carcereiro ficou observando o garoto. Pikey viu que o homem estava com aquele olhar, um olhar triste, pensativo, como se sentisse pena dele. Ele não queria que sentissem pena dele.

Terminou o mingau e abaixou a tigela com um gesto só.

— E então? — questionou, encarando o carcereiro. — Não vai dar nada pra senhora maluca aí do lado?

O carcereiro retirou a tigela de Pikey por entre as grades. Tamborilou um ritmo rápido na lateral da tigela, com as unhas. Depois balançou a cabeça.

— Ela num come.

Pikey zombou dele:

— "Ela num come...!" Todo mundo come, principalmente na prisão, porque vocês não podem deixar a gente morrer de fome como fazem na rua.

— Num é piada! — retrucou o carcereiro, em tom alto e meio que implorando, como se não pudesse suportar que Pikey duvidasse dele. — A história correu Londres inteirinha, saiu nos jornais, no *Times* e no *Globe* e no *Morning Bugle*. — Ele enumerou os jornais nos dedos. — Faz seis meses que ela 'tá aqui, desde que as primeiras rebeliões de *spriggans*\* começaram lá em Leeds, mas desde que chegou ela num comeu nem uma migalha, num tomou nem uma

---

\* Criaturas lendárias da mitologia da região inglesa da Cornualha. Diz a lenda que eram muito feias, guardavam tesouros enterrados e agiam como guarda-costas das fadas. Também se diz que eram ladras especialmente boas. (*N. da T.*)

gotinha d'água. Nem *uma*. — O carcereiro inclinou o corpo na direção de Pikey. — Dizem que as fadas 'tão alimentando ela.

Pikey soltou um muxoxo e se meteu de novo no fundo da cela. O carcereiro *estava* zombando, sim. Contando uma história boba para alegrá-lo, como se ele fosse um garotinho. Bem, ele não queria ser alegrado. E não era um garotinho.

— Isso é besteira. Não acredito.

— É verdade, juro procê que é! — O carcereiro jogou as mãos para o alto como se para se proteger daquela acusação. — Foi por isso que prenderam ela aqui. Todo mundo dizia que ela era u'a bruxa, que sempre sumia por um monte de dias, ou até anos, que sempre botava feitiços nas pessoas, mesmo depois das leis. Ela é d'uma cidadezinha do norte, e os camaradas de lá são mais vivos. Têm o olho vivo e mais medo. Um dia apanharam ela batendo papo c'uma árvore morta numa floresta escura e mandaram ela numa carruagem de ferro pra Londres, e ela 'tá aqui desde então. Esperando um julgamento. Que nem ocê. Só que ela num come. Num come, num bebe. E num 'tá nem um pouco pior que o dia que chegou, se é que dá pra acreditar.

O carcereiro não estava sorrindo mais. Bateu a unha na tigela uma última vez e depois começou a descer o corredor.

— *Não* acredito nisso! — berrou Pikey atrás dele, mas o carcereiro simplesmente continuou andando. Pikey desabou no chão de novo, encostado na parede, e ficou olhando o vulto encurvado da outra cela.

Ela estava sentada como sempre, encolhida e tremendo, falando sozinha. Agora, porém, sua voz parecia diferente. Como se estivesse chorando.

— Eu sei — sussurrou, a voz trêmula tornando-se um soluço. — Sei o que eles fizeram. Mas *eles* não sabem, os coitadinhos. Não sabem o que começaram.

A voz da louquinha ecoava pelas celas vazias. Depois de algum tempo, as palavras tristonhas ficaram ríspidas, depois matreiras. A mulher ria às vezes, uma risada aguda, flutuante. Muitas horas mais tarde, quando Pikey estava quase adormecendo de novo, pensou ter ouvido sons vindo da cela da louca, passos apressados e o roçar de mãos sobre a pedra, como se ela estivesse caminhando ou dançando. Mas, quando ele se arrastou até as grades para espiar, viu que ela continuava sentada no escuro, sussurrando, o cabelo caído nos olhos.

No dia seguinte, Pikey desistiu de ficar ouvindo o que a maluca dizia. De todo modo, ela agora não fazia mais nada além de chorar, soluços sofridos que faziam a cabeça do garoto doer. Ele desistiu de observar os sapatos que passavam pela rua. Mal olhava pela janela, agora.

*Ela 'tá esperando um julgamento*, dissera o carcereiro. *Que nem ocê.* Só de pensar nisso o estômago de Pikey ficava molengo. Ele sabia que haveria um julgamento desde o instante em que os caras-de-chumbo o arrastaram de baixo dos jornais. O tribunal dos indigentes era o tipo de coisa que todo menino de rua teria de encarar uma hora ou outra. Entretanto, os meninos de rua normais nunca eram apanhados com pilhas de joias. Os meninos de rua normais não eram encontrados com faqueiros de prata das mansões mais finas de Londres sem contar com nenhuma janela quebrada ou fechadura arrombada para explicar o caso. Os meninos de rua normais não tinham olhos de fada.

Todos os dias o carcereiro levava uma tigela de mingau, mas não dizia nada de útil. Com uma sensação de pesar, Pikey começava a se perguntar se teria de ficar ali tanto tempo quanto a maluca. Meses e meses preso no escuro e na umidade. Caso isso acontecesse, ficaria louco também. Doido de pedra. Às vezes, ele se flagrava olhando para as sombras, meio que esperando ver aquela mão branca mais uma vez, os dedos compridos chamando por ele para levá-lo até a liberdade.

Mas ninguém veio. Ninguém que ele tenha visto, pelo menos. Porém, os ruídos na cela da maluca prosseguiram, os passos, as risadas e os sussurros, sendo que, durante todo o tempo, a louca continuava sentada no escuro a chorar.

No vigésimo quarto dia de Pikey na prisão, um grasnado arrepiante chamou sua atenção novamente para a janela. O que ele viu o fez ficar de pé num pulo e içar o corpo, esmagando o rosto contra as barras da janela.

O céu estava cheio de pássaros. Tantos que pareciam escurecer Londres inteira. Eles se aglomeravam sob as nuvens — corvos e gralhas, pardais e até mesmo cisnes, pairando pela cidade como um enorme bando sibilante. A rua ficou negra como a noite. Pessoas gritavam e se atiravam para dentro das casas e para baixo dos veículos estacionados. Cavalheiros seguravam suas cartolas e corriam em busca de abrigo.

Diante dos olhos de Pikey, um bando de gansos que gingava freneticamente pela rua passou pela prisão, batendo as asas e grasnando. Três caras-de-chumbo os seguiram, badalando seus sinos, e formaram uma muralha. Os gansos não pararam. Pareciam quase enlouquecidos, seus olhinhos minúsculos de um tom preto intenso, maligno. Arqueavam os pescoços e guinchavam, desviando-se dos policiais. Um deles mordeu a perna de um cara-de-chumbo com tanta força que abriu uma ferida sangrenta. Então o bando seguiu, apressado, virou a esquina e rumou para o norte, em direção à saída da cidade.

Em menos de um minuto, tudo terminou. O céu voltou ao seu monótono tom de cinza. Um único corvo esvoaçou aos gritos por cima dos telhados. As pessoas começaram a sair dos abrigos formados por barris e carruagens a vapor, os casacos sujos de fuligem e vinagre. Pikey desceu da janela e desabou no chão.

Feitiço de fadas. Ele sabia que era isso. Somente um feitiço das fadas podia fazer um bando de gansos se alvoroçar tão rápido assim sem ninguém para atiçá-los.

*Eles estão indo para o norte*, pensou. *Estão indo todos para o norte.*

As fadas estavam chamando, e os pássaros tinham atendido. A guerra havia começado.

# Capítulo VIII
# A Casa da Insurgente

— M<small>AUD</small>! Meu xale. Nós devíamos ter ido para a parte mais baixa da casa ontem à noite.

Hettie disparou até uma pequena cômoda e revirou a pilha de xales que estava em cima dela. *Teia de aranha, casca de cebola, semente de papoula...*

— Qual deles, Piscaltine? Não sei qual você quer.

— O verde, sua tonta! Veja como está o tempo. — A fada estava na frente de um espelho, ajeitando uma coroa de flores murchas por trás das orelhas. O espelho refletia um quarto do tamanho de uma caixinha, que fora pintado para parecer uma sala de estudos, e uma janela, que na verdade não passava de uma pintura retratando morros sombrios e chuva. Hettie não achava que uma *imagem* de chuva contasse como "tempo", mas apanhou o xale mais verde que encontrou e caminhou até Piscaltine.

Piscaltine olhou para a peça.

— Isto não é verde. É listrado.

Hettie olhou-o também. Não via lista alguma.

— Para mim, parece verde.

— Maud, não seja *do contra*! É verde com listras verdes também. Mas seja como for, pedi o lilás. Traga-me o lilás.

Hettie não fez cara feia. Hettie não discutiu. Manteve o rosto impassível e voltou até a cômoda. Sentia-se muito inteligente. Como Piscaltine parecia achar que ela era sua pequenina serviçal, certa noite Hettie resolvera entrar no jogo. A dama-fada logo iria cansar-se dela, então Hettie iria embora. E, quando isso acontecesse, era melhor que estivesse numa boa situação com a fada.

Apanhou um tecido roxo-claro comprido e levou-o até Piscaltine. A fada aceitou-o com um sorriso irônico e saiu do quarto.

— Então! — exclamou, enquanto as duas desciam pelo corredor, que estava sendo construído enquanto elas caminhavam. Na escuridão adiante, Hettie viu as fadas da reconstrução balançando em seus cordames, martelando pisos e paredes com uma pressa frenética. — Nós deveríamos estar praticando imunidade aos sinos agora, mas claro que não vamos fazer isso. Vamos simplesmente tomar muito cuidado porque o povo do Rei está na minha casa.

— Povo do Rei? Está falando daquela gente esquisita? — perguntou Hettie, desviando o vestido de Piscaltine antes que ele ficasse preso numa pilha de ferramentas esquecidas no meio do corredor.

Piscaltine a ignorou. Hettie olhou fixamente para a fada por um segundo. Depois disse, com meiguice:

— Você está muito bonita, Piscaltine.

Piscaltine sorriu.

— Sim, povo do Rei. Elas vigiam tudo, essas criaturas horrorosas. E contam tudo para *ele*.

— Por quê? Quem são elas?

— São suas Belusites, é claro! Seus bibelôs, suas criaturas curiosas. Ele as coleciona, entende? Como eu! — Piscaltine bateu palmas, deliciada, e deu um tapinha nos galhos de Hettie.

Hettie não soube o que dizer diante disso. Não tinha certeza se de fato havia entendido o que a dama-fada dissera sobre *colecionar* pessoas e depois cortar suas línguas, mas não houve tempo para pensar a respeito, porque justamente naquele momento elas dobraram uma esquina e entraram em um salão feito inteiramente de tecido. Hettie quase caiu de cara no chão. O salão inteiro era de pano, o chão, as paredes e o teto, e sempre que Hettie ou a fada davam um passo, a construção solavancava e balançava com força. Era como andar no interior de uma tenda suspensa. O tecido não parecia ser especialmente grosso, e Hettie teve medo de que se rasgasse e ela e a fada caíssem na escuridão, quebrando o pescoço. Porém, Piscaltine continuou prosseguindo com dificuldade, e Hettie a seguiu. Logo as duas estavam na outra extremidade do salão, subindo para a segurança de uma porta de madeira.

— Aonde estamos indo? — indagou Hettie, arfando, sem fôlego. — Eu... eu nunca passei por *isso* antes.

— Para a sala da lareira — respondeu Piscaltine, nem um pouco sem fôlego. — Mandei construí-la na Ala Orvalho hoje. Elas nunca irão procurar por lá. Acham que sou uma duquesazinha obediente quando, na verdade, não sou. — Exibiu um sorriso de dentes afiados e começou a descer uma escada.

Hettie apressou-se atrás dela:

— Piscaltine, por que você não faz o que o Rei ordena? Você não gosta dele? Ele é um rei mau?

— Ele é um rei. Claro que ele é mau. Nossa Terra nunca teve reis. Quando se chama alguém de rei, este alguém tende a acreditar que é mesmo, e, portanto, sempre tivemos apenas lordes, duquesas e pessoas como eu. — Ela se empertigou, ajustando as flores atrás da orelha. — Entenda, todos nós tínhamos nosso pedacinho para governar. Antes.

— Antes do quê?

Piscaltine balançou a cabeça, o nariz empinado, fingindo admirar uma parede onde havia uma imagem mal pintada de vasos e flores.

— Gostei de seus sapatos também — disse Hettie, olhando para a ponta dos sapatinhos cor de violeta quando estes espreitaram por baixo do vestido de Piscaltine.

— Antes do Rei Matreiro! — respondeu Piscaltine. — Antes de ele dominar tudo e mandar todas as fadas de baixa estirpe para o subterrâneo, juntamente a todos aqueles de quem ele não gostava, e obrigado todo mundo a construir armas e besteiras do tipo. Porque a época é de guerra, diz ele. Porque todos nós precisamos fazer nossa parte. Bem, quero apenas *governar* minha parte, só isso. Antes dele, o Iluminado Verão era maravilhoso. Não havia névoa, e eu tinha tantos empregados, tantos cortesãos e malabaristas e animadores; e ah, os *banquetes*! Hoje está tudo horrível. — A dama-fada estremeceu.

Hettie achou que concordava.

— Você não poderia ir a outro lugar? Não poderia ir a alguma outra região da Terra Velha?

— Claro que não. Só existem quatro lugares aonde ir, e os quatro estão desolados e vazios agora. O Inverno é a maior região, afinal, ele não se estende infinitamente quando se está nele? Há também o Verão. Sou proprietária de uma pequena parte do Verão. Belinda Azul é dona de outra, mas nos últimos tempos ela jamais sai de sua torre. Não conte a ninguém, mas desconfio que esteja morta. O restante do Verão está simplesmente abandonado. Há ainda o Outono e a Primavera; ambos são muito pequenos, muito coloridos e muito difíceis de encontrar. Nunca fui a nenhum dos dois. Não tenho nem certeza se o próprio Rei Matreiro já o fez. Eu mesma só fui ao Inverno Profundo. É por isso que as Belusites dizem: "Ah, Piscaltine tolinha! Ela não conhece nada do mundo." Mas e elas, o que são? Servas. Criadas e escravas. — Seu tom era amargo, e ela segurou o xale lilás com tanta força que Hettie pôde ver todos os ossinhos de sua mão.

Elas chegaram à sala da lareira. Piscaltine empurrou a porta para abri-la e, novamente, trancou-a com fitas e um ramo verde, só que daquela vez acrescentou um osso, pronunciou uma palavra e agitou a mão sobre a antiga fechadura ornada. Em seguida, virou-se para Hettie e suspirou.

— Pronto. Estamos em segurança agora. Todas as outras fadas, até a última lambe-botas, estão nas salas da imunidade tendo suas entranhas remexidas por coisas de ferro, mas nós duas estamos aqui, nos divertindo *à beça*!

— A gente pode entrar em apuros — disse Hettie. — Quero dizer, se alguém contar ao rei, e afinal ele é rei, coisa e tal... pode ser que fique bravo. Pode ser que corte sua cabeça.

Aquilo pareceu irritar Piscaltine.

— Bem, se ele cortar minha cabeça, vou garantir que corte a sua também. De todo modo, ele nunca vai ficar sabendo. E deixe de ser uma chata! Muita gente não faz o que ele manda. Casas *inteiras*. É horroroso ter um rei, principalmente um rei assim. Ele nos obriga a usar vestidos, cavalgar *Virduger* e falar inglês. Quer que as coisas sejam do seu jeito, mas a maioria das fadas não quer que as coisas sejam de nenhum jeito. Portanto, algumas não obedecem suas ordens. E há aquelas que morrem por causa disso, mas eu não vou morrer. Sou bonita demais para morrer. Agora, antes de mais nada, você está com fome?

— Ah, sim, por favor! — exclamou Hettie. Num instante, ela se esqueceu completamente de ser esperta e astuta, e de que não gostava da dama-fada. Há séculos não comia nada a não ser cogumelos, e estava mais que disposta a consumir comida de verdade. Torcia para que fosse um ensopado. Ou chá de repolho. Ou pão preto com purê de cenoura.

Piscaltine deu uma risadinha e foi até uma bandeja de prata que estava sobre uma mesa com pés em formato de garra. Ergueu a tampa. Hettie correu para espiar. No fundo da bandeja havia seis bolinhos negros perfeitos, como se fossem de chocolate amargo. Em cima deles havia creme em espirais, e os bolinhos estavam decorados com confeitos brilhantes de açúcar e fios de caramelo. Pareciam tão deliciosos! Hettie sufocou um gritinho.

— Prove um — disse Piscaltine, segurando a bandeja sob o nariz de Hettie. Seu olho brilhava de um jeito estranho, mas Hettie não percebeu. Só enxergava os confeitos de açúcar, o creme e os bolinhos iguais àqueles que ela nunca, jamais poderia comer na Inglaterra. Apanhou um deles com cuidado, como se estivesse com medo de deixá-lo cair.

Admirou-o por um segundo e depois o mordeu, uma mordida grande e caprichada.

Piscaltine fechou a tampa da bandeja novamente. A mesa com pés de garra desapareceu, bem como a bandeja.

— Excelente! — disse ela. — Agora você comeu de nossa comida. Pão de fadas, manteiga de fadas. Não mais conseguirá sair desta casa. Será minha amiga para todo o sempre. Ah, mal posso *esperar*!

— O quê? — De repente o bolinho ficou com gosto de terra na boca de Hettie. O creme obstruiu sua garganta, doce demais. — O quê...?

— O quê, o quê — repetiu Piscaltine, sentando-se em uma cadeira e alisando as saias. — Não quero que você fuja. Quero que me escute e obedeça minhas ordens, e que me conte histórias e me alegre quando eu estiver triste, mas você é uma inglesa. Os ingleses podem ser muito perversos.

Hettie sentiu-se tonta. O sangue latejava em seus ouvidos. *Não pode ser verdade. Ah, não, não pode ser verdade.*

— Mas é! — exclamou a fada, como se os pensamentos de Hettie fossem um livro que ela fosse capaz de ler. — Você faz parte desta casa agora. Parte do inventário. Nenhuma porta se abrirá para você. Nenhuma janela se quebrará. E uma vez que todos os reconstrucionistas receberam ordens estritas para não deixar que você se aproxime das paredes externas, nunca vai conseguir escapar. Jamais. Você só será capaz de sair desta casa se eu morrer.

Hettie cuspiu o bolinho no chão, mas era tarde demais. Tarde, tarde demais. Não podia ter certeza, mas já se sentia um pouco mais pesada, um pouco mais inerte, como se pesos de chumbo estivessem amarrados em seus pés.

— Não! — exclamou. E, depois, mais alto: — Não, preciso voltar para casa! Meu irmão está procurando por mim; você não pode me prender aqui. Ele nunca vai conseguir me encontrar. Nunca vai conseguir me encontrar aqui!

— Ora, que ótimo, pois não quero que ele encontre você.

— A voz de Piscaltine, que antes estivera muito calma, estava mais incisiva agora, e ela não parava de encarar Hettie, pequeninos olhares magoados. — Ele levaria você embora, e não quero isso!

De repente, na extremidade da sala, ouviu-se uma batida discreta à porta.

Piscaltine ficou onde estava, imóvel. Hettie, não. Ela não dava a mínima. Não dava a mínima para Reis Matreiros, para escapar da imunidade dos sinos ou para rebeliões idiotas de fadas. Não dava a mínima se cortassem a cabeça de Piscaltine naquele exato instante.

— Não, Piscaltine, anule esse negócio. Faça com que não funcione. Eu preciso ir embora, *preciso* ir!

Novamente a batida, um tamborilar: dedos de porcelana na madeira.

— *Fique quieta* — sibilou Piscaltine. — Silêncio, já disse!

— Não! — guinchou Hettie. — Não, deixe-me ir! Socorro! Socorro, Piscaltine está aqui! Piscaltine está aqui!

A batida se transformou em batidas mais fortes, lentas e ritmadas.

Piscaltine levantou-se, as mãos agitadas. Parecia prestes a estapear Hettie. As batidas aumentaram de volume. Piscaltine voltou-se para a porta.

— Oh, devem ser as Belusites. Devem ter inspecionado as salas de imunidade. — Virou-se de novo para Hettie, e seus olhos se estreitaram, desconfiados. — Saia. Esconda-se. Ninguém pode ver você aqui novamente.

Uma ordem ríspida ressoou do outro lado da porta. As fitas e o raminho se derreteram e sumiram. O osso estalou.

— Isso *nunca* funciona! — choramingou Piscaltine, depois empurrou Hettie com força na direção da chaminé. — *Saia*. E Maud? Você será minha amiga, senão mato você.

A porta se abriu num rompante.

Por um instante, Hettie pensou em enfrentar as Belusites, casso fossem elas mesmo, claro. Quem sabe *elas* poderiam ajudá-la. Mas então olhou de relance para as duas mãos que empurravam a porta, uma preta e a outra branca, e viu as saias vermelhas. Sentiu um sobressalto repentino de pânico. Deu um passo rumo à lareira fria pouco antes de Florence La Bellina entrar no cômodo. Subiu na barra da lareira, onde ficou pendurada como um porco que alguém coloca para assar.

— Piscaltine — declarou Florence, e Hettie imaginou-a se aproximando, metade do rosto branca, metade preta. Içou o corpo para cima da barra e ficou de pé em cima desta, mal conseguindo respirar.

— Sim? — respondeu Piscaltine. — Olá, Florence La Bellina. Se isso tudo é por causa da imunidade dos sinos, eu já estava a caminho.

— Isso não é por causa da imunidade dos sinos, Piscaltine. É por causa da menina que nós vimos ontem à noite. Queremos inspecioná-la.

Hettie ficou muito, muito quietinha, a barra machucando seus pés descalços. *Me inspecionar?* Ela não queria ser inspecionada. De repente, quase se sentiu grata à horrível

Piscaltine por ter ido até o assento da janela na noite anterior para espantar as Belusites.

— Menina? — dizia Piscaltine. — Que menina? Não sei do que estão falando. Provavelmente devem ter enlouquecido. Acho que deveriam ir atrás dela. Sugiro começarem pelo topo da casa e ir descendo; e não se esqueçam de olhar nas pias e nos armários de roupas de cama e banho.

— Onde ela está, Piscaltine?

Hettie precisava dar o fora dali. Precisava dar o fora dali *agora mesmo*. Começou a subir pela chaminé o mais rápido que pôde. Fez uma barulheira terrível. Sufocou um grito, gemeu, e cascatas de fuligem caíram na lareira, mas não podia se importar com isso agora. Havia um beiral alguns centímetros mais acima. *Se eu conseguir alcançá-lo...* Os dedos de seus pés encontraram as saliências da rocha, seus dedos se seguraram em um buraquinho. Ela suspendeu o corpo e rolou de costas sobre o beiral justamente no momento em que dois rostos apareceram lá embaixo e espiaram para cima.

— O que foi esse barulho? — perguntou Florence La Bellina. — O que há com sua chaminé?

— Ratos! — exclamou Piscaltine. — E aranhas. E baratas, sapos e urtigas! São todos tão barulhentos...

Hettie ficou deitada no beiral, completamente em silêncio. Segundos se passaram, e nada se mexia nos fundos da lareira. Então ela ouviu Piscaltine e Florence La Bellina afastarem-se na sala. Levantou a cabeça e olhou ao redor. Lá em cima fedia a cocô de rato e a alguma coisa pungente que fazia cócegas em sua garganta. Quase não havia luz, mas mesmo na penumbra ela conseguia ver que a chaminé se ramificava como uma árvore, em diversas direções. Sentiu um sopro de ar no rosto.

Foi rapidamente até o lugar de onde ele vinha e encontrou uma rachadura nas pedras, com 30 centímetros de largura, que ia se afunilando para baixo. Espremeu-se por dentro dela e entrou numa escuridão igual a breu. O vento agitou os galhos de sua cabeça. Ela começou a rastejar. Será que conseguiria sair da casa assim? Será que haveria partes quebradas e ela poderia simplesmente pular em um buraco e fugir? Tinha esperanças de que sim. Esperava que não fosse verdade o que Piscaltine dissera sobre os bolinhos, que aquilo não passasse de uma mentira e de uma brincadeira.

Continuou em frente, pela escuridão, engatinhando por espaços tão estreitos que mal acomodavam seu corpo. E então, finalmente, viu luz lá embaixo. Pulou. Não havia saído da casa. Estava em uma lareira fria, numa sala feita de espelhos. O piso era de espelhos e o teto também, e ambos refletiam uma pessoinha de camisola, preta da cabeça aos pés, e cujos galhos na cabeça se projetavam como uma vassoura chamuscada.

# Capítulo IX
# O garoto pálido

Em seu vigésimo sétimo dia na prisão, Pikey começou a olhar pela janela gradeada novamente, e, no trigésimo, um par de galochas passou por ali, pertencentes a um cavalheiro alto de rosto simpático e cabelo louro cacheado que começava a ficar grisalho nas têmporas. Seu braço estava enrolado em uma bandagem de linho. Alguém caminhava ao lado dele. Pikey não conseguiu ver quem era, mas viu suas botas — belas botas negras, sujas de neve e lama. Pareciam de polícia, só que menores, e nas laterais havia fivelas prateadas que tinham sido forjadas em formato de penas.

— Meu caro garoto, entendo perfeitamente — dizia o cavalheiro, a voz enchendo os ouvidos de Pikey. — Mas não vai adiantar nada! Posso lhe garantir, qualquer coisa que essa mulher por acaso tenha feito é inteiramente...

A voz do cavalheiro sumiu mais uma vez. Outros pés chapinharam por perto e espirraram terra e sujeira no rosto de Pikey. Porém, quando ele se encostou mais uma vez na parede para olhar por entre as grades, viu que os dois vultos haviam parado diante da porta da prisão, a poucos passos de distância. Iam entrar.

Minutos se passaram. Pikey ouviu dobradiças rangendo, o carcereiro falando em uma voz alta e simpática, e depois o tilintar e o arranhar de chaves, como se uma porta estivesse sendo aberta.

Pikey içou o corpo, segurando nas barras. Havia três vultos de pé sob a penumbra. Um deles era o cavalheiro de cabelos cacheados, que segurava seu chapéu. O segundo era o carcereiro. O terceiro era o das botas com fivelas. Ele usava um manto com capuz que lhe escondia o rosto. Mal tinha 1,20 metro de altura.

Os três começaram a descer o corredor e pararam na frente da cela da louca.

— Aqui está ela, senhores, vivinha da silva. Bem, sabe-se lá se o nome dela é Silva mesmo. — A voz do carcereiro ainda era brincalhona, mas seus olhos não paravam de ir do cavalheiro para o vulto encapuzado e do encapuzado para o cavalheiro.

Pikey também ficou olhando. Estava sentado no chão e assim, quando o grupo passou por ele, conseguiu olhar brevemente por baixo do capuz do baixinho e viu um rosto branco com olhos escuros. Eram olhos profundos, tão fundos quanto um poço dos desejos.

— Destranque a cela, por gentileza — disse o encapuzado. — Deixe-me falar com ela.

Pikey prendeu a respiração. Aquela não era uma voz de homem. Era suave e aguda. A voz de um garoto.

O encapuzado aguardou que o carcereiro destrancasse a cela da louca, depois entrou como um raio. O cavalheiro de cabelo encaracolado permaneceu no corredor, as costas muito empertigadas, parecendo completamente deslocado em seu colete bordado e gravata de brocado vermelho. Olhou ao redor, para o teto em arco, o limo das pedras e as poças d'água no chão, fingindo achar tudo muito interessante. Pikey notou que o cavalheiro não tinha o menor talento para a discrição.

— É só isso, obrigado — disse o garoto pálido, sem olhar para o carcereiro. — Espere por nós ao final do corredor, por favor, perto da porta.

O cavalheiro de cabelo cacheado interrompeu seu exame de uma poça d'água e ergueu o olhar, espantado. A reação do carcereiro foi mais ou menos a mesma.

— Espere por nós à porta, por favor — repetiu o garoto. — Vamos ficar bem.

O cavalheiro assentiu, incomodado, e o carcereiro se afastou a passos pesados, balançando a cabeça. O garoto aguardou que ele chegasse ao final do corredor e, depois, caminhou rapidamente até a mulher maluca.

— Olá — cumprimentou ele. Falava muito baixo, Pikey teve de se esforçar para ouvir o que dizia. Aproximou-se mais das grades. O cavalheiro ainda não o havia notado, e, se o garoto havia, não demonstrara. — Graças a diversas fontes confiáveis, descobri que você está em contato com as fadas da Terra Velha. Preciso saber se é verdade. Elas vêm até aqui? Entram por um portal?

A maluca não olhou para cima.

— Entram ou não? — A voz do garoto continuava baixa, mas agora estava mais incisiva, afiada como a espada de um cara-de-chumbo.

O cavalheiro parou de remexer os pés. A água pingava com um som oco, mas, fora isso, não havia mais nenhum ruído. Todas as fechaduras, pedras e pulmões pareciam estar prendendo o fôlego.

De repente, a louca soltou um muxoxo.

— Não vou dizer — respondeu. — Johnny, Lucy e Pudim de Caramelo disseram: "Não conte, doce senhora, não conte. Seria muito ruim para todos nós." Por isso, não vou dizer a ninguém.

O garoto pálido soltou a respiração bem devagar.

— Preciso saber — insistiu. Pikey encostou a cabeça no metal enferrujado. Agora conseguia ouvir as palavras com clareza. — Estou procurando um portal até a Terra Velha. Sei que eles existem. Pequenos buracos e passagens. Por favor, senhora, preciso de sua ajuda.

Naquele momento, a maluca olhou para ele.

— Por quê? — perguntou. Era uma pergunta simples, mas ela a proferiu com uma espécie de malícia presunçosa, como o miado de um gato. Pikey se perguntou se o garoto pálido daria um tapa na mulher. Quando as pessoas da rua falavam daquele jeito, em geral eram estapeadas.

Mas o garoto permaneceu completamente imóvel.

— Minha irmã está lá. Faz anos. Está presa lá e preciso trazê-la de volta.

A maluca voltou a baixar a cabeça.

— Eles disseram para eu não contar — retrucou. — Meus amiguinhos das sebes e dos morros. "É perigoso", disseram, "perigoso"; por isso não posso dizer. Não, não posso dizer.

— Então vou esperar — respondeu o garoto pálido. — Vou esperar aqui para ver por conta própria.

O cavalheiro lançou um olhar de advertência para o garoto.

— Bartholomew — disse em tom baixo, esticando a mão por entre as grades para tocar o braço do garoto. — Você tentou. Isso não vai levar a lugar algum. Não adianta.

O garoto se desvencilhou dele, mas a mulher louca se empertigou.

— Você devia escutar esse aí. Não adianta *mesmo*. Meus amigos não virão se você ficar aqui. Você vai assustá-los. *Medonho*.

Pikey estremeceu ao ouvir a palavra, como se tivesse levado um tapa. Medonho. Mestiço. Um Peculiar, aqui em Londres. O garoto pálido podia agradecer às estrelas o fato de nem o carcereiro nem os caras-de-chumbo lá da rua saberem de nada: ele seria mandado a uma prisão de fadas antes que pudesse contar até três.

Foi então que Pikey teve uma ideia. O garoto chamado Bartholomew estava procurando pela irmã. Que, segundo ele dissera, estava presa no mundo das fadas. Pikey tinha visto algo parecido: uma garota numa floresta escura, fora de Londres. Será que poderia se aproveitar disso? Ele precisava fazer *alguma coisa*. Em seu julgamento no tribunal dos indigentes, ninguém acreditaria quando ele dissesse que um silfo havia roubado todas aquelas coisas. Achariam que havia sido Pikey quem entrara de fininho naquelas casas e se esvaíra como uma sombra. *Influenciado pelas fadas*, diriam eles. *Basta ver esse olho. Não seria surpresa nenhuma se ele fosse capaz de lançar toda sorte de feitiços. Vamos mergulhar o menino num lago e descobrir.*

Se Pikey ficasse ali, estaria morto. De um jeito ou de outro. Mas, se pudesse convencer aqueles camaradas de que seria capaz de ajudá-los... Precisava agir depressa.

Bartholomew estava meio em pé, meio sentado. O cavalheiro segurava seu braço de novo e sussurrava algo para ele, com urgência. A maluca grunhia sozinha, arranhando o chão e cuspindo.

Pikey se levantou, segurou as grades de sua cela com as duas mãos, e gritou:

— Eu vi sua irmã!

Bartholomew congelou. O cavalheiro virou-se para olhar para Pikey.

— Eu vi ela — disse Pikey de novo, depressa. — Seu cabelo é de galho, não é? E ela tem uma cara meio pontuda, branca e ossuda. Vi sua irmã, nítido como o dia.

Devagar, Bartholomew se virou. Aproximou-se da cela de Pikey.

— Como?

Pikey espiou rapidamente pelo corredor para ter certeza de que o carcereiro continuava perto da porta.

— Meu olho — disse. — Eu vi com meu olho. — Com gestos rápidos, ele desfez a amarração da meia que escondia o olho cinzento e vazio.

Bartholomew encarou Pikey fixamente, com um olhar sombrio e inescrutável. Pikey retribuiu o olhar. *Está tudo bem*, pensou. Afinal de contas, o garoto pálido era um medonho, ou seja, metade fada, metade homem. E aquilo era bem pior do que ter sido apenas tocado pelas fadas. Mas, por outro lado, Pikey, além de tocado pelas fadas, era um menino de rua. Imaginou seu olho nublado feioso e pensou em como agora ele não era melhor que um imundo elfo do calçamento espremendo-se pela lama no subterrâneo das ruas. Remexeu os pés e olhou para baixo.

— O que você viu? — perguntou Bartholomew, devagar.

*Ele não acredita em mim.* Pikey sabia. Novamente, o cavalheiro começou a puxar a manga do manto do garoto, murmurando alguma coisa.

Bem, se Pikey não queria sair de Londres acorrentado, precisava fazer aqueles dois acreditarem. Olhou para cima mais uma vez.

— Logo depois da Hospedaria do Glockner — disse, com firmeza. — Ela estava na rua, mas também estava em uma floresta. Sei lá como, mas tinha uma floresta nevada *no meio* da rua, toda cheia de árvores pretas, e essa menina aí, essa menina estendeu a mão para mim. Foi tudo que vi, mas sei que é ela.

Claro que ele *não* sabia. Não fazia a menor ideia. Devia haver centenas de medonhos na Inglaterra, centenas de menininhas com cabelos de galho e rosto pontudo.

— Uma floresta nevada — repetiu Bartholomew. Um olhar distante atravessou seu rosto. Ele estava olhando para além de Pikey, através dele, como se Pikey fosse feito de vidro. Começou a caminhar de um lado a outro. — Uma floresta nevada e árvores pretas. Um chalé ao longe com uma luz acesa na janela. Sr. Jelliby... — Ele virou-se para o cavalheiro. — Sr. Jelliby, ele viu minha irmã. Ele a viu.

— Bartholomew, você não pode ter certeza. — O cavalheiro falou com voz gentil, mas um pouco cansada, como se tivesse sido obrigado a dizer a mesma coisa centenas de vezes antes. — Pode ser que ele tenha ouvido falar disso em algum lugar. As notícias correram o mundo depois que o portal se abriu. Tantas histórias...

— Isso foi há muitos anos — interrompeu Bartholomew, com um tom incisivo de mágoa. Virou-se novamente para Pikey. — Quantos anos você tem? Você se lembra do Caso

Lickerish? Nove medonhos mortos e um dirigível que pairava sobre Londres?

Pikey olhou do cavalheiro para o medonho e do medonho para o cavalheiro. Pressentiu uma armadilha, mas não conseguia ver suas garras.

— Eu... bem, *ouvi falar*. Só que isso foi há muito tempo. Tenho 12 anos de idade, senhor. Pelo menos acho que tenho.

— Doze — repetiu Bartholomew. — Sr. Jelliby, precisamos tirar este menino daqui. Ele pode nos ajudar!

O cavalheiro soltou um suspiro.

— Mas você não *sabe* ao certo. Não há como ter certeza se o garoto está dizendo a verdade, e mesmo que esteja, ele...

— *Estou* contando a verdade, sim! — protestou Pikey, desesperadamente. — Eu vi ela! Nítido como o dia, com este olho aqui! Vocês precisam acreditar em mim! Ela tem uma espécie de tatuagem no braço, não tem? Vermelha, como se tivesse dado um chute num gato e o gato tivesse arranhado ela? Era sua irmã? *Era*?

Agora o cavalheiro olhava para Pikey também.

— E uns olhos pretos gigantescos, tão grandes que daria pra se afogar dentro deles. Eu vi ela. Eu vi!

Bartholomew olhou para Pikey por mais um instante. Então, bem devagar, aproximou a cabeça das grades.

— E você consegue vê-la de novo? Poderia me dizer onde ela está e o que está fazendo?

— Eu... sim. Poderia sim, senhor. E vou fazer isso se me tirarem daqui.

Bartholomew não hesitou.

— Ótimo. Vou tirar você. Você virá conosco. Vai nos contar tudo que sabe e tudo que viu. Mas se estiver mentindo... — Agora sua voz era muito baixa. — Bem, você sabe que tipo de indivíduo anda por aí e o que fazem com pessoas como nós. Não minta para mim, só isso. Jamais.

Pikey teve vontade de vociferar com o garoto, dizer que ele não passava de um Peculiar horroroso e que não estava em uma posição melhor que a dele, mas isso não ajudaria em nada. Eles iriam tirá-lo da prisão. Era isso o que importava.

— Sim, senhor — respondeu.

O cavalheiro suspirou mais uma vez e virou-se.

— Carcereiro! — gritou, a voz ecoando pelo corredor úmido. — Carcereiro, vamos levar este aqui! Apanhe as chaves! Na posição de Conde de Watership, cavaleiro de Sua Majestade, a Rainha, e membro da Câmara dos Lordes, *ordeno* que o solte.

O carcereiro veio caminhando rapidamente pelo corredor, parecendo um tanto assustado.

— Sim, milorde — disse, curvando-se em uma reverência. — Pois não, milorde. — Destrancou a cela com a chave dentada. O ferrolho tilintou, e, assim que o fez, Pikey saltou para fora.

— Obrigado, senhores. Vou ajudar vocês. Juro que vou, vou ajudar vocês a encontrarem ela. — Ele quase podia jurar que o ar ali fora cheirava melhor. Na verdade, era tão fedorento e pútrido quanto o de sua cela, mas para ele era tão puro como água de poço.

O cavalheiro levantou as sobrancelhas e olhou para a frente. Bartholomew lhe lançou um olhar de soslaio.

Pikey interpretou aquilo como sinal de amizade e correu até o lado dele, levantando a fronte da camisa para limpar a sujeira do rosto.

— Eu vou, eu...

Eles já estavam indo embora. Ele andou depressa para alcançá-los, mas, quando estava passando pela cela da louca, uma mão cheia de veias e rugas se enfiou por entre as grades e segurou seu pulso com força. A maluca. Ela estava encostada nas grades da cela, ofegando e murmurando alguma coisa com a cabeça abaixada.

— Boa sorte, garoto — disse ela, subindo os dedos pela pele dele. — Boa sorte, dizem Johhny, Lucy e Pudim de Caramelo. Não deixe o Rei Matreiro ver, dizem eles. Não deixe ele ver.

Então ela levantou a cabeça, e Pikey viu que um de seus olhos era igual ao dele, cinzento e vazio, eternamente fitando o nada.

# Capítulo X
# A Hora da Melancolia

Em frente ao closet de Hettie havia um velho relógio de pé, e ele sempre lhe dizia quando era hora de correr.

Era quase igual a um relógio de pé comum. Tinha um pêndulo e dois ponteiros, e sua madeira era toda trabalhada com entalhes que pareciam espinhos. Dentro, um pequeno duende pedalava incessantemente para manter as rodas girando, e havia um monte de engrenagens e pistões de madeira. Contudo, não era *exatamente* igual a um relógio comum. Não mostrava o tempo em horas e minutos: mas sim em humores. No mostrador lustroso, em vez de números, quatro pequenos rostos de latão. O primeiro sorria; o segundo estava triste; o terceiro, zangado; e o último Hettie nunca entendera direito, mas achava que dormia. Tinha os olhos fechados e a boca formando um pequeno "o". Como os ponteiros do relógio nunca apontavam para ele, ela nunca tivera motivo para pensar muito no assunto.

Naquela noite, uma da série de noites longas e solitárias na casa de Piscaltine, o relógio bateu a Hora da Melancolia. Seus dois ponteiros apontaram para o rosto triste. Um sino grave e tristonho ressoou no interior do relógio. E, assim que o ouviu, Hettie saltou de sua caminha e começou a tentar freneticamente destrancar as fechaduras e ferrolhos da porta de madeira lascada. Piscaltine não gostava que ela chegasse atrasada.

Hettie enfiou a cabeça no corredor. Primeiro olhou para um lado, depois para o outro. Em seguida saiu e começou a correr. O closet que encontrara para dormir (depois de passar várias noites em janelas ou em sofás de penas de pavão empoeirados) ficava em um dos andares mais altos da casa, próximo ao teto. Era uma das poucas partes do casarão que era sólida e não mudava de lugar, mas isso não significava que fosse mais segura. Os sótãos eram famosos por serem o local de ronda das fadas-da-piedade.

*Corra, corra, corra.* Os pés mal tocavam o chão enquanto ela voava até o final do corredor. As fadas-da-piedade tinham pernas e braços compridos e pequeninos rostos malvados, e andavam de quatro como enormes cadáveres brancos de cachorro. Eram chamadas de fadas-da-piedade porque não tinham nenhuma. Se uma se aproximasse de Hettie agora, ela jamais conseguiria correr mais depressa que a fada. E se uma aparecesse na sua frente...

Ela dobrou um corredor e desceu um lance íngreme de escadaria. Um dos degraus estava preso somente por um único prego velho dobrado e lançaria qualquer um que pisasse ali para uma morte alagadiça no fundo do porão da casa, lá embaixo. Hettie pulou aquele degrau com destreza e continuou correndo, dando voltas e mais voltas. *Não desacelere*, pensou. *Não desacelere. Você vai poder recuperar o fôlego quando estiver em segurança.*

Ela nunca vira uma fada-da-piedade de perto, mas já tinha olhado uma de relance pela rachadura da sua porta, a mancha de braços e pernas ossudos e dentes afiados que perseguia uma minúscula goblin. Hettie ouvira a goblin soltando guinchos agudos e seus pezinhos atravessando o corredor, mas o som era quase engolido pelo andar trovejante da fada-da-piedade. Pouco tempo depois, os guinchos cessaram.

Normalmente Piscaltine mantinha as fadas-da-piedade presas em jaulas, em sua sala de jantar na Ala de Vidro. Porém, às vezes, principalmente quando o relógio batia a Hora da Ira, a dama-fada soltava as fadas-da-piedade usando uma chave denteada, e elas subiam as escadas para comer o que encontrassem pela frente: goblins, na maioria das vezes, além de gnomos e das fracas fadinhas serviçais, que não dispunham dos feitiços necessários para se disfarçarem de castiçais ou tapeçarias. Piscaltine chamava aquilo de "arrancar as ervas daninhas da casa", e Hettie desconfiava que ela gostasse disso. Nunca as havia soltado durante a Hora da Melancolia, mas poderia muito bem fazer isso agora.

Hettie chegou ao último degrau e começou a subir uma escada solta que estava encostada à parede. Era impossivelmente alta, o topo sumia na escuridão. A escada rangeu e oscilou sob seus pés. Hettie continuou subindo, sem se abalar. Lá embaixo, viu o brilho das lamparinas alaranjadas dos reconstrucionistas, algumas balançando solitariamente no escuro, outras reunidas como vaga-lumes nos locais onde aposentos estavam sendo construídos. Seriam aposentos tristes, ela sabia, em tons de roxo e azul, para combinar com o humor de Piscaltine. Havia muitas noites Piscaltine andava triste.

— *Por que você cuspiu o bolo?* — berrara a dama-fada quando encontrara Hettie novamente, escondida na penumbra empoeirada no alto de um dos aposentos. Piscaltine, que havia se prendido em um cordame dos reconstrucionistas, estava completamente ridícula. — *Você não quer ser minha amiga? Não quer?*

Hettie não chegara a responder nada, e nem fora necessário. O rosto de Piscaltine pareceu congelar, perfeito e belo. Os olhos negros e profundos cintilaram. Então ela foi embora. Mais tarde, Hettie acordou com o som de mãos arranhando e com o farfalhar de roupas, daí espiou pelo beiral do aposento. Viu Florence La Bellina e quatro outras Belusites subindo pelas paredes e correntes dos reconstrucionistas, procurando nos topos dos aposentos abaixo dela, procurando como se tivessem certeza de que encontrariam alguém por ali. No dia seguinte, Hettie procurara Piscaltine e sentara-se aos seus pés.

*Fada estúpida*, pensava Hettie agora, com raiva, subindo degrau após degrau da escadaria rumo à escuridão. Piscaltine, porém, não era estúpida. Piscaltine havia denunciado Hettie. Isso significava que ela sabia que Hettie era uma Peculiar, e significava também que sabia que Florence La Bellina desejava pôr as mãos em Hettie, fosse por que motivo, e significava ainda que Piscaltine usaria aquele conhecimento para o que ela bem quisesse, e não havia nada que Hettie pudesse fazer a respeito. Ela não podia ir embora. Havia tentado, mas em todas as vezes os corredores a levavam rumo a direções esquisitas, ou então um painel surgira debaixo dela e a fizera tropeçar num emaranhado de cordas ou num tacho de roupa suja das fadas. No final, Hettie e Piscaltine acabaram se acomodando em uma espécie de encenação, na qual Hettie era amiga de Piscaltine e Piscaltine era sua ama benevolente. Entretanto, sempre que podia, ela tratava Hettie de um jeito terrível.

Hettie chegou ao topo da enorme escadaria forrada com tapetes carmesim que, assim ouvira dizer, chamava-se Escadaria das Entranhas, por causa do gigante que supostamente fora assassinado ali e que era o responsável por aquela cor suntuosa. Desceu os degraus correndo. Seus passos ecoavam no espaço vasto e silencioso. A poeira se levantava em grandes volumes do carpete sob seus pés. Apesar de todos os serviçais e reconstrucionistas que trabalhavam na escuridão, a casa estava estranhamente morta e solitária.

Na metade do caminho para baixo, ela cruzou com uma fada cinzenta de pernas e braços compridos e asas de mariposa, que estava subindo. Hettie acenou. Não achava que a outra estivesse na casa de Piscaltine há muito tempo, mas já conhecia aquela fada. Chamava-se Snell e era bastante silenciosa. Tinha olhos cinzentos, pele cinzenta e cabelo cinzento. Em geral, Hettie não gostava de fadas silenciosas — eram muito mais perigosas que as barulhentas —, mas Snell jamais fazia nada a ninguém. Snell nem sequer falava, portanto Hettie não sabia nem mesmo se seu nome era de fato Snell, mas acabara por concluir que aquele era um bom nome para ela. A fada parecia insuportavelmente triste sempre que Hettie a via. Por outro lado, Hettie só se aventurava para fora do sótão na Hora da Melancolia, e, naquela hora, todos eram *obrigados* a parecer tristes. Bem, ao menos Snell não dava a impressão de que iria devorá-la.

Por fim, Hettie chegou à porta do salão do trono de Piscaltine. Parou por um instante. Inspirou fundo o ar frio e úmido, depois empurrou a porta para entrar.

O salão se estendeu diante dela, escuro e opulento. Teias de aranha pendiam do teto. Hettie não havia percebido até então, mas as pinturas estavam rachadas e velhas, e mal pareciam pinturas. Piscaltine se encontrava no trono espaldado, comendo frutinhas silvestres com uma colher de prata.

— Olá, Maud — gritou ela tão logo Hettie se aproximou.

— Olá, Piscaltine. — Hettie atrasou o passo, desconfiada. O tom de voz da dama-fada não costumava ser aquele. Não na Hora da Melancolia. Em geral, ela parecia taciturna e tristonha, e pedia que Hettie brincasse a seus pés, ou que segurasse sua mão e lhe contasse absurdos sobre a Inglaterra, sobre como o povo de lá pendurava pedras nas orelhas e construía pássaros de metal. Mas não naquele dia. Naquele dia a dama-fada parecia assustadoramente bela e pálida, e havia algo em seu meio-sorriso que estava deixando Hettie com medo.

Piscaltine fixou os olhos na garota e cutucou as frutinhas com a ponta da colher.

— Você jamais vai adivinhar a notícia gloriosa que acabei de receber — disse ela.

Hettie foi até o banquinho baixo e sentou-se aos pés de Piscaltine. Aquele banquinho era só dela. Ela fora obrigada a bordá-lo com fios de cabelo de ondina e, como não sabia bordar, precisou aprender, refazendo os pontos sem parar até que Piscaltine ficasse satisfeita.

— Bem... — começou Hettie. Pensou por um segundo. — Os reconstrucionistas estão há séculos na Ala Orvalho, construindo um salão. Suponho que vá haver um baile de máscaras.

— Errado. Vai haver um baile de máscaras. Não é maravilhoso? — Piscaltine bateu a colher violentamente na borda do prato, fazendo um leve *ting*.

Hettie estremeceu.

— Ah, mas que adorável.

— É adorável *mesmo*. Será um grande evento. E pensar que fui escolhida para ser a anfitriã! Ah... — Ela suspirou e, por um instante, pareceu bastante satisfeita consigo. Depois fixou o olhar em Hettie. — E já que sou assim tão maravilhosa e clemente, tenho uma surpresa para você. Além desta.

O coração de Hettie deu um pulo horroroso e retorceu-se. O jeito como Piscaltine dissera aquilo... Como se não fosse surpresa alguma. Como se fosse mais um desafio que uma surpresa. Fosse o que fosse, boa coisa não devia ser.

— Está vendo esta máscara? — Piscaltine apoiou o recipiente de prata em seu colo e ergueu uma brilhante meia-máscara negra. Era circundada de plumas do mais profundo e vívido azul. Fitas de seda negra pendiam das laterais. — É para você. Para o baile. — Os olhos da máscara curvaram-se para cima, espelhando a expressão da dama-fada.

— Para... para mim? — Hettie franziu a testa. — Mas eu não... eu não *vou*, não é?

A fada piscou para ela e não disse nada.

Hettie tentou mais uma vez:

— Não pensei que os Não-Sei-Quês fossem convidados para os bailes de máscaras. — Suas mãos tremiam. Ela escondeu-as embaixo da camisola. Era a mesma camisola que usava desde que chegara na Terra Velha. Tinha sido remendada e reremendada, emendada e encompridada, mas o antigo tecido cinza continuava como base. Piscaltine dissera que ela era muito malcriada para ganhar roupas novas.

— Isso depende de quem seja o dono do Não-Sei-Quê — respondeu Piscaltine. —*Você,* por exemplo, jamais poderia ir. Pelo menos não assim como está. Mas, sabe, quando você colocar esta máscara, ninguém saberá quem é. Não terão como saber. Esta é uma máscara carnal. Faz a pessoa assumir a aparência da criatura que é sua alma. Retira sua alma de dentro de você e a coloca à vista. Eu a ganhei do Rei do Carvão quando ele me pediu para desposá-lo. No final das contas, ele acabou decidindo não se casar comigo... — Seus olhos assumiram uma expressão distante. Depois ela deu um sorrisinho raivoso e empurrou a máscara para as mãos de Hettie. — Vamos. Experimente-a. Estou morrendo de vontade de saber como é sua alma. Desconfio que deva ser horrorosa. Duas vezes mais feia do que você já é. Talvez seja um polvo ou um javali particularmente ouriçado. — Ela levou outra colherada de frutinhas até a boca e mastigou, ansiosa.

*Cabeça-oca*, pensou Hettie. *Comedora de goblins idiota e palerma*. Pensou aquilo alto, porque o que Piscaltine dissera a havia magoado, e ela não queria que isso tivesse acontecido. Sabia que Piscaltine só estava querendo provocá-la, mas de algum modo isso não melhorava as coisas.

*Não acho que eu seja feia*, pensou Hettie. Se tivesse de ir ao baile de máscaras parecendo um javali ouriçado, não estava nem aí. Todos dariam risada, e Piscaltine poderia ficar muito satisfeita consigo, mas isso não tinha a menor importância. Não mesmo.

— Certo — disse Hettie, e colocou a máscara no rosto.

Ajeitou-a para conseguir enxergar pelos buracos. Eram muito afastados, feitos para olhos de fadas, mas, mesmo assim, ela conseguiu enxergar através deles. Amarrou as fitas atrás da cabeça, depois baixou as mãos e fez uma careta. A máscara não se encaixava muito bem em seu rosto. Era feita para os rostos delicados dos Sidhe, e não para seu crânio bulboso de medonha.

Olhou para baixo. Seus pés continuavam ali, pelo menos: não eram tentáculos, nem antenas, nem nada desagradável. Isso era bom. Olhou para suas mãos. Eram as mesmas, também; dez dedos, dez unhas. E as tatuagens vermelhas... Agora os riscos estavam mais fracos que antes, mas continuavam ali, enroscando-se pelos braços.

— Minha alma se parece comigo, pelo jeito. — Ela deu de ombros e voltou para o banquinho. — Não posso ir. Todos irão me reconhecer.

Porém, Piscaltine tinha parado de comer. Estava olhando fixamente para Hettie, com a colher de prata parada no ar, uma gota vermelha como sangue pendendo suspensa de sua ponta, trêmula. A boca de Piscaltine formava agora um "o" perfeito.

Hettie olhou para ela, indecisa. Então correu até um dos espelhos dourados que estavam presos na parede. O que viu fez seu coração quase parar dentro de si.

Um vulto alto e belo a olhava pelo espelho. Estava de preto, com um vestido abotoado até o pescoço. Seu rosto era estreito, mas sua boca era firme, e o cabelo era uma cascata de cachos cor de cobre. Não havia mais tatuagens em seus braços, nem galhos no lugar do cabelo, nem olhos negros horrorosos e fundos. Aquela criatura era orgulhosa e forte, e Hettie quase sentiu medo de olhar para ela.

Piscou e espiou para baixo, para si mesma. Viu novamente suas mãos, sua velha camisola. Nada daquilo parecia diferente. Ela caminhou para um lado e para o outro, rodopiou. Depois ergueu um dedo e cutucou o nariz. A dama no espelho fez o mesmo.

A bela criatura no espelho era ela mesma.

— Maud — sussurrou Piscaltine. — Oh, Maud...

Então a fada atirou o prato de frutinhas no chão e voou para cima de Hettie, arrancando a máscara de seu rosto.

— Devolva isso. Devolva isso *agora*.

Piscaltine inspecionou a máscara, com cara feia. Revirou-a rapidamente entre as mãos. Seus olhos voltaram depressa para Hettie. Estavam muito negros, horrivelmente negros como estrelas geladas e escuras.

*Não diga nada,* sibilou Hettie para si. *Você só vai piorar as coisas.* Empinou o queixo e cruzou as mãos atrás das costas, pois foi a única coisa em que conseguiu pensar em fazer naquele momento.

— Muito bem — disse Piscaltine. Estava de pé, perfeitamente imóvel, mas de certa maneira parecia estar se mexendo, trêmula como um monte de ondas. — Muito bem. Agora olhe *para mim*. — A máscara estava em seu rosto. Ela amarrou as fitas de seda por trás da cabeça. Quando a máscara ficou ajustada, um longo tremor percorreu seu corpo dos pés à cabeça, e então ela se transformou. Agora era feita de arame, como um manequim de costureira. Dentro dela só havia ar, e no lugar onde seu coração deveria estar, havia uma almofada vermelha sobre a qual repousava um sapo horroroso. Ao redor dele havia pequeninas geringonças, foles e canos que lançavam jorros de água para mantê-lo umedecido, e uma mão mecânica acolchoada que o acariciava de tempos em tempos. Mas o sapo tinha tantas verrugas! E uns olhos tão caídos, melancólicos! Ele abriu a boca e coaxou.

A dama-fada olhou para si por um instante, piscando as pálpebras de arame. Então seus lábios de metal se abriram e ela começou a chorar. O sapo coaxou de novo, mais alto. Piscaltine arrancou a máscara, que saiu do rosto e caiu de seus dedos. E, de uma só vez, os arames, o sapo e os foles sumiram, e ela voltou a ser novamente uma dama-fada trajando um vestido de espinhas de peixe.

— Maud — disse, de costas para Hettie. Pelo som da voz, parecia estar sorrindo. — Que especial é minha pequenina Não-Sei-Quê. Tão especial para todos. — Em seguida virou-se para Hettie e soltou um grito agudo: — *Eu odeio você!* Odeio você. Você não é nada, está me entendendo? Você não é absolutamente nada. — Então saiu correndo da sala, e as portas se fecharam com um estrondo atrás de si.

Hettie ficou parada, sem se mexer, enraizada no chão. *Não. Não, não, não.* Não era assim que devia ser. A língua continuava presa na boca. A cabeça continuava sobre seus ombros. Mas por quanto tempo?

*Você não é absolutamente nada.*

# Capítulo XI
# A Prisão de Fadas de Scarborough

— Ela parece preocupada — disse Pikey, tapando o olho bom com uma das mãos enquanto observava com o outro. Ele estava em um quarto frio, numa cama sob um telhado inclinado. Bartholomew estava sentado à frente. Uma janelinha dava para uma rua estreita de Londres e para a placa curvada de uma hospedaria. Disposta sobre o chão, havia uma coleção de instrumentos de metal longilíneos, compassos, facas, tubos de vidro, além de um monte de frascos pequeninos.

Pikey franziu a testa, concentrando-se.

— Ela tá dizendo alguma coisa. Não sei o que é, mas tá com medo de alguma coisa. Os olhos dela tão bem arregalados, e ela tá só me olhando... sussurrando.

A pele de Bartholomew agora ficou ainda mais pálida que o normal, e no oco de sua bochecha via-se um pequenino espasmo.

— Tem alguém perto dela? — Sua voz saiu tão baixa que Pikey mal conseguiu ouvir. — Você consegue ver mais alguém?

— Eu... eu acho que não. Ela tá sozinha, pelo que dá pra ver. Mas tá num lugar bem pomposo. Num corredor comprido, lindo, com tapetes, cortinas e uma janela de vidro atrás dela. É tipo uma mansão! Tipo aquelas onde moram os lordes ou a Rainha!

Bartholomew levantou-se abruptamente do banquinho e fechou os olhos. Quando tornou a falar, a voz tremia:

— Eles a encontraram. Que os céus nos ajudem, eles a encontraram.

Pikey trocou de mão; desta vez cobriu o olho tocado pelas fadas para fitar Bartholomew com a vista boa.

— Quê? Quem encontrou ela?

— Oh, não. Não, não pode ser; ela estava na floresta, na neve, e eles...

— Quem são "eles"? — perguntou Pikey, tirando as pernas de cima da cama.

— O que a gente viu à distância era um chalé, não uma mansão. Um *chalé*.

Pikey bateu os pés no chão. Os frascos de vidro saltaram, e um deles começou a rolar.

— *De quem é que 'cê tá falando?*

Bartholomew assustou-se. Olhou para Pikey como se o estivesse vendo pela primeira vez.

— Quê? Dos Sidhe, é claro! Os Lordes da Terra Velha! A realeza das fadas! Eles a encontraram. Precisamos ir. — Ele caiu sobre um dos joelhos e começou a reunir os instrumentos no chão.

— Bom, se *eu* estivesse preso lá na Terra Velha, não me importaria de ficar com esses tais de Sidhe no meio de tapetes, janelas de vidro e coisa e tal. Parece maravilhoso.

— Você não sabe do que está falando — disse Bartholomew, praticamente aos soluços. — As casas dos Sidhe são armadilhas mortais. Toda palavra que minha irmã disser, tudo que fizer pode ser fatal. Ela estaria mais segura na floresta... — Ele se levantou. — Precisamos ir. Agora.

— É, você já disse isso.

— O que eu quis dizer é *neste instante*. — Bartholomew colocou o fardo sobre um dos ombros e abriu a porta com força. — Ela pode acabar morrendo ali. A qualquer segundo, essas fadas horrorosas podem devorá-la viva, e, no entanto, eu estou aqui e não posso fazer nada para impedir, e só ficaria sabendo quando... quando...

— Mas ela *não tá* morta! — retrucou Pikey, saltando da cama e correndo atrás dele. — Acabei de ver ela! Além do mais, se ela sobreviveu tanto tempo, acho que vai sobreviver um pouquinho mais. Pelo menos isso é o que eu acho.

Mas Bartholomew já havia puxado o capuz por cima da cabeça e estava descendo as escadas a toda velocidade em direção ao centro da hospedaria.

Eles seguiram pela Estrada de York apressadamente, com a cabeça baixa para se proteger do vento gelado de inverno. Bartholomew disse que estavam disfarçados de vagabundos, mas Pikey tinha quase certeza de que não parecia muito diferente do normal. Seu tapa-olho de meia estava bem preso ao olho nublado. Ele usava suas velhas calças e seu casaco furado de sempre, e, embora Bartholomew tivesse sapecado lama e gordura nas fivelas em formato de pena das próprias botas, as de Pikey estavam mais limpas que qualquer bota que ele já calçara na vida. No dia anterior, o cavalheiro de cabelo cacheado viera e, depois de conversar com Bartholomew em voz baixa e urgente, arrumara para Pikey um manto pesado de lã e um par de botas tão novas que dava para sentir o cheiro do óleo impermeabilizante. Também lhe dissera que, como não era um pirata, não poderia saber onde se comprava tapa-olhos. Pikey não entendera nada, mas ficou muito satisfeito com o calçado.

Bartholomew caminhava com segurança, um vulto negro e magro enfrentando o gelo e as lufadas de neve de Londres. Levava seu fardo às costas, os frascos e itens de metal tilintando baixinho. Seu manto esvoaçava atrás de si. No outro dia, Pikey tinha visto de relance a parte interna daquele manto: era cheia de bolsinhos pequenos, bolsos maiores e coisas misteriosas. Longas luvas negras escondiam os braços de Bartholomew até os cotovelos. Seu capuz estava puxado por cima do rosto.

Ninguém nem sequer olhava para eles. Que sorte. Eles avistaram caras-de-chumbo e os agentes de óculos escuros do Serviço Secreto das Fadas caminhando pelas ruas, arrastando gnomos para fora de adegas, puxando os *Virduger* de buracos de esgoto enquanto estes esperneavam e se retorciam, enlouquecidos. Na Hatfield Street, um gigante disfarçado de carvalho simplesmente permaneceu ali parado, imóvel. Os caras-de-chumbo o descobriram quando alguém tentou derrubar a árvore para transformá-la em cabos para mosquetes, e agora eles o arrastavam também. As últimas fadas agarravam-se à cidade como podiam.

Bartholomew e Pikey chegaram ao rio. Havia uma multidão reunida ali. Os dois abriram caminho por entre as pessoas, que começaram a apertar-se e dar safanões; o cheiro de gente sem banho bombardeou Pikey, e, em seguida, todo mundo começou a berrar insultos. Pikey viu que gritavam com um monte de fadas esfarrapadas que estavam sendo retiradas de baixo dos pilares da Ponte Blackfriars. Um nabo foi atirado pelos ares. Depois uma pedra. Bartholomew puxou Pikey em direção à ponte.

Os gritos ecoavam longe, atrás deles. Quando já estavam nas ruelas silenciosas de Holborn, Pikey perguntou:

— E aí? Pra onde a gente tá indo? Indo hoje, quero dizer. Não dá pra ir andando pra Fadalândia. — Ele conseguia acompanhar o outro garoto facilmente. Era mais alto, embora tivesse certeza de que Bartholomew fosse mais velho. Aquele pensamento o fez estufar um pouco o peito e aprumar os ombros.

Estavam quase chegando à colina Ludgate mais uma vez, perto da...

Pikey desacelerou o passo.

— A gente não tá voltando pra prisão, né? — Seu coração se apertou. Será que ele não tinha ajudado o suficiente? Será que Bartholomew estava levando-o de volta até lá porque ele não havia visto o bastante? Pikey não iria deixar que o trancassem lá de novo. Não no frio e na escuridão, sem ter aonde ir. Daria um soco em Bartholomew e correria mais depressa que qualquer coisa nesse mundo antes de permitir que isso acontecesse.

Bartholomew, porém, balançou a cabeça.

— Não. Não vamos voltar para lá. Pensei nisso. Pensei em colocar redes, sinos e tudo mais para *obrigar* as fadas a abrirem a boca, mas não temos tempo. Alguns dias atrás eu nem sequer sabia se Hettie estava viva, mas agora que sei, é como se ela estivesse correndo mais perigo que nunca. Precisamos ir à Terra Velha, e rápido.

Eles dobraram uma esquina e entraram em uma rua comprida e larga. Agora estavam na parte elevada da cidade. As casas eram limpas e dispostas em fileiras bem organizadas como lombadas de livros. As cinzas das chaminés esvoaçavam junto à neve, pardas, brancas e leves como plumas. A luz filtrada pelas cortinas das janelas cintilava um brilho alaranjado. Pikey viu uma bicicleta de rodas imensas apoiada em uma cerca e imaginou que tipo de pessoas viveria ali. Como seria o som de suas vozes? Comeriam ameixas e tortas, ririam bastante?

— Certo — falou ele, meio distraído, ainda olhando para a bicicleta. — Mas aonde a gente tá indo *agora*? — Ele balançou a cabeça e depois disse, em voz mais alta: — Quero dizer, como a gente vai chegar na Terra Velha agora, sendo que você mesmo disse que tava tentando entrar lá há um tempão?

Bartholomew deu um suspiro.

— O mundo das fadas e a Inglaterra na verdade não são tão distantes assim. Às vezes as pessoas entram nele por acaso, quando menos esperam. É somente quando se está à sua procura que não o encontramos. Até onde sei, existem dois jeitos científicos de se chegar lá. O primeiro é usando um medonho como portal. É algo complicado e destrutivo, e precisa ser arquitetado com feitiços, sangue e magia. Para abrir o portal, é preciso ter um medonho vivo, uma poção de amarração e uns setecentos silfos da penumbra num raio de uns 25 quilômetros de distância.

— Bem, assim a coisa fica mais fácil, né? Afinal de contas, você é um medonho. Poderia ser seu próprio portal e pronto.

— E você acha que já não tentei isso?

Pikey deu de ombros. Bartholomew tinha um jeito esquisito de retrucar. Nunca aumentava muito o tom de voz, mas sempre era possível saber quando ele estava com vontade de torcer seu pescoço.

— Já fiz de tudo. Tenho as linhas desenhadas... — Ele retirou uma das luvas, expondo uma teia de fios vermelhos quase exatamente igual à da garota de cabelo de galhos. — Consegui a poção. Encontrei um lugar no País de Gales onde silfos se reúnem. — Bartholomew olhava de forma vaga para um ponto distante. — Não dá certo. Não comigo. Certa vez alguém me disse que eu era muito humano e pouco fada, e suponho que seja verdade. É preciso ter partes iguais das duas coisas para ser um portal. Comigo, ele não se abre.

— Bem, existem outros Peculiares por aí. Quero dizer, agora que todos estão sendo enfiados nas prisões vai ser meio difícil, mas...

— Não — disse Bartholomew, em voz baixa. — Foi isso o que John Lickerish fez. Tentou usar os Peculiares, um por um, até que um deles funcionasse. Nove morreram antes de ele conseguir seu portal. Nove crianças como Hettie. Não posso fazer isso. Não vou fazer isso.

— Ah. — Pikey não entendia completamente. Se *ele* tivesse uma irmã perdida na Terra Velha, acreditava ser capaz de cometer uma ou nove coisas ruins para trazê-la de volta. Porém, não iria insistir no assunto. — E o outro tipo de portal? Qual é o segundo tipo?

— Portais naturais — respondeu Bartholomew. Agora os dois estavam quase saindo da cidade. Pikey via campos adiante. Nada de ruelas e fábricas: apenas campos.

Bartholomew continuou:

— Estou procurando por eles há muito tempo, há anos e anos. Fui a Dartmoor e a Yorkshire, e até mesmo à França e às florestas da Alemanha. Encontrei vários marcos, aqueles montes de pedras que se colocam sobre túmulos, além de colinas de fadas abandonadas, e vi muita coisa horrível. Mas nenhuma delas me levou até a Terra Velha.

*Quantos anos teria esse garoto? Quinze? Dezesseis?* Pikey ficou imaginando como seria procurar alguém durante tanto tempo, sem parar, torcendo e pensando somente naquilo durante tanto, tanto tempo. A única coisa em que Pikey pensava era em fogões quentinhos, maçãs do amor e em maneiras de permanecer vivo. De repente, ele teve a sensação de que sua existência era um pouco sem sentido.

— Não encontrei nenhum dos dois tipos de portal, mas acho que encontrei outra coisa — disse Bartholomew. — Agora tenho uma chance. Uma chance de verdade. Os exércitos ingleses estão se reunindo em Yorkshire. As fadas já estão lá. O Sr. Jelliby tem contatos no Serviço Secreto de Fadas, e correm boatos nas prisões de que existe um líder no norte, um Sidhe, que veio especialmente da Terra Velha para liderá-las na batalha. Esse Sidhe precisou encontrar um jeito de chegar até aqui. Não sei como, mas se houve um caminho para ele, haverá um para mim também. Nós vamos para o norte.

E dito isso, Bartholomew passou por baixo de uma passagem abobadada. De repente Pikey se viu rodeado de neve branca e pura até onde seus olhos alcançavam, até onde seus olhos jamais haviam alcançado. Ele estava livre.

Naquela noite dormiram sob as estrelas. Encontraram um trecho gramado embaixo de algumas árvores, protegido do vento por um morro baixo, e estenderam seus mantos. De alguma forma, Bartholomew conseguira comprar tortas de carne numa hospedaria nos arredores da cidade sem despertar atenção. Pikey não estava esperando ter outra refeição naquele mesmo dia, mas ficou bastante esperançoso quando Bartholomew começou a recolher gravetos. Ele acendeu a pilha com um isqueiro e três gotas de um líquido negro contido em uma garrafinha escondida em seu manto, então os gravetos começaram a crepitar, a fumaça se desenredando da madeira congelada. Não era uma fogueira para cozinhar, porém. Não era nem mesmo uma fogueira para se aquecerem.

Bartholomew continuou atiçando o fogo, correndo até as árvores, arrancando galhos e voltando, atirando cada vez mais lenha na fogueira até o fogo se transformar numa chama alta e raivosa. Então se aproximou de Pikey e perguntou:

— Você consegue ver Hettie? Ela está bem?

Pikey desamarrou a meia e olhou pelo olho nublado, mas já sabia o que iria ver. Nada. Apenas a escuridão, com um ou outro clarão de luz, como um floco de neve contra seu olho.

— Eu... bem, não vejo coisas o tempo inteiro. Às vezes é como se meu olho estivesse bloqueado ou... ou embaixo de alguma coisa.

Bartholomew o fitou.

— Você não consegue ver nada.

— Não? — disse Pikey, com todo cuidado. Olhou para Bartholomew.

— Dê-me a meia — disse Bartholomew. Pikey estendeu-a para ele. Bartholomew a agarrou, e, antes que Pikey pudesse dizer palavra, a meia já tinha sido atirada nas chamas.

— Você não vai mais precisar disso — declarou Bartholomew com rispidez. — Vai tentar, tentar sempre, ver minha irmã e, quando conseguir, vai me contar o que vê. Tudo. Cada detalhe. Preciso saber se ela está bem.

Pikey soltou um grito de raiva, mas a meia já estava queimando.

— Você podia pelo menos ter me dado aquela meia para eu *vestir*, sabia? — berrou, virando-se para Bartholomew. — Acha que tenho um monte de meias dando sopa? Nem todo mundo tem gente importante para nos comprar botas e mantos sempre que a gente quer! Nem todo mundo é um ricaço idiota cheio da grana!

— Não sou ricaço — retrucou Bartholomew, com raiva. — Eu costumava ser tão pobre quanto você. Mas eu... eu...

— Você *o quê*? — interrompeu Pikey, incisivo. — Quem você pensa que é?

Os dois ficaram sentados, olhando um para o outro de cara feia. A meia ardia, transformando-se em nada. Então Bartholomew foi até o outro lado da fogueira. Pikey ficou olhando para ele de cara fechada por mais um tempinho. Aí começou a cochilar. O chão era duro, e o frio pinicava suas bochechas, deixando-as vermelhas. Finalmente se enrolou em seu manto e tentou dormir.

Quando abriu os olhos, horas deviam ter se passado. O fogo se reduzira a umas poucas brasas vermelhas. Bartholomew continuava sentado ao lado dele, lhe dando as costas. Seus ombros estavam encurvados, mas ele não estava dormindo. Estava dizendo alguma coisa.

Pikey apoiou o corpo nos cotovelos, silenciosamente. Bartholomew estava sussurrando, repetindo seis palavras sem parar. Segurava alguma coisa. Depois abaixou a cabeça e começou a chorar. Pikey conseguia ouvir as lágrimas em sua voz, as palavras saindo entrecortadas e fracas.

— Eu vou trazer você de volta — dizia Bartholomew, e o som daquela frase enfiou-se dentro de Pikey como um espinho. — Eu vou trazer você de volta.

Pikey tornou a se deitar, mas não tentou dormir. Ficou observando Bartholomew até o garoto começar a cochilar. E, quando isso aconteceu, Pikey viu o que ele estava segurando. Era um lenço xadrez verde e preto. Tinha alguma coisa bordada nele, braços, uma cabeça e algo parecido com uma saia. Era semelhante a uma boneca.

Pikey acordou na manhã seguinte com Bartholomew sacudindo seus ombros com insistência.

— Acorde! Acorde, tem uma prisão de fadas logo depois da encosta. Ela vai nos alcançar daqui a pouco.

— Quê? — A mente de Pikey estava enevoada de sono. *Como assim, ela vai nos alcançar daqui a pouco?*

— Vamos, *já de pé*! — A voz de Bartholomew tinha um quê de incisivo; não era exatamente medo, mas algo bem próximo disso.

Pikey se apoiou nos cotovelos.

— Do que você tá falando? — Ele olhou ao redor. — Ainda nem amanheceu. — O céu continuava azul-escuro. A fogueira tinha se apagado, as cinzas estavam seladas no chão.

Bartholomew colocou Pikey de pé e praticamente o atirou em direção aos arbustos espinhosos e às árvores mirradas que cresciam ao longo da beira da elevação. Pikey só conseguiu apanhar seu manto antes de ser mergulhado no meio dos galhos e de os espinhos arranharem suas roupas.

Bem na hora.

Um som profundo e alto de um berrante ressoou do outro lado do morro. Então a prisão de fadas subiu em sua crista, e Pikey soltou o fôlego de uma só vez, numa tosse.

A prisão era um globo de ferro, uma jaula de 90 metros de altura de onde se irradiavam farpas e pregos, como um cardo metálico monstruoso. Bulbos de enxofre feriam a escuridão do início da manhã. O globo subiu no alto do monte, em meio ao som de gritos e do estalar de chicotes, pairou por um instante na borda e depois começou a rolar para baixo, estrondosamente, na direção deles. As árvores se quebravam à sua passagem. Em poucos segundos a grama onde Bartholomew e Pikey haviam dormido não passava de uma enorme vala de terra.

Pikey olhou para Bartholomew. Ele parecia estar contando baixinho: *quatro, três, dois...* Então segurou o braço de Pikey com força, e, antes que pudesse compreender o que estava acontecendo, os dois já estavam correndo pelo terreno aberto a toda velocidade, rumo à trilha deixada pela prisão de fadas.

— O que você tá fazendo? — berrou Pikey. O rugido da prisão enchia seus ouvidos. As enormes varas de metal abriam trilhas no morro, esmagando árvores e arremessando lama para todos os lados.

Bartholomew correu mais rápido ainda. Pikey tentou se desvencilhar, mas Bartholomew o segurava como uma pinça. O globo assomou na frente deles. Pikey viu de relance minúsculos vultos ali dentro, de casas, ruelas, chaminés estreitas de metal e luzes bruxuleantes. Então o globo desceu com um estrondo, e o garoto foi envolvido pela escuridão.

Pikey se flagrou gritando. Sentiu a mão de Bartholomew, que ainda segurava seu pulso com força, puxando-o desesperadamente para cima de uma viga de metal. Depois não a sentiu mais, aí começou a deslizar e cair, e deslizar mais um pouco, e luzes vermelhas rodopiavam ao passar por ele. Quando olhou para baixo, viu que estava a 90 metros de distância do chão e que o arco da jaula estava inclinando-se para baixo, na direção da neve e das arvorezinhas minúsculas, e que a terra vinha correndo ao seu encontro.

Berrou. Estava preso na viga de metal como um inseto alfinetado. Nada o segurava. Nada, a não ser a força daquele enorme globo de ferro que girava sem parar. Seu estômago se revirou.

— Bartholomew! — tentou gritar, mas a voz fraquejou, alojou-se como uma farpa dentro da garganta. Ele foi lançado rapidamente para o alto, ao céu. Suas mãos tentavam se agarrar em alguma coisa, mas não encontravam nada. Ele começou a escorregar. Depois viu um vulto engatinhando ao longo da viga, devagar, dolorosamente. Não era Bartholomew. Pikey não sabia dizer o que era por causa de toda a sujeira preta que o cobria, mas viu que seus braços e pernas eram praticamente puro osso e que ele arrastava uma corrente de ferro. A criatura soltou um uivo gorgolejante, repulsivo. Tinha quase alcançado Pikey.

— Me ajude — tossiu ela, e uma onda de lama negra saiu de sua boca. — Ajude todos nós. Tire a gente daqui... — Então o globo desacelerou, e Pikey foi atirado aos trambolhões para o ar vazio.

Seu peito bateu contra uma grade. Pikey segurou-se nela com todas as forças. Então a mão de alguém esticou-se do alto para agarrá-lo: era Bartholomew puxando-o para uma passarela que havia mais acima. Pikey caiu como um saco contra a grade. De repente, o barulho em seus ouvidos parou. Os rangidos, os gritos e a escuridão se tornaram distantes. Pikey ficou deitado, imóvel, tonto e arfando.

*Aaaai...*, pensou ele, e depois: *Se esse Peculiar maldito armar outro truque desses para cima de mim, vou embora, não tô nem aí pro que pode acontecer.* Então ele percebeu que o chão não estava balançando mais. Não muito, pelo menos. Apoiou-se nos cotovelos. Por algum motivo, o interior da prisão de fadas não se movia como o restante dela. Por algum motivo, ela havia sido construída de maneira que seu centro permanecia estável, muito embora o exterior saísse rodopiando pelos campos. Aquilo provavelmente era uma maravilha da ciência, mas Pikey olhou para o céu e em seguida para o chão girando lá fora — e fechou os olhos para não ficar enjoado.

Preferiria ficar assim, mas Bartholomew veio para cima dele e tentou colocá-lo de pé.

— Levante-se — sussurrou ele. — Vamos, não podemos parar aqui.

Pikey abriu os olhos e se levantou, trêmulo. Eles estavam sobre uma longa passarela sinuosa. Tudo era mal-iluminado, tingido por uma luz avermelhada. Lá em cima, a centenas de metros, ele viu metal protuberante, escadas, tubos de ventilação e o tremular incessante e avermelhado das lâmpadas de enxofre. E lá embaixo, sobre o gradil, milhares de fadas. Todas acorrentadas à borda esquelética do globo — goblins, duendes, pequeninas ondinas, lindas ninfas e sereias e tritões —, todas morrendo no ferro gelado. Elas empurravam a enorme prisão sem cessar: caíam quando eram lançadas para cima, e depois eram forçadas novamente a empurrar quando chegava de novo sua vez, ao serem giradas para baixo. Sempre que uma fada caía, um guarda com óculos e máscara de gás inclinava o corpo para fora das passarelas e das escadas e cutucava-a com uma lança preta extensível até que a criatura se levantasse. O globo jamais parava.

Ouviram um grito ali perto. Pikey virou-se: ficara olhando por tempo demais.

Um dos guardas caminhava pela passarela, a lança erguida. Havia visto os dois, e começava a correr para eles. Um guincho metálico e estrondoso saiu do filtro de ar de sua máscara. Outro guarda se materializou na extremidade oposta da passarela. Pikey e Bartholomew ficaram costas contra costas, os olhares disparando ao redor como loucos, procurando uma saída. Agora os dois guardas estavam correndo, batendo as botas contra a passarela de metal. Pikey via o próprio reflexo aterrorizado nas lentes espelhadas dos óculos.

— Suba! — berrou Bartholomew. — *Suba!* — Então ele saltou para o gradil e foi escalando para cima por uma corrente.

Pikey o imitou, atabalhoado. Bem na hora: lá embaixo, ouviu os dois guardas trombando um contra o outro, e o som de engrenagens e borracha esmagando-se.

Pikey e Bartholomew foram subindo com dificuldade por escadas e corredores sinuosos que mais pareciam canos que qualquer outra coisa.

Era tão estranho estar naquela selva escura de metal quando minutos atrás perambulavam pelo campo da Inglaterra, cercados por mais nada além de neve e silêncio. Pikey se sentia ainda meio adormecido, tonto.

Bartholomew o ajudou a subir em uma plataforma.

— Desculpe por eu ter queimado sua meia — disse ele.

— Desculpe por eu não ter conseguido ver sua irmã ontem — murmurou Pikey.

Continuaram subindo. O vapor soprava nos rostos de ambos. Às vezes o metal sob suas mãos era escaldante, noutras, frio como gelo. O manto de Pikey ficou preso em um ferrolho e rasgou-se até o joelho, o que lhe fez ter vontade de gritar. Por fim se enfiaram dentro de uma tubulação de ar e saíram em um local amplo e sólido.

Estavam em uma avenida movimentada e abismal, prestes a serem pisoteados por um fauno.

Pikey ficou de pé num pulo. Bartholomew rolou o corpo e agachou-se. Fadas passavam por todos os lados, caminhando pela rua sombria, trajadas com trapos, coletes esfarrapados e chapéus quebrados. Galhos e asas saíam daqui e dali. Havia famílias inteiras, bandos de duendes e de mães goblins de olhar cansado, com seus vários filhos agarrados às saias, chorando. Ninguém pareceu perceber a presença dos intrusos.

O chão era de placas de metal. Uma camada de gordura negra cauterizada as forrava como se fosse lama. As casas em ambos os lados eram feitas de lava e de tijolos cobertos de fuligem. Lustres-candelabros ardiam, enchendo o ar de colunas de fumaça. Lá em cima, o grande arco da jaula em formato de globo continuava girando. Havia um vento constante, um estrondo constante, mas as casas permaneciam estáveis: apenas estalavam suavemente de vez em quando, fazendo flocos de ferrugem caírem sobre a rua.

— Por que você quis pular pra dentro *daqui*? — perguntou Pikey, num sussurro. — A gente poderia ter morrido, ou sido esmagado que nem gelat...uurgh.

Bartholomew tapou a boca de Pikey com a mão e o puxou para trás, a fim de que os dois entrassem em uma ruela.

— Sssh — pediu. — As prisões de fadas seguem para o norte. Todas elas. Afastam-se de Londres, do Parlamento e de qualquer chance de emboscada, ou pelo menos é isso o que o Parlamento espera.

Pikey tentou se desvencilhar, mas Bartholomew era mais forte do que parecia e continuou falando em um tom apressado e baixo:

— Os trens não vão para o norte. Não os de passageiros. Hoje em dia, somente aqueles que carregam mantimentos para a guerra vão até lá. E não dá para conseguir uma carruagem que ande tão depressa quanto isso aqui. Olhe para o céu. Olhe as nuvens passando. Estamos seguindo a 65 quilômetros por hora, e nada, a não ser um trem, se movimenta tão depressa. Vamos ficar quietos até passarmos por Leeds, e depois pularemos para fora. Não sei por quanto tempo Hettie continuará viva. Um dia aqui pode ser um ano na Terra Velha, ou cem. Não sei quanto tempo nós temos, mas não vou me arriscar perdendo tempo com indecisões.

Pikey olhou para Bartholomew, como um tonto. Em seguida assentiu, de olhos arregalados.

— Ótimo — disse Bartholomew. Retirou a mão da boca de Pikey. — Bem. Este lugar muito em breve estará infestado de caras-de-chumbo. Vamos tentar não...

Bartholomew, entretanto, não chegou a terminar a frase, porque exatamente naquele momento uma voz trovejante e estalada ribombou de cima, ecoando pela prisão inteira:

— *Atenção, Habitantes da Unidade de Detenção. Atenção, seguranças da Prisão de Fadas de Scarborough.*

— Ai, ai, agora já era — murmurou Pikey, baixinho.

— *Há dois intrusos a bordo de nossas instalações pacíficas. Estão encapuzados, são de estatura diminuta e sem dúvida estão associados ao inimigo. Não os ajudem. Não falem com eles. Qualquer fada que for vista confraternizando com eles será levada aos Poços de Punição. Onde ficará permanentemente. Tudo que virem deve ser reportado ao Oficial Real no comando destas instalações.*

Pikey olhou de relance para a rua. O fauno com cascos cindidos entrara galopando novamente na tubulação de ar de onde Pikey e Bartholomew haviam saído, e começava a vasculhar por ali, com a cabeça abaixada. Tinha um rosto duro, pálido. Mesmo a distância, Pikey percebia que seus olhos eram negros como breu.

— *Atenção, Habitantes da Unidade de Detenção. Há dois intrusos a bordo de nossas instalações pacíficas.*

Bartholomew puxou Pikey para trás de um cano grosso que soltava vapor e emergia do chão.

Pikey vociferou:

— Quero só ver se a gente vai conseguir se esconder agora! Estão todos atrás de nós! Como vamos conseguir ficar quietos quando todo mundo desta prisão tá querendo *encontrar* a gente? — Ele olhou para a ruela, que terminava em uma parede alta repleta de cravos e lâminas de metal aparentes. Era um beco sem saída. Não havia sequer uma porta. Ignorando o aperto de Bartholomew em seu braço, Pikey espiou pela lateral do cano.

O fauno tinha desaparecido, mas as outras fadas da rua estavam procurando ao redor também, esforçando-se para espiar por baixo de abas dos chapéus e das sobrancelhas espessas. Parecia que a avenida estava se esvaziando, a luz dos candelabros ficando mais fraca. Criaturas esfarrapadas sumiram no interior de ruelas e portas.

— *Estão encapuzados, são de estatura diminuta...* — continuou a voz em tom monótono. —*Não os ajudem. Não falem com eles...*

— Nós vamos sobreviver — declarou Bartholomew. — Mas só se você parar de enfiar a cabeça para fora como um boneco de mola saindo da caixa! Fique escondido! — Ele puxou Pikey para trás novamente.

— *Qualquer fada que for vista confraternizando com eles será levada aos Poços de Punição. Onde ficará permanentemente.*

Então o fauno enfiou o pescoço por trás do cano e encarou Pikey e Bartholomew, os olhos negros cintilantes.

— Encontrei vocês.

Bartholomew levou a mão à lateral do corpo. Uma faca surgiu, estreita como uma lâmina de vidro. Ele girou-a na mão e deixou a ponta parar na garganta da criatura.

O fauno recuou, agachando-se, e ergueu as mãos, fazendo um som de *sh-sh-sh*, como se quisesse acalmá-los.

— Ora, ora, minhas belezuras, calma. Calma! Não vou contar a ninguém. Vocês foram enviados pelo Rei Matreiro, é isso? Ele os enviou para nós, não foi, nessa hora de desolação?

Pikey e Bartholomew trocaram um olhar. Ou melhor, Bartholomew olhou estupefato para Pikey, que de repente pareceu bastante amedrontado.

*Uma torre de sangue, uma torre de osso, uma torre de cinzas e uma torre de rocha*, ele ouvia a mulher louca cantar, mais uma vez, a canção rasgando sua cabeça ao meio. *Não deixe o Rei Matreiro ver. Não o Rei Matreiro.* Pikey não sabia o que aquilo significava, mas, de alguma forma, ouvir aquele nome ser proferido ali, naquela estranha jaula de ferro por aquele fauno estranho, como se fosse algo palpável, como se *de fato* existisse um Rei Matreiro, fez seu sangue se congelar.

— O quê? — conseguiu dizer Bartholomew por fim. E depois, apressado: — Ah, o... o Rei Matreiro. Claro. — Sua voz se estabilizou. — Sim, viemos da parte do Rei Matreiro. Na verdade, acabamos de entregar uma mensagem a um dos espiões de *Uà Sathir* e agora precisamos chegar à Terra Velha. Você conhece algum caminho? Ainda que só de ouvir falar?

O fauno inclinou a cabeça. Não parecia ter entendido. Um cheiro estranho emanava dele, um cheiro horrível de podridão, cemitério e deterioração. E foi então que Pikey viu a coisa que estava presa na parte de trás do couro cabeludo do fauno, o pequenino silfo enrugado e velho, todo dentes e verrugas, com olhos iguais aos de um inseto. Era *ele* quem estava falando. Não o fauno. O fauno estava morto.

O silfo-parasita contorceu-se.

— O Rei Matreiro está vindo para nos resgatar, não é? Todos nós. E vocês são seus emissários. Seus enviados. Seus porta-estandartes. — Não era uma pergunta. O fauno deslizou para o chão, aproximando-se. — Estávamos esperando por vocês. Todos nós sabíamos que em breve chegariam.

Bartholomew começou a franzir o cenho.

— Sim, mas você ouviu o que perguntei? Precisamos entrar. O Rei Matreiro continua na Terra Velha e nós...

— *O quê?* — O silfo-parasita arregalou os olhos. — Continua na Terra Velha?

*Oh, não*, pensou Pikey. *Você disse a coisa errada, Barth.*

— Mas ouvi dizer que ele tinha chegado! Que tinha ido para o Norte com um grande exército, para liderar as fadas livres. Para combater!

— Bem... ele virá! — disse Bartholomew. — Tenho certeza de que virá, mas somente depois que nós...

Uma confusão o interrompeu, um ruído alto vindo da avenida. Pikey não conseguiu mais ouvir o zumbido das fadas: a única coisa que ouvia agora era o *snap-snap-snap* de alguma coisa grande caminhando pelas placas de metal. Alguma coisa não: várias. E gritos.

Lentamente, esticou a cabeça para enxergar pela lateral do cano. Seis caras-de-chumbo estavam na rua, de pé sobre gigantescas pernas de pau articuladas, com bacamartes de ferro nos ombros. Caminhavam em círculos, vasculhando os telhados, espiando pelas janelas escuras. Uma dezena de guardas com óculos circulava abaixo deles, apontando e gesticulando com suas lanças. Apontaram para a ruela.

Pikey bateu no ombro de Bartholomew.

— Eles acharam a gente, Barth. Precisamos ir.

— Mostre o caminho — sibilou Bartholomew para o fauno, gesticulando para que Pikey esperasse. — Nós vamos ajudar vocês! Vamos tirá-los daqui, mas *precisamos* saber onde existe um portal!

Os guardas estavam chegando.

O silfo-parasita piscou:

— Um portal? Um portal de entrada? Eu...

Os caras-de-chumbo irromperam na ruela. Suas vozes ecoaram, as pernas de pau atiravam sombras grotescas nas paredes.

— Barth? — sussurrou Pikey.

Bartholomew continuava mortalmente calmo. Os caras-de-chumbo já estavam quase chegando ao local do cano. Viram o fauno. No último instante, Bartholomew levantou a mão: e dela saiu voando uma coluna de pó azul que os envolveu. Então Bartholomew pressionou Pikey contra a parede, o braço forte como ferro. Eles se agacharam e ficaram muito, muito quietos.

O fauno guinchou de pavor e começou a tentar se afastar, os cascos soltando faíscas. Tentou subir pelos cravos presos na parede dos fundos do beco, mas os caras-de-chumbo saltaram das pernas de pau, saíram correndo atrás dele e o esmagaram contra o chão. O fauno soltou um uivo torturado e retorceu o corpo, tentando se arrastar para o local onde Pikey e Bartholomew estavam escondidos. Mas não pôde vê-los: os dois haviam evaporado.

O fauno fazia uma varredura pelo ambiente, os olhos escuros e desesperados. Pikey continuou sentado, imóvel, mal se atrevendo a respirar. O rosto do fauno estava bem próximo do dele. Ele sentia o cheiro de seus órgãos putrefatos, via cada ruga de sua pele branca morta.

— Edith Hutcherson — sussurrou ele, enquanto os guardas o cercavam e o prendiam. — Procurem Edith Hutcherson. Ela sabe o caminho até o Rei Matreiro. *Ela já esteve lá.*

Então os guardas começaram a arrastá-lo para longe dali, os cascos do fauno deslizando sobre a gordura do chão. Ele manteve os olhos fixos nos dois até desaparecer pela avenida.

## Capítulo XII
# O baile de máscaras

Depois do incidente na sala do trono de Piscaltine, os relógios da casa apontaram para a Hora da Ira e assim ficaram pelas 12 noites seguintes.

Hettie mal se atrevia a sair do closet. Agora, quase sempre as fadas-da-piedade vinham caçar ali em cima. Ela as ouvia uivando e bufando pelos corredores, às vezes bem na frente de sua porta. Ouvia os gritos agudos dos servos, o tremor dos reconstrucionistas balançando em seus cordames. As fadas da piedade, entretanto, eram o menor dos problemas de Hettie. Florence La Bellina não havia deixado Anseios-perto-da-Floresta como as demais Belusites. Continuava na casa. E estava seguindo Hettie. Sempre que Hettie roubava escadas e polias e as levava até a parte inferior da mansão, ela as encontrava. Às vezes era a negra, às vezes a branca, às vezes ambas. Hettie voltava do banheiro ou das cozinhas com um naco esponjoso de bolo, via Florence,

Florence a via, e, num piscar de olhos, a Belusite se punha atrás dela. Deslizava escuridão afora e a seguia, rápida como um raio. Hettie era obrigada a subir escadas, engatinhar e correr com todas as forças para despistá-la, mas a cada vez Florence se aproximava um pouco mais, chegava um pouco mais perto do esconderijo de Hettie no sótão.

Ela sentou-se na cama e ficou olhando fixamente para a porta. Estava trancada com um ferrolho frágil e presa com uma cadeira. Hettie a havia fechado com diversos cadeados também, que ela mesma construíra com colheres e utensílios de cozinha. Não impediriam ninguém de entrar, mas faziam com que ela se sentisse um pouquinho melhor.

Ouviu um som de engrenagens girando no corredor. Depois um clique. Em seguida, o relógio de pé começou a ecoar pelas paredes. Hettie aguardou, ouvindo. *Duas batidas para a Hora da Alegria, três para a Hora da Ira.* Ela aguardou. O som sumiu a distância. O corredor caiu em silêncio mais uma vez. *Uma batida para a Hora da Melancolia. Oh, não...*

Ela se levantou e voltou a sentar-se, batendo as mãos nos joelhos nervosamente. O relógio tocava de acordo com o humor de Piscaltine, para que os reconstrucionistas e todos os demais serviçais pudessem preparar a casa de modo a agradá-la. A Hora da Melancolia sempre, sempre significava que Piscaltine desejava ver Hettie. Hettie, contudo, não queria ver a dama-fada novamente. Nunca, jamais. Quem sabe pudesse simplesmente ignorá-la? Talvez Piscaltine não quisesse *de fato* vê-la e o relógio estivesse apenas tocando; talvez Piscaltine estivesse melancólica, só isso, sem sentir a menor vontade da presença de Hettie.

*Bong*, tocou o relógio mais uma vez.

Hettie ficou de pé num pulo. O sino reverberou no corredor, longo e solene, e na casa inteira os outros relógios de pé responderam. Não havia engano algum. Piscaltine estava à espera.

Hettie saiu de fininho de seu quarto. Não havia fadas-da-piedade, mas havia fadas de outros tipos por ali, mais do que ela jamais havia visto na parte alta da casa. Elas passavam correndo diante dela, entrando por portas, saindo de outras mais adiante, carregando baldes de terra, jarras de água e punhados de lascas de tinta. O baile de máscaras devia estar próximo.

Hettie abriu caminho por um goblin de cara enverrugada, que levava uma gaiola de passarinho cheia de ovinhos azuis, e desceu as escadarias. *Cinco degraus, pula um, segue em frente.* A madeira rangeu ruidosamente.

Chegou até uma escada solta apoiada contra uma parede e começou a descer. O que Piscaltine *queria*, afinal? Provavelmente a dama-fada não tinha perdoado Hettie. Devia estar magoada ainda, com vontade de beliscá-la e xingá-la. Hettie rangeu os dentes. Odiava Piscaltine. Odiava o fato de Piscaltine poder mantê-la trancada, mesmo não passando de uma fada fraca e truculenta.

Chegou ao fim da escada e olhou ao redor. Naquela noite, a escada terminava na Ala da Libélula, a parte da casa que se assemelhava ao palácio do rei francês que, segundo Barthy lhe dissera certa vez, tinha sido decapitado por anarquistas.

Os reconstrucionistas começavam a se esquecer de que não podiam deixá-la sair. Uma galeria comprida e repleta de janelas se estendia para dentro das trevas, janelas de verdade, que davam para fora da casa. Ela atravessou a galeria correndo. Passou por Snell, a fada-com-asas-de-mariposa, mas daquela vez não acenou para ela, nem sequer a olhou. Então avistou algo por uma das vidraças. Algo lá fora. Algo que não estivera ali antes.

Parou de repente. A janela dava para um campo e para a úmida floresta verde. Uma névoa recobria a grama, exatamente como no dia em que Hettie surgira com o grupo de cavaleiros de Piscaltine. O céu era da cor de água de lavagem, as árvores densas, inclinadas por causa do peso da folhagem. Todo o mundo exterior parecia úmido, verdejante e distintamente desagradável. Entretanto, havia algo mais ali também.

Ela se inclinou para a frente, piscando para enxergar melhor através da vidraça espessa e repleta de filetes de água.

Havia uma estátua solitária nos limites da sombra das árvores. Era feita de pedra cinzenta, e um capuz escondia seu rosto. Estava longe demais para Hettie enxergar algum outro detalhe, porém, tinha certeza de que a estátua tinha os olhos fixos na casa. Observando. Hettie estremeceu e virou as costas. Já havia passado pela mesma janela uma vez, logo depois de chegar à casa. Lembrava-se de ter olhado para as árvores lá fora e se perguntado até onde iriam, e se os rastros dos rapazes-cavalo continuariam ali para que ela os seguisse. E não vira nenhuma estátua na orla da floresta.

Começou a caminhar pela galeria novamente. A estátua podia ter sido colocada ali para o baile de máscaras. Talvez as fadas a tivessem construído para receber os convidados quando estes chegassem. Mas por que, então, a estátua estaria olhando para a casa? E por que teria aquela aparência tão sombria?

Ela atravessou até o outro lado da galeria, afastando-se do corredor de janelas. Melhor não pensar nisso. A sensação que tinha é de que estava ali há anos. Muito, muitíssimo tempo. Tinha visto coisas piores.

Chegou ao final da galeria e desceu por uma corda até alcançar as Escadarias das Entranhas.

— Maud, meu docinho de coco — disse Piscaltine assim que Hettie entrou apressada na sala do trono. Hettie sentiu-se gelar por dentro ao ver a fada, mas não desacelerou o passo. *Não tenha medo*, pensou. *Não deixe que ela perceba*.

A aparência da fada era amedrontadora. Seu rosto estava empoado e pintado. Os lábios haviam sido pintados em formato de um coração cor de rubi, e ela pusera um vestido amplo e uma peruca cacheada. Nas mãos, segurava a máscara.

— Venha até aqui, meu docinho de coco. Depressa.

Hettie fez uma ligeira mesura, sem enfrentar o olhar de Piscaltine.

— Não vou precisar de você por muito tempo. Simplesmente quero que faça algo para mim — disse ela, com um tom tão doce e escuro quanto vinho de amoras.

— O que é? — perguntou Hettie, e fez outra mesura. Fazer mesuras não era típico das fadas, mas Piscaltine rira quando Hettie o fizera pela primeira vez, portanto agora ela oferecia suas reverências o tempo todo. Quando as fadas riam, sentiam-se menos inclinadas a matá-la.

Naquele dia, porém, Piscaltine não estava rindo. Nem sequer tinha acenado para Hettie para lhe indicar o banquinho, como sempre costumava fazer, ou fingira adorá-la, afagando seus galhos enquanto partia os nozinhos na ponta dos ramos até Hettie chorar. Olhou com frieza para Hettie e disse:

— O baile começa ao pôr da lua. Será um baile de máscaras glorioso, com danças, banquete e shows de ilusões. E com um cavalheiro. No meu baile haverá um cavalheiro. Ele estará vestido com um terno verde-mar e máscara de tartaruga. Quero que roube algo dele.

O coração de Hettie afundou em sua garganta. Ela sentiu a pele se eriçar, ficar fria. Tentou balbuciar alguma coisa, mas a dama-fada levantou a mão e a interrompeu.

— Ora, ora. Não entre em pânico. Esse cavalheiro não é importante. É só um nobre de baixa estirpe que certa vez estapeei durante um jogo de cartas. O problema é que foi um tapa dos mais insatisfatórios, nem de perto forte o bastante para a ocasião, e por isso precisarei que você roube algo dele para... como podemos dizer... para nós dois ficarmos quites. A única coisa que precisa fazer é trazer para mim algo que ele leva preso ao pescoço. — A dama-fada deu um tapinha na máscara que segurava. — Inclusive vou entregar isso a você, para que a use novamente. Uma vez que a deixa tão, mas tão linda. — Piscaltine deu uma risadinha nervosa. — Ninguém irá reconhecê-la. Ninguém nem mesmo desconfiará de nada. E, se você conseguir, se puder roubar essa única coisinha para mim... eu a libertarei. Deixarei que saia de minha mansão, se é mesmo isso que quer. Deixarei que volte para casa.

Hettie arfou. Sentiu vontade de rir e chorar ao mesmo tempo. *Voltar para casa.* Piscaltine a libertaria. Devolveria sua liberdade. Ela poderia retornar ao chalé, e Bartholomew estaria aguardando por ela ali, e quem sabe também Mamãe.

Piscaltine estendeu a mão, de onde a máscara pendia em uma fita de seda.

Hettie a apanhou depressa.

— Eu farei isso — disse. — Farei qualquer coisa se me deixar ir. Farei... qualquer coisa.

Sob sua peruca, a dama-fada olhou para Hettie com curiosidade.

— Sabe... — murmurou. — A única coisa que eu queria era que você fosse minha amiga. Não é pedir muito, é? Todo mundo nas Terras Enfumaçadas tem um amigo, não? Todos têm alguém, não é mesmo? — Ela sorriu piedosamente e olhou para o outro lado. — Queria uma pessoinha para ser minha, porque ninguém mais é. A vida é tão solitária quando se vive tanto quanto nós, numa mansão assim terrível. Mas você jamais quis ser minha amiga. Nunca. Jamais quis.

Nenhuma das duas se mexeu. O silêncio pareceu gigantesco e oco no salão.

Então Hettie disse:

— Preciso voltar para casa, Piscaltine. Não posso ser sua amiga. Mas outra pessoa poderá ser. Outra pessoa, um dia.

O rosto da fada se esvaziou como um balde. Ela se empertigou no trono.

— Até a noite, meu docinho — disse. — Estarei ansiosa para vê-la.

Os dedos de Hettie apertaram a máscara.

— Sim, milady. — Ela começou a recuar. — Até a noite.

De uma janelinha acima de um banheiro no terceiro andar da Ala da Libélula, Hettie observava os convidados chegarem. Eles saíam da floresta em grupos de dois ou de três, uma fila interminável de fadas. Algumas vinham cavalgando os rapazes-cavalo de rosto ríspido, outras vinham a pé, mas todas traziam pequeninas lamparinas brancas como uma gota de luz das estrelas. Formavam uma serpente cintilante que se desenrolava a partir das trevas da floresta. Em dado momento apareceu uma carruagem, branca e ornamentada com entalhes, flanqueada por quatro gafanhotos de ar maldoso e couraça verde. Depois disso, a fila não se interrompeu mais.

Hettie ficou observando até que só restassem alguns poucos desgarrados caminhando pelo campo com suas luzinhas brancas. Então enxugou os olhos na barra da camisola e desceu do lugar onde estava, junto à janela. Não sabia por que estivera chorando. Tinha pensado novamente no Beco do Velho Corvo. Tinha pensado em Mamãe e em Bartholomew. E há muitas eras não pensava em sua casa.

Saiu do banheiro. A mansão estava escura e silenciosa: até mesmo as fadas da reconstrução estavam em silêncio atrás das paredes. O baile começaria em breve. Talvez já tivesse começado.

Ela caminhou, apressada, por um estreito corredor revestido de madeira. *Coragem agora*, disse a si, segurando a máscara de encontro ao peito. *Ninguém irá reconhecê-la. Ninguém verá quem você realmente é.*

Passou por um relógio. Durante o período em que estivera escondida, os ponteiros haviam se mexido. Apontavam agora para a Hora da Alegria, o rosto sorridente, que de repente lhe pareceu horrível, os lábios grossos e famintos. Continuou correndo. Não olhou pelas janelas ao passar por elas, mas, se tivesse olhado, teria visto que agora havia duas estátuas lá fora, na orla da floresta, observando a casa. Duas estátuas, onde antes só havia uma.

Parou diante de um espelho e retirou o pingente de dentro da camisola. Ele estava tépido, como sempre. Parou por um instante, simplesmente segurando-o. Respirou fundo.

Depois o soltou e levantou a máscara. As plumas azuis ao redor de sua borda cintilavam. Ela pousou a máscara no nariz e prendeu as fitas atrás da cabeça.

Nenhum som precedeu a chegada de Florence La Bellina. Hettie sentiu uma presença no corredor, um certo peso no ar, então a mulher-boneca passou por trás dela. Hettie virou-se, o coração batendo forte. A Belusite não parou. Continuou deslizando pelo corredor, as saias um corte vívido na escuridão.

*Será que ela viu?* Hettie ficou olhando Florence passar. *Será que percebeu?*

Como se em reação, Florence La Bellina virou-se ligeiramente e olhou para trás. Seu rosto preto e branco cintilou, duro e macio. Ela fixou os olhos em Hettie por um momento, aqueles olhos vazios como duas bocas de lobo. Depois continuou em frente, espiando pelas escadarias e por dentro das portas.

*Está me procurando*, pensou Hettie. Ela se virou novamente para o espelho e sufocou o espanto novamente ao ver a bela aparição refletida. Florence tinha visto *algo,* mas não Hettie. A figura no espelho era muito alta, os cachos cor de cobre brilhantes, o vestido negro abotoado até o pescoço. As maçãs do rosto, proeminentes e perfeitas. Os olhos pareciam duas nuvens de tempestade.

Ninguém a reconheceria, nem em cem anos. De repente a floresta, o chalé e o caminho de volta para casa pareciam tão próximos que era quase capaz de senti-los. Ainda que os convidados a vissem roubando o cavalheiro-fada, poderia simplesmente retirar a máscara e se esconder, pois ninguém nem mesmo desconfiaria dela. Estariam buscando uma beldade magnífica com cachos acobreados, e não ela. Não a feiosa e pequenina Não-Sei-Quê. Ela encontraria o cavalheiro, roubaria seu tesouro... e Piscaltine a libertaria.

Hettie seguiu em direção à Ala do Orvalho. Ali, na parte da casa que parecia um imenso forte antigo, seria realizado o baile. Seu vestido farfalhou nas bordas do corredor quando ela o atravessou. Das paredes, os relógios lhe sorriram. Os espelhos refletiam uma dama alta e vestida de preto da cabeça aos pés.

*Ah,* pensou. *Eu vou lhe mostrar, Piscaltine. Vou lhe mostrar do que sou capaz.*

Entrou na Ala de Vidro, onde tudo estava aceso e cintilava como gelo. O chão estava repleto de vinhas e de galhos de espinheiro, os quais formavam uma trilha até a Ala do Orvalho. Havia estandartes azuis e cor de pêssego pendurados no teto. Ela os seguiu até dar numa porta enorme, negra e esburacada.

O baile de máscaras seria realizado no Salão das Aspirações Crepusculares. Hettie só o havia visto uma vez, com seus gigantescos painéis das paredes empilhados num canto. Na época, eles lhe pareceram convencionais, retratando rocha antiga com estranhas depressões, como peças de um quebra-cabeça fora de ordem.

As portas se abriram diante dela, sem serem tocadas por mãos de fadas, e o que Hettie viu a deixou sem fôlego. O salão era enorme. Centenas e centenas de lamparinas brancas flutuavam no alto, transportadas por pequeninas fadas aladas semelhantes a libélulas. As paredes eram esculpidas com monstros sinuosos e cavaleiros-fada, todos em cinza, e a suave luz oscilante das lamparinas tornava a escuridão ainda mais profunda, fazendo com que os monstros e cavaleiros parecessem estar se mexendo. O piso lá embaixo estava repleto de sombras densas. Fadas damas e cavalheiros vagavam por ali, vestidos com as cores da chuva e dos campos de inverno, todos mascarados. *Spriggans* com braços e pernas de 3 metros de comprimento saltavam e serpenteavam entre os convidados, fazendo truques e caretas. Malabaristas rodopiavam globos de vidro cheios de vespas, peixes e tachas. Lá em cima, bem no alto, pendurados entre os cordames e correntes, reconstrucionistas magros e ossudos observavam com olhos redondos como miçangas.

Hettie se deu conta de que estava parada na porta, estupefata, daí entrou no salão. Serviçais baixaram os olhos ao vê-la. Fadas de alta estirpe acenaram ou lhe fizeram reverências, e ela assentiu de volta, muito de leve. Sentiu-se bastante orgulhosa e gelada de repente, como se estivesse envolta em uma armadura cheia de lanças de metal. Ninguém poderia tocá-la agora. Ninguém poderia machucá-la. Começou a sorrir e escondeu o sorriso atrás de uma das mãos. Aquilo era bem agradável, na verdade. Ela se pôs a imaginar se um dia desejaria retirar a máscara.

Foi até o centro do salão e olhou ao redor. Havia uma grande mesa posta encostada em uma parede, e seus bancos já tinham sido ocupados. Piscaltine sentava à cabeceira, usando a máscara de um peixe, pois combinava com seu título de Duquesa de Anseios-perto-da-Floresta e Filha dos Lagos, etcétera, etcétera. Snell estava ali também, além de Florence La Bellina, da dama com as costas ocas e de muitas outras Belusites e Sidhe. A dama com os olhos de janelas com cortinas estava sentada à direita de Piscaltine, a boca aberta exibindo o passarinho vermelho. A cadeira à esquerda de Piscaltine estava vazia.

Pratos e travessas enchiam a mesa: bandejas de cogumelos, enormes cascatas de uvas e frutas silvestres, bolos e animais estranhos com aparência de chamuscados. Apesar de tudo estar impecavelmente arrumado, ninguém comia nada. As cabeças estavam unidas. As fadas sussurravam. Havia algumas sentadas muito aprumadas observando os Sidhe e os artistas do salão, mas a comida permanecia intocada, como se fosse tudo de vidro e gesso, como se não fosse para se comer. Era um baile de máscaras muito silencioso. Seriam os bailes assim nos velhos tempos, perguntou-se Hettie, seria disso que Piscaltine sentia saudades?

Num canto do salão, três músicos-fada brancos começaram a tocar uma canção triste e lenta. Os convidados se levantaram ao mesmo tempo dos bancos e rumaram para o centro do salão. Era hora de dançar.

Hettie os seguiu. Passou pela cadeira de Piscaltine. A dama-fada olhou para ela. Hettie sustentou seu olhar, ainda caminhando. A fada assentiu muito de leve. O canto de sua boca se retorceu.

— Isso mesmo, meu docinho de coco — sussurrou ela.

Então Hettie se viu no meio dos dançarinos, procurando um cavalheiro-fada vestido de verde, com máscara de tartaruga.

A dança começou antes de ela conseguir encontrá-lo. As fadas deslizaram pelo espaço rochoso. Formaram uma fila, depois um arco, um corredor de esguios braços brancos sob o qual os casais disparavam de dois em dois. Depois que o último passou, os dançarinos giraram e formaram uma estrela. A estrela virou uma flor, que desabrochou e murchou num único movimento contínuo. Lá em cima nos cordames, os elfos e as fadas aladas riam e assoviavam baixinho.

Hettie caminhou pelo perímetro do salão, movendo-se pelos cantos, observando com olhinhos atentos. Voltou pelo outro lado. *Ali*. Uma mancha verde. Ele estava dançando.

Ela aguardou até a rabeca e as flautas se silenciarem e o tambor solitário e triste parar de tocar, e depois rumou até o aglomerado de fadas. As damas e os cavalheiros rodeavam-se uns aos outros, preparando-se para a próxima dança. Ele estava de costas para ela. A cauda de seu fraque era pontuda, impecavelmente passada e costurada.

Ele começou a se virar. Hettie não viu, mas atrás dela, à mesa, Piscaltine levantou-se uma fração de sua cadeira. Hettie estendeu a mão e tocou na manga do cavalheiro-fada. Ele a olhou. As placas verdes de sua máscara resplandeceram à luz das lamparinas.

Hettie inclinou a cabeça. *Simplesmente aproxime-se dele e retire aquilo que ele traz pendurado ao pescoço*, dissera Piscaltine. Porém, havia muitas coisas penduradas ao redor do pescoço do fada. Dúzias de coisas que tilintavam baixinho. Hettie inspirou com dificuldade. *Colares*. Colares exatamente iguais àquele que ela levava sob sua camisola, embaixo da ilusão da beleza e do veludo negro. Diversos olhos, castanhos, verdes e azuis como o ovo de um pintassilgo, fitavam-na de seus engastes de metal. O que seriam? E onde ele os conseguira?

— Olá, milorde — cumprimentou Hettie, e quase encolheu-se ao ouvir o som da própria voz: era grave e sombria como carvão e chocolate.

— Olá, milady — disse o cavalheiro. — Como a senhora está linda. Não acho que eu tenha tido o prazer de vê-la antes. — Ele era alto e magro, com mãos compridas e elegantes. A máscara de tartaruga trazia buracos em formato de fendas na região dos olhos, e através deles ela via apenas o negrume.

— Ah, espero que não — retrucou ela. Tentava não encarar os pingentes pendurados entre as lapelas do fraque. *Qual deles devo roubar? Será que Piscaltine sabe que são muitos?*

Precisava fazer alguma coisa. Dali a um segundo, o silêncio ficaria longo demais. O cavalheiro-fada iria embora.

— Quer dançar? — perguntou ela apressadamente. Não sabia dançar, mas ou era isso ou ela roubava um colar qualquer e saía correndo com ele; só que por algum motivo essa ideia não lhe parecia nem um pouco sensata.

O fada olhou para ela, sem dizer palavra. Depois falou:

— Claro.

E estendeu a mão para Hettie. Ela a segurou. Era fria como pedra. Segurou-a com mais força ainda. Os dois caminharam até o meio do salão. De soslaio, ela viu as outras fadas desacelerarem o passo para observá-los.

A rabeca voltou a tocar, mas uma melodia triste. Hettie e o cavalheiro começaram a dançar. Giraram para a esquerda, depois para a direita. Curvaram-se, rodopiaram, três passos, quatro. Ele era um dançarino excelente. Conduziu Hettie todo o tempo, de modo que ela nem mesmo chegou a notar o quanto os próprios pés eram desajeitados.

A música aumentou de volume. As flautas entraram, grunhindo uma contramelodia grave e envolvente que lutava contra o som da rabeca. Então o tambor começou a tocar, *um-dois-três, um-dois-três*. Eles deslizaram pelo salão. A música esvoaçava, assim como os braços dos dois, apontando para as vigas. Todas as outras fadas tinham parado de dançar. Todas estavam paradas, filas e mais filas de rostos, sussurrando entre si por trás dos leques.

Os pés de Hettie começaram a doer, mas ela não queria parar. Sua cabeça girava de alegria. A música foi se tornando cada vez mais rápida e alucinada, e, de repente, Hettie se encheu de uma espécie de leveza que a fez sentir vontade de voar, de criar asas e penas e de sair flutuando para longe naquela sua forma bela e altiva. Ninguém chegava aos seus pés. Nem Florence La Bellina, nem a bela garota do Iluminado Verão e, com certeza, nem Piscaltine.

— O que são estas coisas em seu pescoço? — ofegou ela enquanto os dois rodopiavam mais uma vez pelo salão. — Por que as usa? Você me daria uma? Me daria uma delas? — Ela estendeu a mão. Seus dedos se fecharam ao redor do metal, e ela puxou, quebrando a corrente do pescoço do fada. Em seguida saiu girando para longe, com um riso de triunfo nos lábios.

O cavalheiro-fada, porém, não estava rindo. A música guinchou em uma nota errada e parou. O salão inteiro ficou completa e horrivelmente imóvel.

Hettie deu meia-volta, sem fôlego. Viu Florence La Bellina e a fada-de-asas-de-mariposa Snell. Todos os Sidhe do salão simplesmente olhavam para ela, os olhos negros repletos de uma espécie de medo que ela nunca havia visto no rosto das fadas. Somente Piscaltine estava sorrindo, um sorriso maldoso.

O fada com máscara de tartaruga deu um passo na direção de Hettie. Sorriu.

O coração de Hettie afundou-se.

— Quem é você? — sussurrou ela, e, mesmo através de sua garganta de grande dama, sua voz ressoou tão frágil quanto fumaça. — Quem é você, na verdade?

— Sou o Rei Matreiro — respondeu o cavalheiro, então começou a gargalhar.

## Capítulo XIII
# Os fantasmas de Siltpool

PIKEY e Bartholomew escaparam da prisão nos arredores de uma cidade sombria chamada Siltpool, justamente quando uma chuva cinzenta começava a cair.

O globo havia rangido até parar, a fim de ser inspecionado pela Brigada do Chapéu Negro, de Lorde Gristlewood. Pikey e Bartholomew aproveitaram a chance, deslizaram até a urze e correram mais rápido que o vento até um arbusto.

O efeito do pó azul já havia acabado quando conseguiram fugir. Na verdade, os dois mal haviam ficado invisíveis, e não foram poucos os guardas e as fadas decrépitas que encararam com espanto as duas manchas escuras que corriam ao longo das vigas. Porém, mesmo assim, Pikey e Bartholomew conseguiram escapar. Encontraram uma enlameada estrada rochosa e uma placa presa a pernas finas de engrenagens enferrujadas onde se lia: *Siltpool: siga para este lado. População: 4̶1̶0̶ 87*. Então seguiram na direção da cidade onde, segundo tinham ouvido falar, o exército inglês estava acampado.

A prisão de fadas passou rolando por eles pouco tempo depois. Pikey torcia para que ela sumisse para todo o sempre. Mas então ele e Bartholomew subiram numa colina e ele avistou algo que o deixou sem fôlego: espalhados lá embaixo, ao longo de muitas e muitas léguas, havia vastos campos áridos, o chão aberto em sulcos imundos. A distância era possível ver os telhados pontudos de uma cidade. E, reunidos ao redor, havia 12 globos de ferro tão imensos que a impressão era que luas de metal tinham caído do céu.

Pikey e Bartholomew ficaram imóveis, congelados, no alto da colina. Eram tantos! Cada um deles estava lotado de fadas. Dezenas de milhares de fadas presas com ferros, moribundas.

— Eles... eles vão simplesmente deixar todas aí? — perguntou Pikey por fim. — Vão simplesmente deixar todas as fadas nessas jaulas até a guerra acabar?

— Isso se um dia a guerra acabar — retrucou Bartholomew, deslizando aos trambolhões pelo outro lado da colina. — E mesmo depois... quem vai saber? O Parlamento pode achar melhor simplesmente manter todo mundo trancado aí. Os ingleses estarão furiosos quando a guerra terminar. Vão querer que as fadas paguem. Por que não manter todas trancafiadas?, é o que dirão. Por que não deixar que apodreçam? Para ser sincero, não sei se tem importância. A vida aí não é tão diferente de como as fadas viviam antes.

Pikey franziu a testa e arrancou o pompom felpudo de um salgueiro-gato que tinha crescido no meio da estrada. Olhou de novo na direção dos imensos globos, agora silenciosos, assomando contra o dia escuro. Sentiu uma pontada de pena de todas as criaturas ali dentro. Ele mesmo poderia estar num deles, preso numa masmorra, e a única coisa que as pessoas diriam é: *Bem, talvez você seja solto quando a guerra acabar. Ou não. Não sei se importa.* E aquele seria o fim de Pikey Thomas.

Eles sentiram o cheiro da cidade de Siltpool muito antes de a avistarem. Era uma mistura de estrume, orvalho e esponjosas raízes cinzentas que sussurrava pela estrada e invadia seus narizes. Pouco tempo depois, Pikey começou também a *ouvir* os sons de Siltpool: chuva tamborilando em lonas, cordames tilintando, um rebuliço geral, o chacoalhar da movimentação e do agito. Então seguiu Bartholomew até o alto de um monte e viu.

A cidade de tendas do exército fazia a cidadezinha verdadeira parecer diminuta: ela saía do amontoado de casas baixas de pedra como os intestinos da barriga de um bode, tendas, barracas e carroças espalhadas ao longo de quase 2 quilômetros pelo gramado. Perto do centro da cidade, as tendas eram maiores e tinham aparência mais imponente, com flácidas bandeiras hasteadas e molhadas. Quanto mais distantes dali, mais as tendas se tornavam mal-ajambradas e sujas de lama. Na orla do acampamento havia apenas algumas poucas carroças quebradas e uns camponeses com olhar alucinado, lavando roupa em um regato.

Havia soldados em toda parte.

— Você ainda tem mais um pouco daquele treco? — perguntou Pikey num sussurro, lançando um olhar preocupado para a estrada. Estava vazia, mas a cidade estava pululando de gente, mesmo com a chuva. — Será que dava pra deixar a gente invisível de novo? Isso bem que podia vir a calhar agora...

Bartholomew colocou um dedo sobre os lábios.

— Vamos ficar bem. — Eles estavam quase chegando nas primeiras tendas, agora. Vozes ecoavam, abafadas por causa da chuva. — Abaixe bem seu capuz e mantenha os olhos fixos no chão — disse ele, e atirou o manto por cima de seu alforje, para que parecesse estar carregando um monte de gravetos. — Os soldados têm mais coisas com as quais se preocupar do que com catadores de lenha.

Passaram pela cidade de tendas. Havia soldados sentados embaixo de toldos gotejantes ou enrodilhados junto aos fogões. Alguns jogavam cartas. Outros simplesmente observavam o temporal. Uma fila de cavalos encharcados esperava do lado de fora, com aparência tristonha, amarrados a um tronco descascado. Pela chaminé de uma tenda de alimentação saía uma fumaça engordurada. Alguns soldados olharam para Pikey e Bartholomew quando estes passaram, mas nenhum disse nada. Seus uniformes estavam sujos, dos bigodes pingava água. Todos pareciam melancólicos, os olhos nublados. *Como vacas*, pensou Pikey. *Como caras-de-chumbo.*

Pikey e Bartholomew continuaram chapinhando em frente. Chegaram até a parte rochosa e sólida da cidade. Apesar de as casas de ambos os lados da rua principal estarem silenciosas e as janelas, frias, elas eram habitadas. Algumas das chaminés tossiam fumaça. Jumentos olhavam taciturnos por cima das cercas. Pikey viu porcas na lama. Não viu gansos, entretanto, nem nos jardins e nem na rua.

— E aí? — sussurrou Pikey, quando sentiu-se em segurança. — E agora? Quem é Edith Hutcherson e como a gente faz para encontrar ela? — Ele estava cansado e encharcado. Queria dormir.

Bartholomew não olhou para ele. Seus olhos estavam fixos no chão, e Pikey percebeu que ele dava pequeninos passos farfalhantes, exatamente como um garotinho faria.

— A gente não faz. Edith Hutcherson pode ser qualquer pessoa. Pode estar morta há cem anos. Ou o silfo pode ter mentido. Não sabemos. Vamos continuar com o plano original.

— Que é...? Abordar fadas e perguntar a seu chefão se ele deixa a gente passar pelo seu portal porque a gente tá muito triste e injustiçado? É, acho que vai funcionar que é uma beleza.

— O quê? — Bartholomew olhou para ele, e Pikey viu a irritação no rosto do garoto. — Quando você tiver uma ideia melhor, pode me dizer — retrucou Bartholomew. — E, quando vir minha irmã, pode me dizer também. Já faz três dias que não vê nada.

Aquilo calou a boca de Pikey. Realmente *fazia* três dias. Três dias desde que vira Hettie, e sua capacidade de ver Hettie era o único motivo que justificava sua presença ali. O que iria acontecer se jamais a visse novamente? Será que Bartholomew simplesmente o largaria em algum lugar e Pikey acordaria certa manhã naquela região estranha da Inglaterra, sozinho e sem ter para onde ir? Aquela ideia lhe deu medo. Ele desejava um pouquinho que Hettie fosse sua irmã também e que ele tivesse tanto direito de procurá-la quanto Bartholomew. Mas, obviamente, isso era estupidez. Ele não era irmão de Hettie. Não era irmão de ninguém.

Os dois estavam quase chegando à outra ponta de Siltpool quando Bartholomew dobrou furtivamente em uma ruela entre duas casas antigas. Pikey o seguiu. Nenhuma janela dava para a ruela, e ela terminava numa cerca de estacas baixa o suficiente para ser transpassada durante uma fuga caso fosse necessário. A ruela estava enlameada e cheia de poças, e a certa altura fazia uma curva de modo que a metade anterior deixava de ficar visível a partir da rua. Quando eles estavam quase chegando ao final, Bartholomew puxou Pikey para que se abaixasse e disse:

— Aqui. Vamos montar acampamento aqui.

— A gente vai dormir aqui? — Pikey torceu o nariz. — Os telhados não têm mais que 2 centímetros de altura. Vi um lugar melhor umas ruas pra trás, onde tinha um telhado com pelo menos 30 centímetros e...

— A gente não vai dormir. Temos trabalho a fazer. Você vai ficar de ouvido atento. Vai se infiltrar no acampamento dos ingleses.

— Quê?

— Você vai se...

— Tá bom, mas por que *eu*? Por que você mesmo não se infiltra?

— Tenho outras coisas a fazer. — Bartholomew enfiou a mão em um dos muitos bolsos do manto e retirou uma pitada de pó azul. — Aqui está o que sobrou. Eu só tinha um punhadinho, mesmo, e me custou uma fortuna. Era para ser usado mais tarde, quando as coisas piorassem. Enfim, agora já acabou, portanto não o desperdice.

E, com isso, Bartholomew estendeu as pontas dos dedos para Pikey e soprou. O pozinho rodopiou no rosto de Pikey. Bartholomew sussurrou uma palavra. Então toda a ruela enlameada pareceu tremular e Pikey desapareceu.

Ele não se sentiu diferente. *Ele* ainda conseguia se enxergar, embora se sentisse um pouco mais leve, meio tonto. Fora uma ligeira coceira nas canelas, sentia-se igual a antes.

— Agora — disse Bartholomew, e Pikey deu um sorrisinho ao ver o modo como o outro garoto olhava diretamente através dele, para a parede às suas costas. — Não demore mais de uma hora. Esta dose é menor que a outra, e os efeitos diminuem com o tempo. Neste exato momento você é como o ar, mas daqui a vinte minutos será como uma sombra, em quarenta como um sopro de cinzas e, em uma hora, quase tão sólido quanto antes. Até lá você vai precisar descobrir algumas coisas. Quero detalhes dos planos dos ingleses: onde os exércitos das fadas estão localizados. Quando os ingleses irão marchar. Quando as batalhas serão travadas. Não quero que a gente entre sem querer no meio de um combate e acabe levando um tiro. — Então deu um empurrão em Pikey, atingindo o menino bem no rosto, afinal Bartholomew não conseguia enxergá-lo, e lá se foi Pikey, chapinhando pela rua.

*"Tenho outras coisas a fazer"*, pensou Pikey, azedo. *Ah, é mesmo? E por isso me manda para o meio do exército inglês sozinho. Se eu voltar e você estiver dormindo, eu é que vou deixar você pra trás.*

Primeiro ele rumou até a taverna de Siltpool. Era nas tavernas que aconteciam as conversas, e, se ele pudesse reunir toda a informação que Bartholomew queria permanecendo quentinho e seco, seria bem melhor. Tinha quase certeza de que não precisava se preocupar em ser visto: na Prisão de fadas de Scarborough, havia entrado bem no meio das pernas de pau dos caras-de-chumbo e eles não haviam percebido nada. Mas, mesmo assim, Pikey seguiu com cautela. Tomou cuidado para não espirrar lama enquanto caminhava e para não derrubar nada. Tentou evitar que os pés fizessem ruídos ao chapinhar. Por sorte, a chuva estava caindo com força e o vento uivava: ninguém nem sequer notara a pequenina trilha de pegadas que se formava pela rua.

Um grupo de soldados estava jogando baralho embaixo dos beirais do telhado da taberna. As cartas estavam úmidas e cheias de pontas dobradas, suas imagens pintadas pareciam sinistras na semiescuridão. Os homens estavam em silêncio. Não diziam nada de interessante, apenas grunhiam de vez em quando e franziam o cenho uns para os outros por cima das mãos cheias de cartas. As janelas da taberna pareciam escuras e frias. O lugar fora trancado. Pikey puxou o manto mais para perto do corpo e continuou seguindo em frente, apressado.

Teve mais sorte na cidade de tendas. Escutou através das lonas e nas entradas das barracas. Ouviu os soldados, os sargentos e os coronéis com suas faixas imundas e ombreiras douradas embaçadas. Ninguém o viu. Pikey meio que desconfiava que não teriam se importado com sua presença mesmo se o tivessem visto. Estavam com medo de outras coisas.

As tropas não queriam estar ali. Sua pólvora estava úmida, e as botas tinham furos. Haviam perdido três dias no caminho de Bristol até lá porque um feitiço das fadas tinha feito a estrada dar diretamente num pântano, onde goblins selvagens dos lamaçais arrastaram uma divisão inteira de soldados para os juncos. E, a caminho de Doncaster, as tropas trombaram com um jovem metido em trajes militares esfarrapados parado no meio de uma estrada vazia. Estava imóvel, simplesmente encarando a todos com ar tristonho, mas algo nele fez os soldados sentirem medo de se aproximar. Ninguém se atreveu a caminhar perto do sujeito, nem mesmo os generais. Então ouviram um som parecido com o de tiros distantes, e o jovem caiu com buracos de balas no peito. Quando os homens correram para socorrê-lo, ele não estava mais lá.

Aquela história fez Pikey estremecer. Imaginava que devia ser apenas uma lorota para deixar todo mundo com medo, mas, ao ver os olhares sombrios que os homens lançavam uns aos outros e o modo como se encolhiam em seus casacos, mudou de ideia. Os soldados estavam com medo. Com medo das fadas, de uma forma que Pikey jamais imaginara que um soldado inglês pudesse sentir.

Após algum tempo, topou com uma carroça virada. Havia três soldados aninhados embaixo dela, ensopados e deploráveis, a chuva escorrendo de seus chapéus. Um deles, grisalho e mais velho que os demais, era caolho: uma órbita vazia ocupava o lugar onde o olho deveria estar. Pikey o ouviu falando e escondeu-se atrás da carroça para escutar.

— Chuva dos infernos! — resmungou ele. — Lama dos infernos, cidade dos infernos, guerra dos infernos!

— É — disse outro, um garoto que mal devia ter seus 16 anos. — E pão dos infernos, também. Disseram que iam nos dar comida melhor que a do primeiro-ministro se a gente se alistasse. Pão branco macio feito nuvem, foi o que disseram. Rá! Tem mais mofo que pão, e ele é mais duro que uma pedra.

— Logo, logo, tudo isso vai acabar — disse o terceiro soldado, filosoficamente. — Daqui a mais uns dias nós vamos todos voltar para o lugar de onde viemos.

— Ora, ora, quanta certeza disso — retrucou o mais velho. — Juro pelo olho que perdi que não temos a menor ideia do que vai acontecer.

O terceiro soldado deu uma risadinha.

— O olho que 'cê perdeu... Que maneira mais bonita de dizer. Aliás, *como foi* mesmo que você perdeu esse olho, hein, Glivers? Confundiu um gato com seus óculos?

— Não. Eu arranquei o maldito. Com minhas mãos.

Os outros dois soldados se viraram para fitá-lo. Pikey estremeceu.

— Sei lá como, o olho ficou doente — continuou o homem chamado Glivers. — Eu estava vendo as coisas mais estranhas do mundo com ele, uma torre, uma escadaria que ia subindo feito uma cobra. E não queria me meter em encrenca com os caras-de-chumbo. Por isso achei melhor me livrar desse objeto pernicioso.

*Sei lá como, o olho ficou doente.* Ele também teve um olho como o de Pikey. Glivers teve um olho nublado. Pikey começou a recuar. Não queria ouvir mais nada. Não daquele grupinho, pelo menos. *Descubra quando,* dissera Bartholomew.

Pikey contornou a carroça depressa e trombou num soldado, com força. Pikey quicou no peito do outro e caiu esparramado na lama. O soldado soltou um grunhido de surpresa. Pikey olhou para ele, em pânico. Estava em campo aberto, a poucos centímetros das botas de couro desgastadas dos homens embaixo da carroça. Num piscar de olhos, Pikey já estava de pé e caminhava chapinhando pela lama.

O garoto soldado se levantou imediatamente e olhou para ele.

— Foi um fantasma? Isso aí foi um fantasma?

— Pode ser — disse Glivers, mal olhando naquela direção. — Não existe nenhum lugar que não tenha sido tocado pelas malditas fadas. Se Siltpool for uma cidade de respeito, deve ter fantasmas.

— Fantasmas dos infernos, provavelmente — disse o terceiro soldado, mas a essa altura Pikey já tinha ido embora há tempos.

Manchas negras já estavam começando a salpicar os braços invisíveis de Pikey quando ele voltou à tenda do general. Porém, estava chovendo forte, e ele não percebeu. A tenda ficava perto de um poço e de uma velha igreja de pedra. Bandeiras agitavam-se no topo. Algumas ervas e pedaços de ferro tinham sido dispostos em círculo ao redor, e vários guardas também estavam postados ali, apoiados em bacamartes e lanças de aparência brutal. Pikey passou por eles e espiou o interior, pela abertura da tenda.

    O cheiro pungente de parafina quente e lã molhada encheu seu nariz. Três homens estavam de pé ao redor de uma mesa de madeira, os rostos com rugas profundas iluminados por uma lanterna. Havia um mapa aberto à frente deles. Pequeninos bonecos de ferro forjado tinham sido dispostos aqui e ali sobre a superfície, e os oficiais franziam o cenho olhando para eles. De vez em quando os reviravam, mas jamais os tiravam de lugar.

    — As fadas estarão à espera de um ataque — declarou um dos oficiais. Era um camarada de aparência raivosa e sombria, não muito alto. — Mas não vão investir primeiro, pelo menos não de início. Já lutamos contra elas tempo suficiente para saber disso. Elas ficarão escondidas na floresta atrás do despenhadeiro de Tar Hill, onde estarão sãs e salvas, e ficarão à espera. Por isso precisamos simplesmente expulsá-las. Lançando gás entre as árvores, elas serão obrigadas a sair, e aí levaremos todas para as prisões antes mesmo que elas se deem conta do que está acontecendo.

Pikey aguçou os ouvidos, esforçando-se para ouvir cada palavra. Não ousava mexer um músculo para entrar na tenda, mas ao mesmo tempo estava morrendo de medo de que alguém chegasse por trás e trombasse nele. Não parava de olhar para trás, para a chuva. A praça estava silenciosa. Os sentinelas oscilavam sobre suas armas, sonolentos. Ele virou-se de novo para espiar pela tenda.

O segundo oficial assentia, as sobrancelhas unidas.

— Sim, mas apenas se elas não fugirem pela periferia da colina ou para os campos. Minhas tropas podem vir do flanco esquerdo, e as suas — ele fez um gesto para o terceiro oficial — do direito. Assim vamos criar um gargalo no qual a força principal virá de cima das colinas. Elas não terão para onde ir.

O mais alto, que tinha mais medalhas no peito e as maiores plumas no chapéu, assentiu.

— Positivo. Haddock, para o leste; eu, para o oeste. Braillmouth? Morro acima. Você irá antes de todos nós. As fadas são mais fortes à noite. Vamos atacá-las de manhã cedo quando ainda estarão lerdas e vagarosas. Programei o lançamento de gás inseticida para as seis e quarenta e cinco. Vocês dois devem sair ao mesmo tempo. Haddock, eu e você partiremos com nossos regimentos às sete em ponto. E mais uma coisa, Haddock. — O general fez um sinal para o oficial baixinho de aparência raivosa. — É da mais alta importância que você cerque a colina antes que as fadas saiam das árvores. Não *devemos* deixar que elas subam. Provavelmente deve haver escaramuças. As fadas estarão lutando em pânico. Não poupe nenhuma que levantar uma arma contra vocês. Lembre-se de que são traidoras, criaturas frias e insensíveis que lutam contra nossa Rainha e cospem em seus direitos de ingleses. Não merecem nossa piedade.

Pikey olhou para a própria mão. Ainda não estava sólida, mas os veios escuros começavam a tomar conta dela, formando lentamente os nós dos dedos, os dedos. Tão suave quanto o ar, ele saiu da abertura da tenda e voltou para a ruela enlameada.

Bartholomew estava à espera.

Pikey relatou tudo: os planos do general; as histórias dos soldados; o modo como todos estavam ensopados, esgotados e com medo.

— Gás — murmurou Bartholomew depois que Pikey terminou. Eles estavam sentados ao redor de uma minúscula fogueira que tinham acendido nos fundos do beco. Não eram permitidas fogueiras no acampamento: nenhum fogo, a não ser o das lamparinas e fogões. Algumas semanas antes, uma fada havia entrado escondida na cidade e ordenado às chamas que brincassem correndo entre as lonas. Quarenta tendas foram devoradas pelo fogo antes mesmo que os homens conseguissem prender seus suspensórios.

Bartholomew flexionou os dedos por sobre o calor do fogo, o rosto pensativo sob o brilho alaranjado.

— Gás para expulsar as fadas. Bem, pelo visto agora os ingleses têm tantos truques na manga quanto as fadas.

— É — concordou Pikey, observando Bartholomew e depois remexendo os próprios dedos acima das chamas. — As fadas não vão nem saber o que está acontecendo. Os ingleses vão vencer, é o que parece.

— Os ingleses *precisam* vencer — declarou Bartholomew, com tanta agressividade que Pikey se encolheu. — As florestas estão infestadas de fadas. Jamais conseguiremos entrar, a não ser que alguém as expulse de lá.

Pikey olhou fixamente para ele.

— É lá que você estava? Na floresta das fadas?

— Não dentro, mas o mais perto que ousei chegar.

— O que você viu? — perguntou Pikey, de olhos arregalados.

— Não vi nada. Mas ouvi algumas coisas. Flautas, vozes e arranhões entre os galhos. Elas estão lá. Sei que estão, e seu líder idem... E o portal estará lá também, mesmo depois que elas forem embora.

Pikey e Bartholomew ficaram em silêncio por algum tempo. Pikey olhava para o fogo moribundo, que cuspia e estalava no terreno úmido. Bartholomew estava sentado à sua frente, e a fumaça fazia seu rosto parecer fantasmagórico. Depois de algum tempo, Bartholomew enfiou as botas por baixo do manto e perguntou:

— Você não tem visto Hettie, não é?

O medo atravessou Pikey ao meio.

— Eu... eu tentei. Tentei mesmo, é sério, mas... Bem, a última coisa que vi foram dedos, uma luzinha fraca, o que pareciam ser umas madeiras bacanas e brilhantes e um tapete vermelho. E já lhe contei isso — acrescentou, em voz baixa.

Bartholomew assentiu. Pikey esperava que ele não mencionasse mais nada sobre o assunto, e ele não mencionou. Em vez disso, olhou para Pikey por cima dos joelhos dobrados e perguntou:

— Como você perdeu seu olho?

— Quê? — *Sangue. Sangue se acumulando entre as pedras.* Ele piscou, com força. — Ah. Alguma coisa arrancou ele e levou embora.

Bartholomew olhou para o outro com curiosidade.

— Não precisa me contar se não quiser. Eu não te conto tudo.

*Você não me conta nada*, pensou Pikey, mas disse:

— Não é isso, é que... tudo bem. É que... não tem muita importância. Faz muito tempo, e foi só um olho. Não foi uma irmã, nem nada do tipo.

Pikey esperava que Bartholomew sorrisse, mas seu rosto estava sombrio e sério.

— Tem importância para você — declarou. — Acho que você não gosta muito das fadas. Acho que não gosta de ter os olhos delas.

— Eu me viro. — Pikey cutucou as brasas com a ponta da bota. — O pior é ter isso tudo em minha cabeça. — Fez uma pausa. Falar sobre aquilo o fazia sentir-se tolhido e incomodado, como se todas as suas roupas estivessem apertadas demais, mas, ao mesmo tempo, ele não queria parar. Ninguém nunca desejara escutar sua história antes. — Eu tava dormindo quando tudo aconteceu — continuou ele. — Era inverno, como agora, e eu tava sonhando com ameixas e maçãs e... Bem, eu tava sonhando e pronto. Aí ouvi um barulho. Achei que não era nada. "É só um barulho", pensei. Mas ele veio direto até meu buraco, que ficava embaixo da loja do boticário. E eu vi dois pés. Um deles era horroroso, todo cinza. Aí eu acordei na hora. Um rosto se inclinou pra mim, um rosto horrendo, descascado, com uns olhos parecendo lanternas vermelhas. "Oi", disse ele. Depois falou alguma coisa numa língua que eu não entendi. E depois alguma outra coisa sobre um inglês. Aí ele colocou os dedos em cima dos meus olhos e começou a murmurar. Tentei me livrar dele. Tentei mesmo. Tentei gritar e dar um soco nele e chamar Rinshi pra arrancar sua perna manca, mas ela não veio. Rinshi tava morta, entende? Todo mundo tava morto, o velho Marty e o garoto que trabalhava pra ele, todo mundo.

Pikey olhou para Bartholomew. Meio que esperando ver o outro enrodilhado em seu manto, quase adormecido. Por que ele se importaria, afinal? Por que alguém se importaria com o que havia acontecido com Pikey? Mas Bartholomew continuava escutando. Pikey o olhou duramente por um segundo e depois prosseguiu, agora falando mais depressa:

— Senti uma dor horrível, como se fosse um rasgão *dentro* do olho. E a fada puxando, sabe. Não puxando o olho exatamente, mas alguma coisa de dentro dele. A fada o arrancou e o quicou na mão, como se fosse uma moeda. Aí simplesmente virou as costas e saiu mancando noite adentro. Nunca mais vi a criatura depois disso.

Bartholomew estava em silêncio. Durante um longo tempo os dois ficaram ali sentados olhando para o fogo débil. Finalmente, Bartholomew disse:

— Por que você acha que tal fada fez isso? Por que você consegue enxergar a Terra Velha com esse olho?

— Sei lá. Talvez seja algum tipo de doença. Alguma coisa que os Sidhe inventaram pra meter medo na gente. Tipo aquele fantasma na estrada e a fogueira do acampamento, todas essas coisas. É uma brincadeira idiota, se quer saber. Odeio isso.

— Eu também — concordou Bartholomew. Em algum ponto distante, ouviram o grasnado de um corvo. — Mas é bom também, não é? Um pouquinho? Quero dizer, não exatamente bom, mas... eu nunca saberia que Hettie está viva se não fosse pelo seu olho. — Ele deu um sorriso como se pedindo desculpas. — Por isso, obrigado, Pikey. Vamos trazer Hettie de volta. Depois vamos todos para Bath, nós três, e lá ninguém vai ligar se você tem ou não tem um olho de fada. Ninguém vai dar a mínima. — Então Bartholomew encolheu-se sob seu manto e fechou os olhos.

Pikey não se mexeu. Ficou sentado por um longo tempo, sentindo-se mais aquecido que em muitos meses. Era verdade o que Bartholomew dissera. Que *era* um pouquinho bom. Ele jamais teria entrado naquela aventura se não fosse por aquele olho cinzento horroroso. Aquela aventura nem sequer teria começado, aliás. Pela primeira vez, ele estava indo a algum lugar, algum lugar importante, e tudo porque uma fada lhe roubara o olho e um cara-de-chumbo o perseguira, e um elfo do calçamento o fizera tropeçar na Rua da Mosca Varejeira, e um garoto com casaco de botões de metal lhe socara a barriga, e um outro silfo lhe roubara um carregamento de joias, e Pikey fora parar na prisão. Tudo por causa disso.

Pela primeira vez, Pikey sentiu-se sortudo.

# Capítulo XIV
# O quarto rosto

O REI Matreiro olhava para Hettie através das fendas dos olhos de sua máscara e continuava a rir sem parar. Sua gargalhada ecoava nas alturas do salão.

Ninguém estava gargalhando com ele. As fadas haviam ficado todas tão imóveis quanto estátuas. Piscaltine continuou sorrindo, os lábios esticados por cima dos dentes. Uma de suas mãos remexia o vestido febrilmente.

*Você sabia,* pensou Hettie. *Sabia o tempo todo quem era o Rei Matreiro. Não queria que eu tivesse conseguido. Jamais iria me libertar.*

Hettie virou o corpo, procurando uma porta. Sua cabeça ainda estava girando por causa das danças e do uivo frenético das flautas. *Pense, Hettie. Você precisa pensar.* A qualquer segundo o Rei Matreiro pararia de gargalhar. As fadas sairiam de sabe-se lá qual encantamento que havia sido jogado nelas e viriam atrás de Hettie, e ela não podia deixar que a pegassem.

Recuou. O Rei Matreiro parou de rir. O sorriso abandonou seu rosto.

— Oh — disse ele. — Não vá embora. Estávamos nos divertindo tanto.

O colar dele caiu da mão de Hettie e atingiu o chão com um estrondo impossivelmente alto.

— Desculpe — disse ela, num sussurro. — Fiz isso porque precisava fazer. Eu...

— A máscara — disse Piscaltine, dos fundos da multidão. Ela praticamente tremia de tanta felicidade maldosa. — Retire a máscara, *Mi Sathir*. Ela a roubou também.

O Rei Matreiro virou-se para Piscaltine. Lentamente, olhou de novo para Hettie, com olhos brilhantes.

— Ela é uma mentirosa, não é? Que trapaceirazinha. Eu vou cuidar dela. Mas você... Você não faria uma coisa dessas, faria? Não fingiria ser aquilo que não é. — Ele tornou a sorrir. — Inglesa. — Então esticou a mão e arrancou a máscara de plumas azuis do rosto dela.

Hettie congelou, imóvel. O vestido negro murchou ao seu redor como uma flor. Seu cabelo cor de cobre se retorceu em galhos. Ela encolheu e revirou-se, e um segundo mais tarde não passava de nada além de uma pequenina Peculiar feiosa no meio de um imenso salão sombrio. Ao seu redor, os olhos das fadas arregalaram-se. Todos ficaram boquiabertos. Viram seus cabelos de galhos, as linhas vermelhas como fios de sangue em seus braços.

— Leite de Sangue — sussurrou uma fada.

— *Valentu* — disse outra.

— Oh, não — falou Piscaltine.

O Rei Matreiro virou-se para elas.

— Todos aqui são traidores e mentirosos — declarou ele, e sua voz atravessou o salão como uma ventania. — Foi por isso que foram convidados. Uma criatura valiosa estava escondida bem embaixo de seus narizes, mas não me contaram nada. Vocês a *esconderam* de mim. Para impedir que eu pusesse as mãos nela. Ora! — Ele deu uma risadinha. — Não precisarei de vocês no novo mundo. Nenhum de vocês sairá desta casa com vida.

Então uma série de coisas aconteceu simultaneamente. Piscaltine levou as mãos à boca e, de repente, deu a impressão de ter cometido um erro terrível. Snell, a fada-com-asas-de-mariposa, começou a correr a toda velocidade em direção a Hettie. Florence La Bellina se dividiu em duas, uma figura branca e outra preta. E Hettie respirou fundo e seguiu em disparada até a porta.

O Rei Matreiro não se mexeu. Simplesmente levantou a mão e disse:

— Peguem-na.

Os convidados recuaram com medo enquanto Hettie corria. Ninguém impediu sua passagem; ninguém se atreveu. A porta assomou diante dela. Hettie estava quase a alcançando. Então a última das fadas abriu passagem, e Hettie viu que a Belusite branca estava bem à frente e que a negra vinha deslizando pela lateral.

— Venha conosco — ordenou Florence La Bellina em uníssono.

A gêmea negra esticou a mão para pegá-la. E segurava uma faca. Hettie viu a lâmina cintilar, ouviu o tinido do aço, mas não parou. De soslaio, viu Snell irromper no meio das fadas e atirar-se em cima da Belusite branca. Sua gêmea virou-se, surpresa, e num lampejo Hettie já havia saído do salão, chutando galhos e hera para todos os lados em sua fuga.

Às suas costas, ouviu gritos e choros desesperados. A música começou a tocar de novo, um frenesi de acordes rascantes e flautas sibilantes. Ela chegou à Ala de Vidro, passou voando por ela. Tudo estava oco e deserto, a noite e a neblina pressionavam as paredes de vidro. Mais adiante ficavam as Escadarias das Entranhas. Ela começou a subi-las. Sentiu uma dor aguda na lateral do corpo, mas não desacelerou. Atrás de si, ouviu o som de passos, centenas deles, ecoando pela mansão, além de gritos e berros.

Chegou ao topo das Escadarias das Entranhas e seguiu mancando pela longa galeria repleta de janelas. Um relógio badalava, sem parar. Ela não parou para olhá-lo, nem contou as batidas. Não estava nem aí para o humor de Piscaltine agora.

Então Hettie espiou pela janela e parou.

Eram cinco estátuas agora. Sob a sombra das árvores, olhando para a casa, havia cinco estátuas encapuzadas de pedra. Ela deu as costas para a vidraça, mas era tarde, havia se demorado demais ali.

Florence La Bellina estava ao final da galeria, o rosto completamente branco. Na outra ponta, a metade negra. As duas haviam surgido sem barulho algum.

*Não!*, pensou Hettie. Começou a andar. *Não, eu não fiz nada, foi Piscaltine quem mandou.* Começou a correr, desesperadamente, em direção à gêmea negra. Esta não se mexeu. Simplesmente encarou Hettie, a expressão vazia e malévola. Hettie começou a chorar. Seus pulmões doíam demais. *Vão embora, vão embora, me deixem em paz,* sentiu vontade de gritar, mas não tinha fôlego. A gêmea negra posicionou os braços em forma de cruz e abriu a boca. Começou a falar — uma palavra, semiformada. Então a fada-com-asas-de-mariposa trombou com toda a força em suas costas e ela caiu para a frente, como se feita de pedra. Sua cabeça bateu no chão com um estrondo alto e sólido. Snell saltou, agarrou Hettie e arrastou-a para fora da galeria. Às suas costas, a gêmea branca soltou um grito agudo. Hettie olhou para trás. Os braços da Belusite branca também estavam abertos, bem como a boca, e dela saía uma língua da cor de leite azedo. Então Hettie foi levada aos tropeços pelo alto da escadaria, em direção ao sótão, no encalço de Snell.

— Quem é você? — soluçou Hettie, enquanto a fada-com-asas-de-mariposa a arrastava até uma plataforma. — Você trabalha para o Rei Matreiro? Vai me entregar para ele?

Ela mal conseguia continuar correndo. Todos os músculos e articulações doíam. Elas chegaram ao sótão e dobraram uma esquina para entrar num corredor pequeno e estranho, o qual Hettie teve a impressão de nunca ter visto. Seguiram apressadamente para lá e para cá, subindo escadas, passando por baixo de coruchéus, até que finalmente Snell parou e virou-se para Hettie. Seu rosto continuava o mesmo, tristonho e caído, entretanto agora seus olhos tinham um irritado tom negro profundo. Snell levou uma das mãos ao próprio rosto. Uma fita surgiu entre seus dedos, aparentemente originada da parte de trás da cabeça. E, de repente, ela começou a mudar de forma, a pele borbulhando e se deformando. As asas de mariposa caíram. A fada ficou esquelética e corcunda, seus olhos se reviraram. E ali, bem diante de Hettie, apareceu o mordomo-fada, com uma máscara nas mãos e hematomas e cortes semicicatrizados no pescoço e ao redor da boca.

— Não fique tão feliz em me ver — grunhiu ele, e Hettie quase caiu de susto.

*Não. Não, ele morreu. Morreu há muito tempo na neve, na frente do chalé.* Entretanto, ali estava ele. Era apenas uma sombra do mordomo alto e detestável que conhecera em Londres. Parecia a vítima de um ataque de tesouradas que havia sido arrastada para um pântano e em seguida colocada na chaminé de uma locomotiva. As engrenagens metálicas que envolviam um dos lados de seu rosto pendiam, quebradas e inúteis. O olho verde estava negro.

Ele segurou o ombro de Hettie com força.

— Vamos embora. Agora.

— Quê? — Hettie ficou tonta. Tentou se desvencilhar, mas ele a arrastou de volta às Escadarias das Entranhas, para o mesmo lado onde estavam todos os Sidhe irritados e amedrontados.

— Não, *pare*. Eu não vou!

— Fique quieta. Eles estão atrás de você. Todos eles. Piscaltine, o Rei Matreiro e aquela abominação de mulher de vermelho.

Hettie parou de lutar.

— Você veio me resgatar? — Ela praticamente soluçava de alívio. — Vai me levar de volta ao chalé? Foi por isso que você veio?

O mordomo-fada olhou para ela. Hettie olhou para ele e, por um segundo, acreditou ter visto algo por trás daquele olho em fenda. Mas, o que quer que fosse, sumira tão depressa quanto havia aparecido.

— Não — respondeu ele, com voz dura. — Fui perseguido e espancado por cem luas por causa de um assassinatozinho de nada, só porque eu estava protegendo *você*. Você será meu perdão. Um Não-Sei-Quê por outro Não-Sei-Quê. Você é o Portal de Londres. O primeiro medonho em cem anos a se configurar num portal tão maravilhoso e perfeito. Que cresça uma cabeça nova em mim se o Rei não me perdoar em gratidão.

O rosto de Hettie ficou sombrio.

— Você não pode me raptar de novo! — disse ela. Havia parado de chorar. Estava cansada. Tentou se desvencilhar novamente. — Não pode, não vou *deixar*!

O mordomo-fada nem sequer piscou.

— Vamos para Hezripal — declarou ele, apertando Hettie ainda mais e abaixando o rosto, a cabeça inclinada e os olhos duros. — A Cidade da Risada Negra. A capital da Terra Velha. Esta casa está com as horas contadas. Piscaltine caiu em desgraça. Se ficarmos, morrerei juntamente aos outros. Vou escondê-la apenas por tempo suficiente para eles recearem tê-la perdido para sempre, então a entregarei ao Rei Matreiro e me livrarei de você de uma vez por todas.

Hettie se contorceu, sibilou e arranhou o mordomo-fada, mas ele simplesmente desvencilhou-se do ataque e, depois de lhe prender os pulsos com uma corda, começou a arrastá-la ao longo do corredor superior como se ela fosse uma espécie de bode malcriado.

Lá embaixo, a música seguia ululante. O salão pelo qual caminhavam estava silencioso, mas ainda era possível sentir o tremor dos passos distantes, que fazia os quadros estremecerem nas molduras.

— Não posso ir — disse Hettie. Seu tom era calmo, mas seu estômago dava nós sem fim. — Tentei sair desta casa todos os dias de minha estadia aqui, mas não tenho como fazê-lo. Comi a comida das fadas. — Seu tom agora era irado: — Você e seus planos idiotas! Piscaltine precisa morrer antes que eu possa abandonar a mansão.

O mordomo-fada nada disse. Arrastou Hettie por outro lance de escadas. Agora eles estavam na galeria repleta de janelas outra vez. Florence La Bellina sumira. E no lugar onde a cabeça de sua metade negra havia batido no chão, havia um círculo perfeito moldado no piso.

O mordomo-fada atravessou a galeria, apressado, enquanto Hettie continuava a resistir às suas passadas compridas. Então ela parou de repente, e nem mesmo os puxões do mordomo-fada conseguiram obrigá-la a voltar a caminhar.

— O que *foi* agora, sua...? — começou a dizer ele, e virou-se. Foi então que também viu.

As estátuas estavam em toda parte ao longo da orla da floresta, olhando para a casa. Centenas delas.

As engrenagens do relógio de pé soltaram um rangido. Hettie virou-se para olhá-lo. Os ponteiros estavam se mexendo novamente: passaram pelo rosto sorridente e pelo rosto tristonho, depois pela Hora da Ira. Com um ruído estridente, pararam no quarto rosto, o rosto frio e inexpressivo de olhos fechados e a boca em forma de um minúsculo "o".

*Não é o sono*, pensou Hettie. *É a morte.*

Lá fora, as estátuas começaram a caminhar em direção à casa.

# Capítulo XV
# Tar Hill

PIKEY e Bartholomew acordaram cedo no dia da batalha e caminharam uma curta distância para sair da cidade. Ainda faltavam umas boas horas até o amanhecer, e os campos estavam em silêncio, cobertos de gelo. Pikey olhou ao redor, as botas fazendo barulho na estrada pedregosa. Viu a mesma paisagem do mapa dos generais, porém agora ela parecia diferente. No mapa, era como se você fosse um pássaro sobrevoando, mas no chão tudo era imenso, sombrio e distante. Árvores cresciam em tufos negros aqui e ali, formando a massa escura de uma floresta ao longe. As 12 prisões de ferro rodeavam a cidade. Cerca de 500 metros adiante, entre a cidade e a floresta, um morro alto arqueava-se dos campos inclinados, nu e arredondado como o nó de um dedo.

— Tar Hill — disse Bartholomew baixinho, como se o lugar fosse especial de algum modo.

Pikey semicerrou o olhar para o morro.

— Tar Hill, ou seja, Morro de Alcatrão, que nome mais bobo para um monte.

Bartholomew riu.

— É mesmo. Nem sequer parece ser de alcatrão. Mas é famoso. Ali ocorreu uma batalha, há séculos, entre as fadas e os ingleses. Exatamente como acontecerá hoje.

— Ah. A gente ganhou essa aí, suponho.

— A gente? — Bartholomew franziu o cenho. — Os ingleses ganharam, se foi isso o que quis dizer. Dizimaram as fadas combatentes e levaram as restantes para as fábricas. As pessoas consideraram isso uma grande vitória para o Império. Melhor que derrotar os escoceses, os franceses e os americanos juntos.

Pikey deu de ombros.

— Já ouvi falar. — Era mentira. Nunca ninguém lhe contara aquilo. Ele mudou de assunto. — A floresta que está aí do outro lado... é lá que elas estão, né? Mas os ingleses ainda nem vieram pra cá, por isso a gente devia ter dormido mais um pouco. As fadas vão nos devorar vivos se a gente entrar agora.

Bartholomew ignorou tal raciocínio.

— Temos uma hora até os soldados chegarem a Tar Hill. Vamos para o outro lado do morro, para as encostas a oeste da floresta, que fica longe da batalha, mas a uma distância segura das árvores também, para o caso de haver muitas fadas dando sopa por aí. Depois ficamos à espera. Os ingleses vão jogar gás, as fadas sairão da floresta, e dali a três horas ninguém vai nos ver entrando.

Eles chegaram à base da colina e começaram a contorná-la. A inclinação era constante e íngreme, tão constante que, para Pikey, parecia que um gigante havia esquecido uma tigela emborcada ali durante cem anos, até que ficasse coberta de terra e vegetação. A grama do sopé estava alta e úmida, e encharcou seu manto. Como ele queria que não estivesse tão frio! Pelo menos não estava nevando e não havia correntes de ar como as de Londres, mas ainda assim Pikey batia os dentes à medida que a água ia se infiltrando cada vez mais em seu manto. O pior é que a colina era muito maior do que parecia. Eles levaram quase meia hora para contorná-la, e, quando terminaram, as coisas ficaram mais complicadas ainda.

Os campos se estendiam diante deles, completamente vazios, exceto por alguns agrupamentos de árvores aqui e acolá, até a floresta das fadas ao longe.

— Elas devem ter colocado sentinelas — observou Bartholomew, interrompendo o caminho de Pikey com a mão num gesto de advertência. — Vamos seguir de árvore em árvore. *Não* prossiga até eu autorizar. — Ele apanhou um pequenino aparelho repleto de engrenagens em um dos seus vários bolsos e ergueu-o à altura dos olhos a fim de examinar a floresta escura.

— O que que 'cê tá vendo? — perguntou Pikey. Ele queria olhar pelo aparelhinho também, mas não sabia se Bartholomew deixaria, portanto não disse nada.

— Nada ainda. Não tem nada se mexendo além de... Espere. — Bartholomew ficou imóvel.

— Além do quê? — Pikey segurou as laterais de seu manto com força. — Das fadas? As fadas estão vindo pra cá?

— Não. Mas tem alguma coisa errada. Alguma coisa errada com as árvores. Os galhos estão...

Pikey estremeceu.

— Não consigo ver — disse Bartholomew. — Precisamos chegar mais perto. Corra. — E, antes que Pikey pudesse protestar, os dois já tinham disparado em direção a um trio de hamamélides mortas e retorcidas fora do campo, algumas dúzias de passos adiante. Eles se encostaram nos troncos, ofegando o ar gelado. Bartholomew sacou o aparelhinho de novo e espiou.

— O que foi? — perguntou Pikey. — Dá pra ver agora? — Ele se esforçava para enxergar a floresta, mas estava distante demais. Semicerrou os olhos ao máximo: havia *mesmo* alguma coisa errada nas árvores. As folhas estavam quase negras e se mexiam, embora não houvesse vento, e, às vezes, rodopiavam em golpes escuros, como se tivessem sido agitadas por uma lufada de ar.

— Mais perto — sibilou Bartholomew novamente, e mais uma vez os dois dispararam. A próxima árvore atrás da qual se esconderam era uma bétula, branca e desfolhada, tal como a mão esquelética de alguém se arrastando para fora da terra. Bartholomew levou a lente do aparelhinho até o olho. Pikey aguardou, espiando ao redor do tronco.

— Dá pra ver agora? — perguntou, agarrando a casca com as mãos. Lá em cima, os galhos oscilavam, vazios, silenciosos. Pikey congelou. *Folhas. Folhas nas árvores, embora fosse inverno.* Em Londres só havia umas poucas árvores, mas ele sabia como era a aparência delas no verão e como ficavam depois das geadas. Os galhos daquelas árvores deviam estar nus agora, sem folha alguma. Ele se virou para Bartholomew.

Bartholomew tinha notado aquilo também. O aparelhinho caiu de sua mão. Ele olhou para Pikey, os olhos arregalados.

— Oh, não — murmurou, quase sem ar. — Vai ser um massacre.

Os soldados saíram de Siltpool exatamente às quinze para as sete, conforme o programado. Caminharam pelos campos em linhas retas, as armas aos ombros, as cabeças erguidas. O general Braillmouth cavalgava na frente, em um orgulhoso corcel tão negro quanto a morte. Acima, as nuvens eram baixas e ameaçadoras.

Ao mesmo tempo, quatro besouros movidos a vapor saíam da cidade, com as pontudas patinhas metálicas. Às costas deles, havia tanques grossos repletos de gás cuidadosamente fabricados. Os besouros deslizavam pela grama, e apenas um leve tremor de movimento marcava seu caminho à medida que seguiam em direção à floresta das fadas.

Eram sete horas em ponto.

O general Braillmouth chegou ao sopé da colina. Fez sinal para os soldados saírem da formação. Eles apressaram o passo. Começaram a subir a inclinação íngreme, 672 homens infestando o morro como formigas.

Ninguém ouviu os gritos do outro lado. Ninguém viu os dois pequenos vultos correndo pelos campos, para longe da floresta das fadas. *"Corram!"*, berraram eles. *"Vão embora, vão embora!"* Ninguém ouviu e ninguém viu.

Os soldados de Braillmouth foram subindo com dificuldade, as baionetas abaixadas. Começou a chover de repente, uma chuva forte que escorria pelos rostos e chapéus, descendo pelos uniformes. Tambores tocavam, mas o barulho da chuva era mais alto, e havia também o barulho das botas. Então os soldados ouviram outro som. Um silvo estremecedor que foi aumentando, aumentando, até já não ser mais um silvo e sim um rugido como o de uma cascata.

Pikey e Bartholomew haviam atingido o sopé do morro. Agitavam os braços e gritavam, mas os soldados não os viram. Não ouviram. Os soldados chegaram ao cume do morro e se reuniram ali por um momento, depois correram em todas as direções, montando os canhões de éter. O rugido ficou ensurdecedor. Uma sombra passou acima, uma nuvem mais escura que a tempestade. Os soldados olharam ao mesmo tempo para o céu. As armas caíram de suas mãos. Eles tentaram recuar, mas havia outros soldados logo atrás, havia soldados em toda parte, e os oficiais começaram a berrar, e os tambores continuaram tocando, e as tropas se embolaram umas por cima das outras para tentar escapar.

O céu parecia cheio de pássaros. Cem mil pássaros. Pássaros negros de Dartmoor, gralhas de Londres, corvos de Cumberland, Dunne e Yorkshire. Eles rodopiavam acima do exército, um enorme vórtice negro de guinchos e asas esvoaçantes. Então mergulharam exatamente sobre as tropas e, por um breve instante, o morro ficou escuro como alcatrão.

# Capítulo XVI
# Uma sombra de inveja

As Escadarias das Entranhas estavam bloqueadas.

Hettie e o mordomo-fada pararam de repente e olharam, horrorizados, para o pandemônio mais abaixo. *Fadas*. Centenas de fadas enxameavam os degraus num manto cintilante de vestidos e máscaras. Elas escorregavam, caíam, retorciam-se umas sobre as outras na tentativa de escapar para os andares inferiores. Paletós e peles pendiam em frangalhos. Algumas das fadas estavam sangrando, filetes lentos de um viscoso líquido negro.

— Não *existe* saída — disse o mordomo-fada. A corda que prendia o pulso de Hettie caiu de sua mão. Ele ficou perfeitamente imóvel, observando os convidados subindo os degraus. Lá embaixo, ouviu-se um estrondo.

*A Ala de Vidro.*

— Agora existe — sussurrou Hettie, e desta vez foi ela quem puxou o mordomo-fada para baixo, sempre para baixo, em direção à massa contorcida dos Sidhe.

O mordomo-fada soltou um grito. Hettie teve a impressão de que talvez ela também tivesse gritado um pouco. Então os dois caíram com força sobre as fadas que estavam vindo, numa muralha de seda e músculos. No começo o pânico era grande demais. Havia pernas, braços e rostos mascarados por toda parte, e o empurra-empurra quase arrastou Hettie e o mordomo-fada de volta ao alto das escadarias. Mas Hettie não ia subir de novo. Ela prendeu o pé na bota de um cavalheiro-fada, escalou pelo colete deste e começou a saltar por cima da multidão, pulando do ombro de um para a cabeça de outro, descendo as escadarias. Fadas caíam aos borbotões em toda parte ao longo do corrimão, mergulhando nas trevas. Gritavam para Hettie, mas ela não parava. Precisava chegar lá embaixo. Já avistava o salão inferior. Mas então um buraco se abriu diante dela, que caiu. Sapatos pisoteavam com força ao seu redor.

Ela começou a engatinhar, de degrau em degrau. Um salto vermelho pontudo chegou perigosamente perto de mutilar sua mão. Então uma dama com máscara de lobo colocou-a de pé com um puxão e a chacoalhou.

— Ele vai nos matar — choramingou ela, não exatamente para Hettie, embora seus dedos estivessem cravados nos braços da garota. — Vai nos matar por termos vindo. Oh, Piscaltine, sua tola, o que você fez, o que você *fez*?

Hettie tentou desvencilhar-se, mas a fada não a soltava. Hettie começou a ser empurrada em direção às escadas mais uma vez. A dama a agarrava com força, berrando, os dedos ferindo Hettie. Então o mordomo-fada apareceu e a roubou da dama. Hettie foi atirada para o alto e praticamente arremessada pelos degraus remanescentes. E se viu numa altura tão grande, mas tão grande, que pensou que fosse quebrar todos os ossos assim que caísse. Abaixo dela, o último restinho de loucura foi varrido para longe. Ela caiu com um som oco no salão inferior e rolou pelo chão.

Um segundo depois, estava apoiada em um dos joelhos, a cabeça latejando. O salão parecia quase vazio agora. Somente um ou outro convidado disperso vagava correndo pela trilha pisoteada de galhos e folhas. *Caminho errado*, pensou Hettie ao passar por eles. *Não há jeito de subir por aí. Vocês ficarão presos*. Por um breve instante, Hettie achou que talvez fosse o momento ideal para fugir do mordomo-fada, mas então ele aterrissou ao seu lado e ela se pôs a correr com ele, embora não tivesse certeza se desejava mesmo aquilo.

Eles chegaram ao local onde os convidados haviam sido recepcionados, onde a trilha de hera levava às Alas de Vidro e Orvalho.

*Bum*. Outro estrondo, a certa distância. Eles dobraram uma esquina. Acima, os estandartes de Piscaltine esvoaçavam com uma lufada de ar. Desceram três degraus. *Bum*. Mais uma esquina e entraram em um corredor feito de vidro verde e azul-claro.

*Bum*. Os estrondos estavam chegando cada vez mais perto.

*Bum, bum, bum*, mais altos e mais rápidos, então o corredor se estilhaçou e três estátuas apareceram na frente deles, mais altas que o mordomo-fada, as cabeças abaixadas sob os capuzes de pedra. Uma delas deu um passo adiante, com uma comprida faca de prata na mão.

O mordomo-fada voou para cima da estátua e, mesmo em seu estado decrépito, se provou mais veloz que qualquer coisa. Justamente quando a estátua agitou sua espada para atacá-lo, o mordomo ajoelhou-se e olhou para o teto. A lâmina silvou no ar acima dele. Num instante, o mordomo já estava novamente de pé e esmagava o crânio da estátua com sua faca.

A faca fez um sonoro *ping*. A estátua nem sequer se abalou. Virou-se, devagar, e levantou sua espada novamente. O mordomo-fada se pôs atabalhoadamente de pé. Hettie não viu o restante, pois justamente naquele momento as outras duas estátuas foram na direção dela. Agitaram as espadas. Ela caiu no chão e se encolheu de costas. Viu as lâminas descendo, descendo sem parar. Por um segundo teve um vislumbre do que havia por baixo dos capuzes, viu rostos e lábios de pedra. Então ela rolou e as lâminas caíram ao seu lado, com força. Hettie se levantou num piscar de olhos. As paredes quebradas da Ala de Vidro estavam tão perto! Ela deu um pulo. O ar gelado estapeou seu rosto, e a grama ficou esmagada sob seu peso. Ela rolou para dentro do campo que ficava mais além.

O mordomo-fada juntou-se a ela um segundo depois, já correndo.

— *O que são essas coisas?* — berrou Hettie, levantando-se de um pulo e voando atrás do mordomo. Mal conseguia enxergá-lo direito. A névoa estava muito espessa, e o mordomo-fada corria depressa demais, às vezes caindo de quatro como um cão. *Como uma fada-da-piedade*, pensou Hettie.

— Não sei! — guinchou ele, olhando para trás. — É provável que sejam obra do Rei Matreiro. Ele está com raiva por causa de alguma coisa. De você. De você e de Piscaltine por ter escondido você. A Duquesa de Anseios-perto-da-Floresta caiu em desgraça, é o que acho. E ela já pode contar que vai perder a cabeça.

Atrás, na névoa, Hettie ouviu gritos e um tinido metálico. Esforçou-se para enxergar alguma coisa em meio a tanta brancura, mas não havia nada. A névoa rodopiava para todos os lados, infinita e cegante. A única coisa visível era o trecho de grama por onde ela estava correndo, como se a névoa tivesse medo dela e recuasse.

— Mas eu não roubei o colar idiota dele! — gritou. — Eu... eu o deixei lá, ou então caiu em algum lugar... — Ela já nem conseguia se lembrar mais. O outro colar, entretanto, continuava ali, batendo em sua camisola enquanto ela corria.

— Não é por causa do colar. — O mordomo-fada apareceu e segurou sua mão com força. — Eu já disse, você é o Portal. Linhas vermelhas. Cabelos de galhos. É tão óbvio que você é um portal! Porém Lady Piscaltine a escondeu, como se você não fosse nada, como se fosse uma ninguém. O Rei Matreiro ficará furioso com ela por não a ter entregado a ele.

Lá atrás, Hettie ouvia o som de passos pisoteando a grama. *Eles estão perto? Quanto?* Não dava para saber. Depois ouviu o som do chacoalhar de arreios, e os passos viraram cascos galopando.

— Eles estão atrás de nós! — berrou o mordomo-fada. Os dois dispararam para dentro da névoa.

A lateral do corpo de Hettie doía terrivelmente. A única coisa que ela conseguia fazer era continuar mexendo as pernas. Em algum lugar, ouviu o som de um berrante, baixo e grasnante. E um rio? Seria mesmo o barulho de água correndo ali perto?

— Para onde a gente vai? — ofegou ela. — A gente pode estar muito bem andando em círculos sem você *saber*!

O som do rio, entretanto, estava cada vez mais próximo, um gorgolejo localizado em algum ponto por ali. Os cascos também. Então, sem aviso, o campo despencou em um banco de grama íngreme, e lá estava um canal, um riacho negro e profundo.

O mordomo-fada soltou a mão de Hettie e correu ao longo da margem, farejando, agitando os dedos compridos por cima da água. Andou alguns passos, espiou ao redor, andou mais um pouco. O berrante soou mais uma vez, e de repente a névoa se encheu de gritos terríveis. Eles não estavam assim tão longe da mansão de Piscaltine. Na bruma, o que pareciam milhas de distância podiam não passar de poucos metros.

— Ah, aqui está — disse o mordomo-fada, a voz baixa e urgente. Hettie seguiu seu olhar. Havia um barco atracado na margem do rio. Ou melhor, nascido dali. Como um casulo branco gigantesco, estava preso à encosta gramada, tentáculos pálidos abraçando a terra. O mordomo-fada conduziu Hettie até o convés.

— *Hartik* — disse ele. — *Mahevol Kir.*

O barco pareceu encolher-se, e os tentáculos de madeira se agarraram ao casco. Um segundo mais tarde, foi apanhado pelas correntes e levado até o meio do rio.

Bem na hora. Florence La Bellina desabrochou da neblina como uma flor sangrenta. Seu cavalo era parecido com ela, pelagem negra, crina branca, olhos emburacados. Ele parou de repente à margem do rio, e Florence olhou para Hettie: o rosto brilhante de boneca era a máscara da ira. Hettie retribuiu o olhar, sem fôlego, dolorida, até ver Florence ser engolida pela névoa novamente.

O barco era muito estranho. Cortava as águas sem fazer ruído. Suas velas eram prateadas, cintilando na neblina, e ele tinha dois olhos na proa, semicerrados e com expressão bastante altiva. No convés, havia um alçapão, embora lá embaixo só existissem sombras e tubos cintilantes espremidos. Às vezes, os tentáculos pálidos que haviam se retorcido ao longo das laterais do barco roçavam as águas como as patas de uma criatura marinha.

Porém, quando Hettie olhou pela amurada para o reflexo do barco, foi ainda mais estranho. Era como se houvesse outro barco preso embaixo daquele, emborcado nas águas. O barco espelhado era verde-musgo. Seu mastro estava quebrado, e as laterais, cheias de buracos; os tentáculos arrastavam-se flacidamente por cima das ondas. Até mesmo o reflexo de Hettie parecia piorado. Era difícil enxergar, pois as ondulações da água não paravam de cortar a imagem em feixes, mas Hettie teve a impressão de notar seu reflexo enrugado e corcunda como se tivesse 100 anos de idade. Suas mãos seguravam na borda da amurada tais quais garras.

Hettie e o mordomo-fada estavam navegando pelo que pareciam séculos, fluindo sobre as águas negras através da névoa branca. O único som era o da respiração de ambos, próxima e abafada, e o de cascos de cavalos. Eram do cavalo de Florence, que seguia o barco ao longo das margens do rio. Aquela parte Hettie tentava não ouvir. Tinha caminhado tantas vezes pela proa do barco para olhar ao longe que era capaz de enxergar cada dobrinha da amurada de olhos fechados. Encarou os olhos da proa. Agora ela ocupava o tempo encarando o vulto nas águas. O vulto a encarava de volta.

Ele fazia tudo o que ela fazia. Hettie acenava, ele acenava de volta. Ela sorria, se perguntando se ele sorriria também, e ele correspondia. Comprimiu os lábios e abriu a boca, mas em seu sorriso do reflexo havia bichos, besouros negros e centopeias com milhares de patas deslizando ao longo de seus dentes velhos e podres.

Hettie sentiu ânsia de vômito e fechou bem a própria boca, meio que esperando sentir insetos retorcendo-se sobre a língua.

— *Uma Sombra de Inveja* — esclareceu o mordomo-fada. Hettie assustou-se. — É como ele se chama. O barco. Era de Lady Piscaltine. Um nome bastante adequado.

Hettie deu as costas para o som da voz dele. Pensou em ignorá-lo.

— É horrendo — declarou ela, por fim. — Seu país inteiro é horrendo. Não existe nada de bonito nele.

O mordomo-fada ficou sentado, encostado no mastro, perfeitamente imóvel.

— Existe. Tenho certeza de que existe. Talvez simplesmente não tenhamos encontrado ainda.

Hettie fez uma careta, mas foi até o mastro e sentou-se do outro lado, de modo que ficou de costas para as costas do mordomo-fada.

— Bom, já me cansei de procurar — declarou, apoiando o queixo nas mãos.

Pensou que aquilo seria o fim do assunto, mas o mordomo-fada fez um muxoxo.

— Você? Você nem chegou a procurar. Não veria nada bonito nem se estivesse bem debaixo de seu nariz.

— Veria sim! — Hettie virou-se de leve, insultada. — E procurei em toda parte. É que não existe nada assim. Tudo está morto.

— *Você* não está.

— Isso não tem nada a ver — protestou ela, quase sem voz.

Ouviu o mordomo-fada reacomodar o corpo contra o mastro.

— Tem sim. Você é uma pequena tola.

— Não, você que é. Tudo só está piorando cada vez mais; não sei nem sequer para onde estou indo, nem o que vai acontecer.

Ela esperou ouvir algum ruído da parte do mordomo-fada. Por um longo período, não houve nada. Então:

— Quer saber como eu sobrevivi aos *Virduger* no Profundo Inverno? Você achou que eles tivessem acabado comigo, não é? Mas não, não acabaram. Piscaltine não mandou que me matassem. Ordenou que me ferissem para que ninguém pudesse dizer às Belusites e ao Rei Matreiro que não fui punido, mas, na verdade, ela estava bem satisfeita por eu ter me livrado de mais um servo dele. Naquele instante, eu ainda não sabia disso. Só vim a saber muitas luas depois, quando fui parar na mansão dela, quase morto. E agora aqui estou eu, a caminho de algum lugar novo; algum lugar melhor, espero. Talvez nenhum de nós saiba o quanto somos importantes. Talvez alguns de nós jamais cheguemos a descobrir, porque simplesmente nos deitamos e morremos.

Hettie virou a cabeça ao redor do mastro a fim de olhar para ele. Viu que seu olho verde estava brilhando novamente, um brilho bastante fraco e opaco.

— Eu não disse que ia morrer. Só... disse que não gosto daqui.

— E o que é esse seu *gostar*? Se você *gostasse* de tudo que acontece com você, seria a pessoa mais medíocre do mundo. Milhares de coisas irão acontecer com você; algumas serão boas, outras, ruins, e outras serão completamente horrendas, mas todas elas... — O mordomo-fada fez uma pausa. — Todas levam a algum lugar.

— Para onde? — Hettie aproximou-se um pouquinho mais. — Para casa?

A cabeça do mordomo-fada estava inclinada. Ele olhava ao longe, para a névoa infinita e imóvel.

— Não sei — respondeu. — Talvez; se quisermos que seja assim.

Outra pausa. Nas margens, os cascos pisoteavam. Árvores furavam a brancura, esqueletos em um mar de algodão.

— Depois que o Rei Matreiro colocar as mãos em você e eu tiver ido embora, tente escapar — declarou o mordomo-fada. — Tente fugir.

Hettie olhou para ele, boquiaberta. Lentamente, o olho do mordomo-fada voltou a se apagar. Ele curvou-se contra o mastro, como se nunca tivesse dito nada. E então, de repente, a névoa sumiu. Pelo mais breve dos instantes, Hettie avistou o rio, serpenteando à frente, e a lua cintilou em suas águas, e o rio tornou-se uma fita de prata, uma estrada prateada. Hettie olhou, estupefata. Mas aí a névoa tornou a se fechar, e eles foram mergulhados nas trevas.

Ela acordou em algum momento da noite e tentou raciocinar. Tinha a impressão de que devia estar planejando alguma coisa, esquematizando um modo de fugir, mas sua mente estava vazia. Tantas criaturas estranhas e poderosas estavam atrás dela, mas Hettie não conseguia entender o que nenhuma queria. Em Londres, o Sr. Lickerish tentara transformá-la em um Portal, e portanto ela fora especial e perigosa, mas não podia imaginar Florence La Bellina ou o Rei Matreiro dando importância a isso. O que o mordomo-fada sugerira era tão cabeça-oca! Os portais eram para escapar, para as fadas *abandonarem* a fumaça e as fábricas da Inglaterra e voltarem para casa. Porém, estas fadas aqui *já estavam* em casa. Já estavam na Terra Velha. O que elas queriam devia ser outra coisa. Devia ser... ela apertou os dedos ao redor do pingente sob a camisola. O calor espalhou-se por sua mão. *Como se estivesse vivo*, pensou, pela centésima vez.

O Rei Matreiro tinha inúmeros colares como aquele embaixo do casaco. E era um rei. Isso quer dizer que eles eram importantes. Talvez fossem mágicos. Ela pensou em como, ao segurar o dela, sempre se sentia melhor e mais corajosa, em como ele nunca ficava frio, mesmo sob a madeira de inverno e nos salões pintados da casa de Piscaltine. Talvez o Rei Matreiro de fato desejasse que ela fosse um Portal, e Piscaltine não soubesse disso e simplesmente a houvesse guardado consigo como um animalzinho de estimação, conforme Hettie sempre pensara. Entretanto, se na verdade eles quisessem o *colar*...

Hettie retirou a corrente pelo pescoço e correu até a lateral do barco. Se era isso o que queriam, então podiam levá-lo. Ela poderia viver sem ele. Poderia viver sem um monte de coisas se isso significasse fugir daquele lugar. Inclinou o corpo sobre a amurada e balançou o colar sobre a água verde-escura.

Das águas, de um barco quebrado e cheio de musgo, a Hettie velha e horrorosa olhou para ela. Algo escuro e peludo balançava em suas mãos. Hettie o ignorou. Olhou para as margens. A Belusite cavalgava, a cabeça virada para Hettie num ângulo antinatural. Os olhos das duas se encontraram. Hettie respirou fundo. Em seguida, deixou o colar cair. Ele girou no ar em direção à água, atingiu-a sem quase nenhum ruído e afundou sob as ondas.

# Capítulo XVII
# Fantoches e Mestres de Circo

PIKEY caiu de bruços, e os pássaros guincharam acima em um vendaval ensurdecedor. Tapou os ouvidos com força, mas os ruídos pareceram apenas aumentar mais. As asas não paravam de bater. A qualquer instante ele esperava sentir garras deslizando para dentro de seu manto, bicos rasgando sua pele.

Algo lhe agarrou o braço. Ele deu um grito. Tentou se desvencilhar, mas era apenas Bartholomew puxando-o para que ficasse de pé e gritando:

— Vamos! Vamos voltar para a floresta! Não há nada que possamos fazer aqui!

Pikey cambaleou, quase caindo de novo. *A floresta? A floresta* das fadas?

Bartholomew já estava correndo de volta para os campos, pelo mesmo caminho por onde tinham vindo. Os pássaros não estavam mais sobrevoando. Na retaguarda, Pikey ouviu um uivo horrível, desesperado. Olhou para trás.

Os pássaros estavam em cima da colina. Agora o cobriam num enxame negro, cintilando à luz invernal da manhã. Ele não conseguia mais enxergar os soldados, mas conseguia ouvi-los.

— Barth! — gritou Pikey, disparando atrás dele. — Barth, os soldados! *Estão sendo mortos!*

Bartholomew não desacelerou o passo.

— Ainda podemos conseguir! — gritou ele de volta. — Eles já devem ter disparado o gás. As fadas devem estar todas adormecidas ou então fugindo. Ainda podemos conseguir!

Mas então Pikey ouviu outro som, por cima dos uivos e do bater das asas: um martelar pesado, ecoando na terra. *Uma marcha.*

— Barth!

À esquerda, viu soldados, fileira após fileira de soldados, marchando pelo campo na direção deles. À direita, outras centenas de soldados. Os regimentos de Siltpool estavam criando seu gargalo, preparando a armadilha para as fadas.

O problema é que nada estava saindo da floresta.

— Bartholomew!

Bartholomew estava vinte passos adiante, voando. As árvores permaneciam silenciosas a distância, as sombras entre seus troncos tão profundas quanto oceanos. *O que há ali?*, pensou Pikey. *O que há dentro dessas sombras?*

A distância entre Bartholomew e as árvores ia diminuindo rapidamente. *Quinhentos passos.* Pikey havia quase alcançado Bartholomew. *Quatrocentos e cinquenta.* A floresta assomava diante deles. Será que alguma coisa estava se mexendo ali? Seria um vulto magro voltando para dentro da escuridão?

Então o pé de Pikey enganchou em algo duro e afiado, e ele caiu de cabeça na grama.

Bartholomew virou-se e correu para ele.

— Levante! Levante, Pikey, está tão perto. Ainda dá para entrarmos se...

Bartholomew congelou. O som da marcha se aproximava, o som das botas esmagando a grama congelada. Continuou imóvel, olhando para o objeto no qual Pikey havia tropeçado.

Semiescondido na grama invernal estava um besouro mecânico feito de engrenagens, de costas, as patinhas pontudas apontando para o céu. Sua barriga havia sido destroçada. Havia um emaranhado de mecanismos e arames cintilantes espalhados pelo chão. E, presos às asas do inseto, havia dois tanques de vidro, o gás verde-claro ainda pressionando suas paredes. Os tanques estavam cheios.

Bartholomew soltou um grito baixo e doloroso.

— Não! — lamentou, e virou-se para Pikey, como se ele pudesse fazer alguma coisa. — Não, não, não pode ser. O gás, o gás não pode ter...

— O gás jamais chegou até aqui — disse Pikey. — As fadas continuam na floresta. Estão acordadas.

As tropas estavam a apenas cem passos de distância agora, vindas de ambos os lados do morro. Os soldados das primeiras fileiras apoiavam os mosquetes nos ombros, os olhos treinados posicionados junto aos canos. Pikey olhou para a floresta, depois novamente para os soldados que se aproximavam.

— Precisamos sair daqui, Barth — disse ele.

O general Haddock vinha cavalgando pelo campo em sua direção, o cavalo atirando torrões de terra congelada para os lados. Bartholomew não se mexeu.

— Quem está aí? — berrou o general. — Amigo ou fada?

— Barth? — Pikey virou-se para Bartholomew. — Barth, precisamos ir!

Mas não foram a lugar nenhum. Pikey e Bartholomew continuaram no campo, ao lado da carapaça destripada do besouro, e o general Haddock os alcançou, seu cavalo lançando jatos de vapor no ar gelado. Um punhado de soldados correu para cercá-los.

Por um segundo houve uma distração: os pássaros começaram a abandonar a colina, em círculos, rumando para o céu numa grande massa negra. Sobrevoaram acima, e os soldados apontaram as armas para o alto, em pânico. Mas não precisavam se incomodar. Os pássaros passaram reto e se aninharam novamente nos galhos da floresta das fadas. Os campos caíram em silêncio. O morro estava envolto num enorme silêncio.

O general Haddock saltou do cavalo e rumou impetuosamente para Pikey e Bartholomew. Suas botas faziam um barulho ensurdecedor em meio à imobilidade repentina. Pikey puxou o capuz para baixo e torceu para que o general não notasse seu olho ruim. Viu o besouro destroçado sobre a grama a seus pés. Afastou-se do inseto abruptamente, mas não antes de o general vê-lo também.

— Traição! — disse o general Haddock. — Traição *das fadas*!

Pikey olhou de relance para Bartholomew. *Diga alguma coisa*, implorou silenciosamente, mas Bartholomew não abriu a boca.

— Nós... nós não somos fadas, senhor — gaguejou Pikey. — Num fizemos nada.

— Elas sabiam! — berrou o general Haddock, virando-se para os soldados. Começou a caminhar sobre a grama, indo para um lado e depois para o outro. — Sabiam que viríamos. As fadas da floresta... de algum modo, *sabiam*.

— Não foi a gente! Juro que não foi — disse Pikey, mas sentia-se tão mal e desolado. As palavras soaram como roupa úmida, encharcadas pela chuva.

— *Silêncio!* — rugiu o general Haddock. — Mais uma palavra e eu atiro em você aí mesmo. Haversack! Lacewell! Levem estes dois para a prisão de fadas mais próxima e providenciem sua custódia. Mais tarde cuidarei deles. Arvel! Chame cirurgiões e enfermeiras para o morro neste exato instante.

E assim terminou a Segunda Batalha de Tar Hill. Os cirurgiões e as enfermeiras com seus chapeuzinhos brancos subiram a colina enquanto os dois garotos eram arrastados pelos campos em direção às prisões de ferro que ali aguardavam.

Pikey e Bartholomew estavam sentados encolhidos dentro de uma cela da Prisão de Fadas de Birmingham. Pikey chorava baixinho, a cabeça encostada na parede. Bartholomew olhava para o nada, sem expressão. Havia correntes em seus tornozelos. A cela era uma dentre diversas caixinhas de ferro enfileiradas, com portões que levavam até uma plataforma suspensa. As caixas ficavam muito alto, e o vento jamais parava de soprar ali, entrando pela janela gradeada e saindo pelo portão, congelando-os.

Oficiais e soldados corriam para cima e para baixo na plataforma lá fora, mas nenhum deles notava os novos prisioneiros. Seus rostos estavam contraídos, a cabeça abaixada sob a sombra de seus chapéus. Quando falavam, era em sussurros urgentes.

Após algum tempo, Pikey empertigou o corpo e assoou o nariz.

— Tudo bem — disse ele. — Não adianta simplesmente ficar sentado. Como a gente vai dar o fora daqui?

Bartholomew não olhou para ele. Não tinha olhado para ninguém desde que vira o besouro destroçado na grama. Nem falado nada.

— A gente ainda pode conseguir, Barth — disse Pikey, caminhando até ele. — A gente ainda pode dar o fora e encontrar um jeito de ir pra floresta das fadas, mesmo sem o gás. Ainda dá!

— Não — disse Bartholomew. A voz era crua. Isenta de esperança. — Não, não dá. Deve haver um exército de fadas naquela floresta. As árvores estão cheias de pássaros. Não vamos conseguir entrar. Não vamos conseguir chegar a lugar algum.

Pikey o encarou.

— E não vamos nem tentar?

Bartholomew virou a cabeça para olhar Pikey. Seus olhos estavam injetados, vermelhos.

— Eu *tentei* — disse ele. — Tentei por tanto, tanto tempo. Deixei Mamãe sozinha no Beco do Velho Corvo e gastei o dinheiro do Sr. Jelliby, oferecendo em troca um mero agradecimento, e nada disso me incomodou, porque eu estava procurando Hettie e achei que, se pudesse trazê-la de volta, tudo ficaria bem novamente. Mas não, não vai ficar. Tudo está horrível, e eu nem mesmo sei se Hettie está viva.

— Ela tá viva — retrucou Pikey. — Tá sim, ela tá.

— Mas não *sabemos*! — vociferou Bartholomew, num tom tão repentino e selvagem que Pikey deu um pulo para trás. Bartholomew encarou-o por mais um segundo, os olhos imensos e fluidos. Depois desabou novamente, como se tivesse esgotado todas as suas forças.

A cela estava silenciosa. O único som era o do vento e o tamborilar de pés no interior do globo. Então, com uma voz tão rouca e baixa que Pikey mal conseguiu ouvir, Bartholomew disse:

— Quando encontrei você naquela prisão, achei que eu saberia, finalmente saberia. Achei que saberia o paradeiro de minha irmã e seu estado, e mesmo que me custasse a vida inteira, não seria tão ruim, porque eu saberia que ela estaria *em algum lugar* e que eu poderia encontrá-la. Bem, já não sei mais. Talvez eu jamais tenha sabido.

Com isso, Bartholomew Kettle envolveu os dedos ao redor das correntes e não se mexeu até muito tempo depois de a noite cair e a lua pender pesada e pálida no céu.

Pikey acordou com um sobressalto. Seu olho das fadas doía, ardia, como se algo úmido estivesse deslizando em cima dele, como se chuva estivesse caindo diretamente nele.

— Bartholomew! — exclamou, tateando no escuro. — Bartholomew, meu olho!

Sentiu o pânico subir pela garganta. Na escuridão, aquilo poderia ser qualquer coisa, um pouco de fumaça, uma pulga; ou algo ruim o bastante para matá-lo.

Bartholomew murmurou algo de seu canto da cela, mas não se mexeu.

— Acorde, está *doendo*! — Pikey colocou a mão no olho bom e abriu o olho nublado. O que viu fez seu sangue gelar. Deixou a mão cair, ofegando.

Ele estava embaixo d'água. Tudo estava tingido de verde, lúgubre, e movimentando-se lentamente na penumbra.

Corpos flutuavam na água. Damas brancas de vestido, homens com armaduras segurando escudos e espadas. Flutuavam silenciosamente, de olhos fechados, lábios brancos e selados. Filetes de algas subiam da lama abaixo e enrolavam-se em seus pés e cabelos. Cada um dos corpos tinha uma corrente presa ao redor do tornozelo, a qual desaparecia em meio às profundezas.

Pikey bateu as mãos nos olhos, mas mesmo assim viu. Não era possível bloquear a visão. Ele afundava entre os corpos, passando pelos rostos imóveis e brancos.

— *Bartholomew!*

Agora Bartholomew acordava. Pikey ouviu o tilintar das correntes.

— O que foi? O que aconteceu?

Pikey não respondeu. A água estava ficando cada vez mais escura. Ele afundou entre sapatos pontudos, passando por um garotinho de rosto ríspido que segurava uma faca. Parecia que o garoto estava dormindo. O piso foi de encontro a Pikey. Lodo, pedras e um emaranhado de correntes e pesos. Ele viu joias no lodo, berloques e fitas desbotadas. Os olhos das fadas estavam negros.

— O que você viu? Está vendo Hettie? — sussurrou Bartholomew. Ele tinha se arrastado de seu canto e se agachado ao lado de Pikey.

Pikey soltou o ar lentamente.

— Não, eu... — Ele tentou focar na cela mais uma vez, na Inglaterra. Cinco dias. Cinco dias, e ele não tinha visto nem um dedo ou galho da menina. Ela podia ter se afogado, estar flutuando com todos aqueles outros corpos em meio às profundezas verde-escuras. E, se fosse esse o caso, *realmente* seria o fim. Para Pikey, para Bartholomew. Os dois acabariam sendo mortos com um tiro, ou enforcados, e, se um dia Pikey servisse para alguma coisa, a coisa toda não teria mais a menor importância, afinal nada de bom tinha vindo daquilo. Por um breve momento ele achou que pudesse ser alguém importante, não apenas um garoto de nariz sujo que havia sido abandonado numa caixa de bolachas, não apenas alguém que fora tocado pelas fadas.

Mal pensou no que disse em seguida.

Ignorando a dor no olho, Pikey aprumou a voz:

— Sim — disse. — Eu vi Hettie.

Os olhos de Bartholomew se arregalaram tanto que Pikey pôde ver o próprio rosto refletido neles.

— Ela tá bem — continuou ele. — Tá sentada. Comendo torta. Não sei por que meu olho começou a doer. Agora já passou.

Nas colinas, as enfermeiras com seus chapéus brancos permaneciam imóveis, embora passasse muito da meia-noite. Os aventais dos cirurgiões estavam impecáveis, sem líquidos ou manchas de atendimentos aos feridos. O vento da noite açoitava ao redor.

Os soldados também estavam de pé, os uniformes em frangalhos, e alguns dos homens exibiam arranhões e sinais de luta. Mas estavam todos vivos. O sangue pulsava em suas veias. Seus olhos abertos miravam o nada.

Um vulto alto e magro caminhava por entre todos que estavam sobre o morro. Seus dedos compridos roçavam-nos ao passar.

— Faça com que dancem, meus amigos — disse ele. — Faça-os cantar.

— *Mi Sathir* — responderam, embora nenhum deles tenha aberto a boca. — *Isdestri mankero*.

Então as nuvens movimentaram-se no céu acima e o luar fluiu entre elas, iluminando o morro e destacando todos que estavam em cima deste. As mãos das enfermeiras pareciam congeladas em garras. Seus alforjes estavam revirados sobre a grama. Os olhos dos soldados brilhavam negros, os rostos artificialmente pálidos. E, atrás da cabeça de cada um, havia outro rosto, um rosto escuro e retorcido, com dentes afiados e olhos em demasia.

Não havia feridos no alto de Tar Hill. Não havia cadáveres. Apenas os ingleses e seus titereiros-fadas.

O vulto magro sussurrou uma palavra.

Seiscentos soldados desceram contorcendo-se pelo morro, em direção às prisões adormecidas.

Assim que a mentira escapou dos lábios de Pikey, ele sentiu a culpa, um peso horrível como o de uma pedra sobre seu coração. *Não minta para mim, só isso*, dissera Bartholomew naquele primeiro dia na prisão. *Jamais*.

— Você viu Hettie? — perguntou Bartholomew. — Ela está viva? — O canto de sua boca começou a tremer, e Pikey sentiu medo de que ele começasse a chorar. Mas não: em vez disso, Bartholomew se levantou e foi até o portão que os separava da passarela, arrastando suas correntes consigo. Inclinou-se contra as barras. Pegou o cadeado, sopesando-o.

— Nós vamos sair daqui — declarou ele, com sua antiga voz, baixa e determinada. — Você e eu, Pikey. Eles confiscaram tudo que havia em meu manto, mas vamos dar um jeito. Vamos entrar na Terra Velha e trazer Hettie de volta.

*Nós.*

— Certo — concordou Pikey, tentando evitar que sua voz tremesse. — Mas... mas não dá pra atravessar a floresta. Os pássaros e todas aquelas fadas 'tão de tocaia por lá.

Bartholomew balançou a cabeça.

— Nós não vamos entrar na floresta. Essa era uma ideia idiota desde o início. Eu estava achando que éramos capazes de tudo. Mas não se esqueça de Edith Hutcherson. Sei que falei que a gente nunca iria encontrá-la, mas ela é nossa única chance. Vamos procurar Edith Hutcherson conforme aquele fauno indicou, e ela vai nos mostrar o caminho.

*E se Hettie estiver morta?* Pikey sentiu uma pontada de medo. *E se estiver no fundo de um rio, embora eu tenha dito que está viva?*

Ele estava quase abrindo o bico de novo para contar a Bartholomew que tinha mentido e que não sabia, que não sabia de nada.

— Barth... — começou, porém calou-se.

Barulhos ecoavam pelo chão agora, vindos das profundezas do globo — sons metálicos e gritos frenéticos. Então ouviram o som inconfundível de tiros. Algo martelava a porta na extremidade da passarela.

Pikey ficou de pé num pulo.

Bartholomew foi para a frente dele, com a cabeça abaixada, os ombros encurvados, como se fosse um daqueles valentões da Rua do Anjo preparando-se para uma briga.

— Se alguma coisa entrar aqui, vamos permitir que destranque o portão, mas não que o abra. Vamos ficar entre o portão e os...

Um punhado de ferrolhos soltos chegou rolando por uma grelha de ventilação localizada no canto da cela. Então, lá de baixo, bem do fundo, subiu um grito saído de dez mil gargantas de fadas.

Com um gemido gigantesco e doloroso, a Prisão de Fadas de Birmingham começou a se mover.

## Capítulo XVIII
# A Cidade da Risada Negra

CERTA vez, quando era bem pequena, Hettie estava sentada com Bartholomew embaixo da janela da cozinha na casa do Beco do Velho Corvo, observando uma tempestade se formar do lado de fora. A chuva estava começando a bater nas vidraças, mas Mamãe ainda não havia chegado em casa. Tinha saído para providenciar algo para o jantar, e Hettie estava preocupada. Bartholomew também, mas fingia não estar. Ele disse: "Het, vou lhe contar uma história e, quando terminar, Mamãe já terá voltado." Hettie sabia que ele ia inventar a história e que talvez não ficasse muito boa, mas assentiu mesmo assim e se aconchegou de encontro ao corpo do irmão, atenta ao som de passadas no beco lá embaixo.

— Era uma vez um enorme castelo — começou Bartholomew, olhando pela janela. O céu estava escuro, as nuvens se aglomeravam. — Ficava em uma terra ensolarada e, minha nossa, era o maior castelo que você já viu na vida! Era feito de chocolate e tinha salões cheios, mas tão cheios de comida, que ela saía pelas janelas.

Mais chuva bateu na vidraça. Uma ventania uivou no beco. Hettie se enrodilhou perto da dobra do cotovelo de Bartholomew, tão atenta para a chuva quanto para o irmão.

— Tô com fome — disse ela.

Bartholomew ignorou aquilo.

— Um dos salões — prosseguiu ele — era feito de menta, outro, de caramelo, outro, de alcaçuz, e outro era de bala de cores diferentes. Havia salões cheios de brinquedos também. E bonecas e livros e travesseiros.

A porta do beco se abriu com um estrondo. Hettie ficou tensa, esforçando-se para saber pelo som se era Mamãe. Não era. Era uma fada subindo as escadas, e sua pele, ou talvez a roupa, farfalhava ao longo da balaustrada como folhas. Tanto Hettie quanto Bartholomew prenderam a respiração quando os passos fortes passaram diante da porta. Então Bartholomew continuou, um pouco mais baixo:

— Só havia uma forma de entrar no castelo. Era por uma enorme porta esculpida com... esculpida com salsichas. E um belo dia os inimigos do castelo disseram: "Queremos esse castelo. Queremos esse castelo com tudo o que há dentro." Por isso enviaram uma bruxa para enganar a rainha. A bruxa aproximou-se da rainha, que era muito digna e usava um vestido feito de vitrais, e disse: "O inimigo! O inimigo está a caminho e vai dominar o castelo! Mas eu posso ajudar. Vou lhe dar um feitiço poderoso que vai proteger você, e em troca..." Uma rajada de vento chacoalhou a janela. "Em troca, peço apenas uma pequenina coisa do seu castelo, tão pequena que caberá dentro desta caixa." E aí ela levantou uma caixinha minúscula. A grande rainha pensou:

*Ah, é uma caixinha tão pequena. Nem a menor das minhas joias caberia aí dentro.* Por isso, respondeu: "Qualquer coisa, qualquer coisa! Depressa! Dê-me esse feitiço." Pois àquela altura o inimigo já vinha marchando na direção do castelo, e a rainha ouvia os passos trovejando pela estrada.

"'Muito bem', disse a bruxa, e deu à rainha... deu a ela... oh, ela deu à rainha uma luva capaz de transformá-la em um lobo selvagem. Então a bruxa foi até a enorme porta, retirou um dos pregos da dobradiça e o guardou na sua caixinha. A rainha ficou chocada, mas ainda não tinha entendido direito. Não compreendera o quanto aquele preguinho minúsculo era importante, entende? Quero dizer, ninguém gosta de pregos. Pregos levam marteladas na cabeça. Mas, se eles não existissem, as pessoas estariam encrencadas. Aí então elas entenderiam o quanto os pregos são importantíssimos. Só que a rainha não entendeu. A rainha calçou a luva e se transformou em um lobo, babou, rosnou e afiou as garras, e então os inimigos chegaram ao castelo. E entraram pela porta mesmo, porque a dobradiça estava solta e a porta não se fechava direito, e deram 47 flechadas na rainha-loba, de modo que ela ficou exatamente igual a uma almofadinha de costura cheia de alfinetes.

"Mas, enquanto tudo isso acontecia, a bruxa descia a trilha e se afastava do castelo, levando sua caixinha. Mas ela também não sabia de tudo. Porque, *na verdade*, o prego era a verdadeira rainha do castelo, que tinha sido enfeitiçada. Ela se chamava Hettie, a propósito..."

— Não se chamava, não! — Hettie se empertigou, rindo.
— Como era o nome verdadeiro dela?
— Era Hettie, juro! Ela se chamava Hettie e tinha a mesma espécie de galhos na cabeça que você, com a diferença de

que provavelmente não eram tão emaranhados, ainda mais agora que ela não passava de um prego e...

A porta do beco rangeu ao se abrir novamente. Foi um barulhinho metálico baixo de coisa enferrujada, mas tanto Hettie quanto Bartholomew ouviram.

— Depressa — sussurrou Hettie. — Termine logo a história.

Bartholomew se empertigou.

— E, assim que o prego se viu fora do castelo, a Rainha Hettie assumiu sua forma verdadeira e destruiu completamente todos os seus inimigos, inclusive a bruxa, e virou rainha de novo, e a partir de então todos passaram a tratar os pregos com muito mais cuidado.

Então Mamãe entrou, sorrindo e sacudindo a chuva do cabelo, e Hettie e Bartholomew ajudaram a colocar a mesa e a preparar o ensopado de repolho enquanto a chuva açoitava a cidade lá fora, e Hettie se lembra de ter considerado *aquela* a história mais maravilhosa que alguém já havia lhe contado.

O rio começou a se alargar. A água agora era mais profunda, mais escura, e fluía rápida e silenciosamente em direção a um braço maior. Depois de algum tempo, a névoa se dissipou. As margens gramadas ficaram rochosas, depois se transformaram em cidades destruídas, e então em campos cinzentos desolados com árvores brancas como giz.

Hettie ficou observando tudo aquilo com horror crescente. Estavam muito longe da casa de Piscaltine, muito longe da floresta, e afastavam-se mais e mais a cada lua que passava. Ela sentia-se atada à Inglaterra apenas pelo mais tênue dos fios, o qual parecia ficar cada vez mais fino.

A Belusite continuava seguindo os dois. Voava ao longo da margem em seu cavalo de olhos vazios, a capa vermelha agitando-se atrás dela. Não dormia. Não desacelerava o ritmo. E todas as noites, através da escuridão e do luar, Hettie ouvia os cascos batendo ao longo das margens.

Hettie tinha imaginado que Florence desistiria depois que ela atirasse o colar no rio. A Belusite tinha visto o colar cair. Arregalara os olhos como luas negras e ficara de boca aberta, mas nem assim parou. Continuou galopando ao longo da margem, e Hettie começou a pensar que talvez o que ela quisesse não fosse mesmo o colar. Voltou a pensar naquela história de portal e no que o mordomo-fada lhe dissera. E, quanto mais pensava no assunto, mais se sentia preocupada e solitária.

Como queria ter aquela máscara de novo. Sentira-se tão corajosa ao usá-la. Quando entrou no baile de Piscaltine a usando, tudo se tornou possível. Todo mundo olhava para o chão quando ela passava, ou lhe fazia reverências tão encurvadas que seus narizes tocavam os sapatos. Se ela tivesse a máscara agora, certamente saberia o que fazer.

Caminhava a esmo pelo convés, imaginando a floresta se transformando em pedra sob seus pés e muralhas se erguendo do chão. O som distante de flautas e rabecas preenchia o ar. Fadas feitas de sombras a rodeavam, voando baixo e sussurrando. Ela sentiu aquele poder frio novamente se inflando dentro de si. *Eu estava tão linda. Estava tão corajosa.*

Em sua imaginação, um dos silfos das sombras se afastava e lhe convidava para dançar. Ela o ignorava e seguia diretamente até uma porta gigantesca coberta de pontos pretos, que se abria e mostrava um campo, e mais além uma floresta, e depois um chalé, e ao lado do chalé estaria Barthy, esperando por ela...

Caminhou até a amurada do barco. Olhou para as águas e a Hettie horrenda fitou-a de volta, os olhos duros como pedra, aí inclinou a cabeça para o lado. Uma centopeia gorda deslizou de sua boca e desapareceu dentro de seu ouvido.

Hettie cambaleou para trás e fechou os olhos com força. O reflexo nas águas parecia se tornar mais horroroso a cada dia que passava. Em diversas ocasiões, a menina se perguntara se não seria melhor saltar do barco e fugir antes que ele se afastasse ainda mais. Mas ela não sabia nadar, e Florence La Bellina estava nas margens, no entanto não era isso que a impedia de ir em frente. Era aquele treco nas águas, com a boca cheia de insetos e um horroroso rosto enrugado. Às vezes ela parecia sussurrar algo. Hettie não conseguia ouvir direito, mas de certa maneira sempre sabia o que dizia: *Somos feias demais*, declarava, a voz no vento e no barulho das ondas contra o casco do barco. *Não vamos escapar. Coisas feias são inúteis. Coisas feias são fracas. Todo mundo nos esqueceu na nossa terra, e nunca vamos encontrar o caminho de volta sozinhas.*

— Cale a boca — sibilava Hettie. E dava as costas para o reflexo, de mãos fechadas. *Eu não sou você. Barthy ainda está me procurando. Um dia vou voltar para casa.*

Sentou-se e enrodilhou o corpo, encostada no mastro, de costas para o mordomo-fada outra vez. Afastou o pensamento sobre Barthy. Tentava não pensar nele com muita frequência. Se pensasse, se lembraria do Beco do Velho Corvo, de sua cama embutida, e ficaria pensando que Barthy e Mamãe talvez achassem que ela estivesse morta. Ficaria pensando que talvez eles estivessem fazendo as coisas de sempre, lavando roupa, torcendo-a na bacia e tocando suas vidas silenciosas e arriscadas sem ela. Isso faria seu coração se partir em dois.

Depois de algum tempo, o rio se transformou numa baía. O barco deslizou para dentro dela, e Hettie correu até a popa para olhar a terra firme novamente. Florence La Bellina havia dobrado a curva do rio e galopava para oeste, fazendo seu cavalo soltar uma nuvem de poeira das rochas de uma estrada antiga. Hettie olhou para os campos desolados. Viu morros à distância, arredondados e nus como carecas de homens velhos. Avistou casas de fadas também, pequeninas residências tortas com tetos danificados e vigas que saltavam como costelas quebradas. Riscos e linhas desbotadas mostravam aonde outras estradas e passadiços um dia haviam levado. Eles começaram a ficar cada vez mais proeminentes, costurando casas destruídas a fazendas destruídas, e fazendas destruídas a cidades destruídas.

Hettie correu até o outro lado do barco. E foi então que viu — a grande cidade erguendo-se da região mais distante da baía. Era toda torres, espiras de pedra furando o céu. As nuvens estavam baixas e ameaçadoras, de um tom cinza-arroxeado.

— A Cidade da Risada Negra — disse o mordomo-fada, arrastando-se para o lado de Hettie. — Estamos quase chegando.

Hettie olhou mais uma vez para as margens, procurando a Belusite: agora ela era um pontinho vermelho que cavalgava em direção à cidade.

— Logo, logo ela estará lá — disse Hettie. — Tão logo quanto a gente; e aí o que vamos fazer? E se ela nos pegar de novo?

— Ela não vai nos pegar. — O mordomo-fada empertigou o corpo, 2,13 metros de braços e pernas ossudos esticando-se para o alto. — Não enquanto estiver sozinha. Vou conseguir manter você bem longe das mãos dela até entregá-la ao Rei Matreiro.

Hettie franziu o cenho, mas seu estômago se revirou de preocupação. Porque ela não ia deixar que a entregassem ao Rei Matreiro. Não iria embora com aquelas fadas. Ia fugir. Antes que o mordomo-fada pudesse entregá-la. Antes sequer de ver o Rei Matreiro.

Só esperava conseguir correr depressa o bastante para isso.

O barco se aproximava da cidade. As torres eram altas e antigas, e os telhados pendiam como chapéus de feiticeiros. As janelas eram manchas negras como moscas nas paredes.

Hettie apertou os dedos na amurada. Estava silencioso demais. O Beco do Velho Corvo nunca fora tão silencioso assim. Nem mesmo à noite. Não havia nenhum outro navio no porto. Ela ficou atenta ao som de gritos ou assobios, ruídos que se esperaria ouvir nas docas de um lugar tão importante quanto aquele. A água lambia o casco do barco, mas fora isso, não havia mais nenhum barulho.

— Ninguém mora aí? — perguntou ela, aproximando-se um pouquinho do mordomo-fada. — Não devia haver um monte de fadas na cidade, se é a capital?

— Não. — O mordomo-fada segurou a mão de Hettie com força. O barco se aproximou do cais e o abraçou, os tentáculos brancos retorcendo-se como raízes ao redor da pedra. — O Rei Matreiro evacuou a cidade. A capital era para os mais importantes dos Sidhe, os lordes e senhoras do Verão, do Inverno, do Outono e da Primavera, com todas as suas cortes, mas já não restam mais grandes Sidhe. Eles estão rareando. Dizem que o rei está se livrando deles, que está afundando-os em rios e lagos até suas vidas se esvaírem. Os últimos estavam na festa de Piscaltine. Agora até mesmo as cidades menores estão vazias. Ele reuniu todos os que restavam nos arredores. Para que esperem.

*Esperem?* Hettie olhou de novo para a baía. *Esperem pelo quê?* O litoral se estendia em um enorme crescente em direção ao horizonte. Nada se mexia. Todo o país, milhas e milhas além, estava morto e vazio. O Rei Matreiro tinha acabado com tudo. Mas por quê?

Eles caminharam pelo cais. No alto de uma das torres, uma mecha de trepadeira emaranhada serpenteava para fora de uma janela e acenava gentilmente como se fosse a mão de alguém.

— Uma torre de cinzas e uma torre de rocha — disse o mordomo-fada baixinho. — Uma torre de sangue e uma torre de osso.

— Pare com isso — sussurrou Hettie para ele. — Você só está piorando as coisas. — O mordomo-fada fechou a boca.

Hettie olhou ao redor. Estavam em uma rua ampla e comprida. Apetrechos de metal saíam das pedras aqui e ali, do lugar onde um dia deviam existir placas. Becos se abriam nas laterais, portas para as quais se esgueirar e galerias para as quais fugir.

— Para onde a gente está indo? — perguntou ela, e ao mesmo tempo retirou sua mão da mão do mordomo-fada com delicadeza.

Ele não percebeu.

— Para algum lugar alto — respondeu ele, vasculhando os edifícios com o olhar. — Precisamos de um ponto privilegiado para observar uma boa porção da cidade, mas as torres são do Rei, portanto não podemos nos arriscar a...

Hettie não estava ouvindo. Quando conseguisse afastar-se dele, precisaria ser rápida. Precisaria fugir daquela cidade, mas isso seria só o começo. Florence continuaria ali, atrás dela. Nos campos haveria fadas selvagens, e o mordomo não estaria mais ao seu lado com sua faca grande e comprida. Porém, ela poderia acompanhar o rio novamente. Quando chegasse à casa de Piscaltine, entraria na floresta.

Respirou fundo e olhou ao redor, buscando a direção mais apropriada. O mordomo-fada estava vários passos adiante, ainda falando. Hettie desacelerou o ritmo.

*Desculpe, mas seu plano não vai dar certo*, pensou. *Espero que o Rei Matreiro não fique muito bravo com você.*

Mais à frente, a rua se bifurcava. À direita havia um arco de pedra em forma de árvore retorcida, o qual levava para um pátio escuro. Nos fundos, Hettie avistou outra rua, que serpenteava para longe. Eles estavam quase chegando ali. Hettie se retesou, preparando-se para correr. Então Florence La Bellina saiu cavalgando pela bifurcação da esquerda e seguiu na direção deles. Estava acompanhada por quatro Belusites, quatro criaturas trajando longos vestidos de baile e calções estufados, cheias de braços, garras e estranhos apêndices de metal. Seu rosto branco e preto formou um sorriso ríspido e quadrado.

— O Portal de Londres — disse ela. — Atrás dela.

As Belusites espalharam-se às costas de Florence.

O mordomo-fada gritou. Sua faca deslizou da manga da camisa.

*Agora*, pensou Hettie. *Vá!* E disparou em direção ao arco.

— *Sathir!* — gritou alguém atrás dela. — *Tir valentu! Tir hispestra!*

Hettie olhou para trás. A faca do mordomo-fada cortava o ar, mantendo as Belusites a distância. Florence continuava sorrindo. Hettie voltou a olhar para a frente e trombou de cara com o colete verde bordado do Rei Matreiro.

— Eu gostava mais de você quando estava de máscara — comentou ele, e a empurrou. Ela caiu de costas, e, sem perda de tempo, uma Belusite com cara de javali a agarrou e começou a arrastá-la. Hettie viu duas outras Belusites lutando contra o mordomo-fada: ele desviou o corpo, girou, chutou a perna de uma e a lateral da cabeça de outra. Elas nem se abalaram. Seguraram os braços dele, que soltou um grito. Sua faca caiu com um barulho metálico na rua.

— *Mi Sathir* — choramingou ele, com o corpo frouxo sob o aperto das Belusites. — *Sathir,* não me machuque. Eu lhe trago um presente! Uma menina capaz de entrar nos dois mundos! Não machuque seu humilde servo!

— Ora, o que é isso? — perguntou o Rei Matreiro, indo para o lado do mordomo-fada. — Florence estava prestes a me trazer justamente uma menina como essa. Uma menina na qual ela estava de olho há muitas e muitas luas. Será que minha sorte é tanta que agora existem *duas* meninas como essa em meu humilde reino? — Ele riu baixinho. — Ou será que alguém aqui está mentindo? Em quem devo acreditar?

Ele trocou um olhar faiscante com Florence La Bellina.

O mordomo-fada tentou se pôr de pé.

— *Ela* deixou a menina escapar — rosnou ele, virando a cabeça de supetão para Florence. — Se não fosse por mim, seu portal teria sido pisoteado e morto. Eu a salvei!

O Rei Matreiro ignorou-o. Hettie lutava para se soltar. A Belusite que a segurava bateu os dentes amarelos e a conteve.

— Quais são suas ordens, *Sathir*? — perguntou Florence. — O que devemos fazer com eles?

O Rei Matreiro olhou de soslaio para Hettie, depois para o mordomo-fada.

— A criança — disse — deve rumar para a Torre de Sangue. Será um ótimo acréscimo para minha coleção. Mate o mordomo.

Os olhos do mordomo-fada se arregalaram.

— *O quê?* — ofegou, mas as Belusites já estavam às suas costas, obrigando-o a se ajoelhar. Ele lutou. Elas o golpearam. Uma delas inclinou-se para apanhar a faca no chão, a que pertencia ao mordomo-fada.

— Corra! — berrou ele. — Corra, Hettie, não deixe que elas a...

Hettie viu o golpe. Ele atingiu o ombro do mordomo-fada, e Hettie estremeceu como se ela mesma tivesse sido atingida. A faca recuou, agora pegajosa e escura. Os olhos do mordomo-fada fixaram-se nos de Hettie. O olho verde cintilou. Então ele tombou para a frente na rua.

Hettie quase gritou. Sentiu dor e uma tristeza terrível, as lágrimas se acumulando dentro de si como uma enchente. Mas sabia que, se começasse a chorar agora, jamais pararia. Arranhou a mão do cara-de-javali e virou-se para o Rei Matreiro como um animalzinho selvagem.

— É melhor você me soltar — vociferou. — Meu irmão está a caminho. Está sim, e, quando ele chegar, você vai se arrepender. Ele vai picar você em pedacinhos.

— Seu irmão? — As Belusites já estavam rodeando Hettie novamente, acuando-a. O Rei Matreiro sorriu. — Você não estaria falando de Bartholomew Kettle, estaria? E não é possível que ele esteja em *Londres,* não é mesmo? Ah, espero que não. Sabe, acontece que leio os jornais do seu país, e certa vez li que ele havia sido adotado por um certo Lorde Jelliby. Então provavelmente ele está lá. Em Londres. Oh, que coisa mais triste...

O Rei Matreiro abriu caminho entre as Belusites e inclinou-se para falar ao ouvido de Hettie.

— Neste exato momento, doze prisões de fadas com noventa metros de altura estão partindo do norte; seus comandantes foram infestados por fadas-parasitas, e, eu lhe garanto, todos estão mais que dispostos a destruir aquela maldita cidade. — O Rei Matreiro soltou uma gargalhada. — Então você há de convir que não sou *eu* que serei picado em pedacinhos.

# Capítulo XIX
# Pikey na Terra da Noite

*C*ORRESPONDÊNCIA *urgente para o Conselho Privado, o Parlamento e a Câmara dos Lordes:*

*Evacuar a cidade. Colocar em prontidão <u>todos</u> os militares que ainda lhes restam, todos os canhões e armamentos, todos os veículos movidos a vapor e dirigíveis. As prisões de fadas foram dominadas e se dirigem para Londres. Perdemos a Batalha de Tar Hill. Muitos de nossos homens mais corajosos foram infestados com fadas-parasitas, e alguma espécie de feitiço voltou-os contra nós, tornando-os maléficos, traiçoeiros e sedentos por sangue. Talvez eles já estejam entre vocês, em seus salões e gabinetes. Estabeleçam um perímetro de segurança ao redor da face norte da cidade com trincheiras, tropas e batedores munidos de pássaros mecânicos, de pelo menos 30 quilômetros de distância, em posição de disparar avisos.*

*É <u>preciso</u> <u>impedir</u> o avanço das prisões. As defesas devem estar a postos. Que Deus nos ajude se não estiverem.*

*Em caráter de suma urgência,*
*General William Haddock, Visconde de Earswick, 27 de novembro de 1857*

De modo temerário, a Prisão de Fadas de Birmingham avançava a toda velocidade para o sul. Já havia destroçado duas pequenas florestas, um rebanho de ovelhas e inúmeras muralhas de pedra. Até agora as cidadezinhas e fazendas tinham sido poupadas, mas por pouco. Pikey duvidava que quem estivesse dirigindo o enorme globo fosse hesitar um segundo antes de esmagar algumas cidades.

O motim levara poucos minutos. Pikey e Bartholomew ficaram à espera, tão tensos quanto molas, quando a prisão começou a rolar e o som do combate ressoou dos fundos do globo. Ouviram o som de botas arrastando-se pelas grelhas de ferro. A porta da extremidade da passarela fora atingida com tanta força que estava amassada. Então, porém, a confusão parou. Ninguém foi atrás deles. Ninguém lhes trouxe nenhuma notícia. A única coisa que os dois ouviam agora era o som da prisão trovejando pelos campos.

Bartholomew foi até a janelinha gradeada e esticou a mão para fora, sentindo o vento com os dedos e olhando de soslaio para as estrelas.

— Sul — disse ele. — Estamos indo para o sul.

Então ele se inclinou e começou a dar puxões violentos e frenéticos no ferrolho que prendia as correntes em torno de seus tornozelos. Por um segundo Pikey o observou, depois fez o mesmo. Os ferrolhos eram de ferro, saídos da forja há pouco mais de um ano. Não cederiam facilmente.

Porém nem tampouco Bartholomew e Pikey. Os dois não precisavam que ninguém lhes dissesse o que aquela direção queria dizer. O Parlamento jamais enviaria tantas fadas de volta às indústrias de guerra, às estações de trem ou para onde eles mesmos se encontravam. Alguma outra voz dera aquele comando. E tanto Pikey e Bartholomew souberam, enquanto retorciam os dedos em carne viva nos ferrolhos: agora o controle da Prisão de Birmingham estava na mão das fadas.

Eles trabalharam até de madrugada. Ouviram arranhões na porta na extremidade da plataforma, sons fracos e rápidos como se fossem galhos ou unhas afiadas. A porta tinha uma roda no centro, semelhante à de um barco, e esta começou a se virar um pouco, como se alguém estivesse tentando entrar. Por fim, com um grito de alegria contido, Bartholomew ergueu seu ferrolho.

— Consegui — sussurrou ele, retorcendo o corpo para se livrar das correntes. Ajudou Pikey com seu ferrolho, que não tinha cedido nem 2 centímetros ainda, então foi direto até o portão da cela. O cadeado não cedeu 1 milímetro. Bartholomew tentou arrombar o segredo e esmagá-lo com sua bota. Isso só disparou um alerta: uma bolinha de metal foi atirada da fechadura, atingindo uma cavilha do outro lado da passarela. A cavilha puxou um arame, o arame colocou um grupo de rodas dentadas em movimento, e logo lâmpadas de enxofre começaram a se acender ao longo de toda a passarela, ao mesmo tempo que um alarme começou a apitar. Pikey e Bartholomew mergulharam para o chão, aguardando, mas ninguém apareceu. Até que uma hora o alarme parou.

— Bem — disse Bartholomew, e levantou-se meio sem jeito. Começou a andar de um lado a outro, testando as junções das paredes. Pikey permaneceu no chão.

Tentava não pensar em sua mentira. Tentava não pensar em nada, porque naquele momento parecia que todas as opções eram ruins. Sentia pavor de pensar na espécie de fada que viria primeiro ao encontro deles pela passarela. Talvez uma horda de goblins ou um Sidhe. E, se nada viesse, seria até pior. Eles morreriam de fome. Pingava um pouquinho de água pelas paredes, o bastante para eles continuarem vivos, mas não havia nenhuma comida. Eles não comiam desde o dia anterior à Batalha de Tar Hill, e o estômago de Pikey parecia ter se esquecido de como era ficar em silêncio.

— Estamos indo — sussurrou Bartholomew em seu sono, quando finalmente tornou a se deitar e adormeceu. — Estamos indo.

Pikey colocou os braços sobre a cabeça para bloquear o barulho.

A prisão rolou a noite inteira, e, quando o primeiro tom cinzento da manhã tocou a borda da janela, Pikey subiu nos ombros de Bartholomew e olhou para fora. O globo girava ao redor deles, ferro e lava, e mais adiante, a Inglaterra nebulosa. Montes e sebes foram achatados. Um rio espirrou água a 30 metros de altura. Então a névoa se dissipou por um instante e Pikey viu três outros globos de fadas girando ali perto, assomando como planetas sombrios na escuridão.

Pikey saltou de cima dos ombros de Bartholomew.

— Não é só a gente — declarou. — São todas elas. Todas as prisões.

As fadas estavam voltando para Londres.

A primeira coisa a descer pela passarela suspensa, no fim das contas, não foi um Sidhe nem um gnomo de dentes afiados, mas sim um descabeladíssimo General Braillmouth. Veio cambaleando pela passarela estreita, quicando nos gradis laterais. Tinha perdido seu chapéu de plumas, e seu casaco azul estava manchado e imundo.

Pikey afastou-se desajeitadamente das grades. Bartholomew ficou onde estava e observou o general com atenção.

O general cambaleou até a cela.

— Olá, minhas belezuras — ofegou ele, desabando contra o portão.

Pikey arregalou os olhos. *Belezuras?* Onde ele havia ouvido aquilo antes? Onde ouvira aquela voz?

— General Braillmouth — disse Bartholomew. — Sou tutelado de Lorde Arthur Jelliby, Conde de Watership e... — De repente ele tomou fôlego e saltou para trás.

— Ah, que bom — disse o general, mas sua boca não se mexeu quando ele falou. — Estava procurando por você. Estava procurando em *toda parte*. Nas panelas e tigelas e nos túmulos e malas. Mas agora o encontrei. — Seus olhos estavam semicerrados; seus lábios, duros e secos.

Pikey caminhou devagar para a frente e espiou por cima do ombro de Bartholomew.

— Quem é você? — perguntou Bartholomew em voz baixa. — Quem é você, e por que veio?

—Por acaso não se lembra? — perguntou o general, com voz suave. — Lambe-Botas? O Cachorro do Rei? Ou Abraham Carlton Braillmouth, se não sabe ainda. Mas é claro que *sabe*.

Os olhos do general agora estavam quase fechados; o rosto, extremamente branco — os cílios mais pareciam pontos de costura que fechavam suas pálpebras.

— Talvez seja melhor eu me apresentar novamente. Formalmente. Sou Espinho de Dedal, chefe de *Uà Sathir*, o Exército de Infestação do Rei Matreiro, a seu dispor. — Ele executou uma reverência desajeitada, e, ao fazê-lo, sua cabeça se inclinou para a frente e Pikey viu o outro rosto resvalando atrás do couro cabeludo do general, o rosto enrugado e flácido, cheio de verrugas e olhos bulbosos.

*O fauno*. O fauno morto que os encontrara no beco e que achou que eles fossem emissários do Rei Matreiro. O fauno que havia lhes contado sobre Edith Hutcherson. Aquela era a fada-parasita.

— Você...? — exclamou Bartholomew meio assustado, e por um segundo pareceu perdido. Mas apenas por um segundo. Depois se empertigou como um cabo de vassoura e disse rispidamente: — Ainda bem que nos encontrou. Os ingleses nos prenderam em Tar Hill. Não conseguimos entrar na Terra Velha. Você precisa nos tirar daqui.

O rosto do general continuava sonolento, contudo o som de sua voz continha um sorriso. Um *largo* sorriso.

— Vocês não podem sair. Sei quem são. Sei quem são vocês dois. Não podem sair.

— O quê?

— Vocês não são emissários coisa nenhuma. Seus mentirosos. — O general abriu um olho morto repleto de veias e piscou para eles. — O Rei Matreiro está tão grato. Estamos todos em dívida com vocês. Não podemos deixar que escapem novamente.

— Não sei do que você está falando. São ordens de Sua Majestade. *Tire a gente daqui!*

— Mentiroso, mentiroso! Não. Já fizeram o que tinham de fazer. E muito bem.

O general deu as costas e começou a cambalear de volta pela passarela. Bartholomew berrou e chutou o portão, frustrado:

— Tire a gente daqui! Por favor, não podemos ficar aqui, por favor...

Pikey não se mexeu. Estava olhando para o fauno na traseira da cabeça do general, com o rosto horrendo enrugado como uma vela derretida. Os olhos da criatura cintilavam, observando Pikey ao mesmo tempo que ele os observava, até que o bicho voltou a mergulhar nas sombras.

No terceiro dia da prisão de Bartholomew e Pikey, o General Braillmouth voltou carregando uma pilha de cogumelos e um passarinho morto. Pelo visto, as fadas queriam que eles comessem.

Mas Bartholomew e Pikey não estavam mais com fome. Estavam esperando.

— Nenhuma notícia do Rei Matreiro — sussurrou o general, caindo de joelhos e atirando aqueles itens estranhos dentro da cela, um a um. — Mas em breve ele estará aqui. *Prometeu* que sim. Então tudo será esclarecido. Todos nós precisamos ser compreensivos por mais um tempinho. Ele tem tantos outros assuntos para resolver!

— É mesmo? — Lentamente, Bartholomew se aproximou das barras. Estava observando o general como um falcão. Pikey pairava atrás dele. — E que assuntos são esses?

— Rebeldes. — Os dedos inchados do general tentavam enfiar o passarinho por baixo do portão, mas ele não passava pela abertura e suas garras finas como arames não paravam de roçar a manga de seu casaco. — As fadas que não querem ir embora e não querem combater e não querem obedecer ao nosso Rei. Malditas. — Ele forçou o passarinho para dentro com um golpe forte. — São tantas, escondidas, tramando. Mas logo, logo tudo isso vai acabar. Ouvi dizer que *Uà Sathir* matou to...

Bartholomew atirou-se contra as barras. Envolveu uma corrente ao redor do pescoço do general e puxou-o com força para o portão.

—*Fascinante*, mas agora estamos de saída — sibilou Bartholomew. — Obrigado por vir.

Pikey disparou para a frente. Apalpou o casaco do general e enfiou uma das mãos em um bolso, depois no outro. *Botões. Isqueiro. Cadê as chaves?*

O corpo do general se debatia, os olhos se arregalavam.

— Pare! — guinchava a fada-parasita. — *Pare*, são ordens do Rei! *Ordens* dele!

A mão de Pikey sentiu um metal frio. Uma chave comprida e velha repousava agora na palma de sua mão, com dentes em formato de folha. Era bastante trabalhada. Ele já tinha visto chaves assim. Chaves que serviam em qualquer fechadura, provavelmente qualquer fechadura daquela prisão.

Afastou o corpo e enfiou a chave na fechadura. Virou uma, duas vezes. O ferrolho se abriu com um ruído metálico. Então Bartholomew atirou-se contra o portão e este bateu com força, jogando o general com tudo na parede do outro lado da cela.

O general desabou, flácido, e a fada-parasita presa em sua cabeça fechou os olhos e soltou um uivo alto e angustiado.

— Por que vocês são tão *cruéis*, minhas belezuras? Por que são tão malvados? Querem terminar como os outros? Estão todos mortos em Anseios-perto-da-Floresta. Todos mortos. Isso é o que acontece com quem se coloca contra ele. Isso é o que acontece com quem desafia o Rei.

Bartholomew abaixou-se ao lado do cadáver.

— Quem é Edith Hutcherson? — sussurrou. — Você disse que ela era nossa passagem para a Terra Velha, então quem é ela? Onde podemos encontrá-la?

A fada-parasita olhou para os dois, seus muitos olhos negros brilhantes como os de uma aranha.

— Ela foi a preferida dele — disse. — Há muito tempo. Conhecia os caminhos para entrar e sair, mas não tomou cuidado. Eles a prenderam, puseram-na dentro de uma carruagem de ferro, trancaram-na em uma cela em Londres. Maluca, é assim que eles a chamam agora. *Mulher louca.*

Pikey segurou o braço de Bartholomew com força.

— É ela — disse. — É ela! É a mulher doida! A velha doida da prisão em Newgate!

— O quê? — Bartholomew olhou fixamente para ele. Depois olhou para a fada-parasita. — Não. Não; ela estava bem ali! Bem ali, na nossa frente!

— Vocês estavam seguindo pelo caminho errado — disse a fada-parasita com uma gargalhada amarga e gorgolejante. — Durante esse tempo todo, estavam indo pelo caminho errado. E ainda estão.

Bartholomew se levantou.

— Vamos — disse ele, mas Pikey não sabia o que pensar. Londres era o último lugar onde queria estar. Não queria ver Spitalfields de novo. Não queria ficar naquelas ruas cheias de neve e lama novamente, e não queria ver a maluca, nem mesmo se seu nome fosse *realmente* Edith Hutcherson. *Alimentada pelas fadas*, foi o que o carcereiro disse. Pikey não tinha acreditado então, mas agora acreditava.

De repente, o globo deu uma guinada brusca, e Bartholomew e Pikey foram arremessados contra o gradil. O general saiu rolando pela passarela, flácido como uma marionete. O portão da cela sacudia violentamente nas dobradiças.

— Vamos! — berrou Bartholomew, voltando a ficar de pé. — Corra, Pikey!

— Não! — guinchou o general. — O Rei Matreiro não quer que vocês escapem! Não o desobedeçam!

Pikey e Bartholomew saltaram por cima do corpo do general e dispararam pela passarela. A porta de metal ficava na extremidade, amassada e gasta. Bartholomew segurou a roda e a virou. Pikey ajudou, empurrando-a com todas as forças. Então ouviram um ruído metálico distante, que ecoou como algo enorme e sólido se quebrando... E aí tudo começou a virar. A passarela inclinou-se como a porta de um alçapão. O general deslizou por baixo do gradil e mergulhou na escuridão. Pikey e Bartholomew seguraram a roda para salvar a vida.

— Ela parou! — berrou Bartholomew. — A prisão parou!

O pé de Pikey encontrou o gradil abaixo, e ele conseguiu se levantar. Rangendo os dentes, virou a roda uma última vez. A porta se escancarou, e Pikey e Bartholomew cambalearam para dentro dela e deram de cara com uma escadaria. Tudo estava inclinado agora. As paredes eram o chão e o teto, e os degraus subiam de lado.

— Precisamos sair! — gritou Bartholomew quando uma cavilha gigantesca foi quicando na direção deles e bateu com um estrondo. — Suba no gradil! Depressa!

Encontraram uma escotilha no chão e desceram até as profundezas do globo. Passaram por canos, maquinaria e lâmpadas de enxofre com luz trêmula e fraca. Então chegaram aos poços de empuxo, e ao redor havia um enxame de fadas. Duendes zumbiam. Goblins guinchavam, batendo os dentes. As fadas pareciam num estado de frenesi: corriam para todos os lados, tentando escapar. Empunhavam armas. Lanças extensíveis e bacamartes. Armas inglesas. Nenhuma delas prestava a menor atenção às duas figuras encapuzadas que corriam por ali.

Pikey e Bartholomew escalaram desajeitadamente as lanças e vigas de metal, varridos juntamente à maré de fadas. Atiraram-se de uma viga sobre a lama e a grama esmagada. Logo já estavam fora do globo, saindo de alguma enorme vala. Quando chegaram ao topo, a única coisa que puderam fazer foi parar para olhar.

A Prisão de Fadas de Birmingham estava presa em uma enorme fenda na terra, uma vala de 12 metros de profundidade e 150 de comprimento. Numa de suas extremidades havia enormes escavadeiras movidas a vapor, silenciosas e abandonadas, os motores destroçados. A distância, Londres era uma mancha contra o céu nevado. Pikey viu que três outros globos haviam caído na vala também, e oito outros estavam presos em trincheiras mais atrás. Pelotões de tropas de soldados com casacos azuis e vermelhos disparavam para todos os lados, atirando, lutando. Tiros bombardeavam os globos, mas era como atirar flores. As balas ricocheteavam ilesas no metal. Fadas saíam aos montes das prisões. Soldados ingleses caminhavam entre elas, os olhos negros, com fadas-parasitas presas em suas cabeças. Elas empunhavam pás, pratos, qualquer coisa com a qual se pudesse cavar.

Pikey virou-se para Bartholomew, mas nenhum dos dois disse nada. As fadas iriam escavar para libertar as prisões.

Aquilo levaria dias. Os globos teriam de subir pela inclinação da vala aos pouquinhos, mas uma hora estariam livres. E, então, seria o fim de Londres.

— Vamos! — gritou Bartholomew em meio à confusão, e os dois saíram correndo pelos campos invernais, deixando para trás 12 globos e cem mil fadas lutando para escapar da lama.

— Agora, minha pequenina Não-Sei-Quê — disse o Rei Matreiro, puxando Hettie para dentro de uma porta e empurrando-a para que subisse por uma escada. — Agora vamos mandar você de volta para casa.

— Você não sabe onde é minha casa — disse Hettie. — Não sabe nada sobre mim.

— Minha querida, sei tudo sobre você. Sua casa fica na Inglaterra, em Bath, no Beco do Velho Corvo, e na porta dela existe um rosto, e no teto, uma claraboia redonda, e sua mãe reúne a roupa para lavar em um barril pintado de verde. Você tem um lenço xadrez que leva para toda parte e conversa com ele como se este pudesse ouvi-la.

Os dois foram subindo, sempre subindo, por uma espiral tão fechada que Hettie ficou tonta. Antes de começarem a subir, o Rei Matreiro estalara os dedos e as pálpebras dela se fecharam tal como se houvesse pesos de chumbo presos nelas. Ainda não conseguia abri-las. Não conseguia enxergar onde estava, nem para onde era arrastada. A única coisa que sabia é que estava em uma torre e que seus passos chapinhavam.

— Você está mentindo! — vociferou, tentando se desvencilhar do aperto dele. — Você está *mentindo*!

Era um truque. Tinha de ser. Por que ele a mandaria de volta para casa? Se tudo o que as fadas queriam era pôr as mãos nela e trancá-la e lhe dizer que ela era uma inútil?!

— Ah, não, não estou mentindo. Para ser sincero, faz tempo que não digo tantas verdades seguidas. — Ele riu de novo, uma risada baixa e sibilante. Ele sempre parecia estar rindo ou sorrindo, como se tudo fosse engraçado.

Hettie tropeçou nos degraus escorregadios e se colocou de pé novamente.

— Você é o Portal de Londres — continuou o Rei Matreiro. — Nosso grande sucesso. Ou quase. O Sr. Lickerish quase conseguiu colocá-la para trabalhar já faz anos, em Wapping; até que *alguém* tinha de arruinar tudo.

Hettie viu tudo de novo, preto no branco diante de seus olhos. *Asas como retalhos da noite, vento e um grito agudo feito para rachar o mundo em dois. Uma porta se abrindo ao redor dela, girando, destruidora. Barthy gritando, berrando para ela pular. A mão estendida para ela. Hettie não conseguiu segurá-la. Não conseguiu segurar seus dedos, e as lágrimas em seus olhos, e o vento em seu rosto, e a mão do mordomo-fada em seu ombro, puxando-a para longe, para a Terra Velha...*

— Bem, bem. Foi melhor assim, acho — disse o Rei. — Agora é o momento adequado. Agora, quando há uma guerra e a Inglaterra está de fato prestes a cair. Você representará o fim de uma era e o início de outra.

Então não havia mais degraus sob os pés de Hettie, e o Rei Matreiro atirou-a no chão como um embrulhinho encharcado.

— Da próxima vez que abrir os olhos, você estará em Londres, e o rio da cidade correrá entre os dedos de seus pés, e as casas estarão caídas, destroçadas e em ruínas. E

todos gritarão e chorarão para você, dizendo: "Oh, Hettie, Hettie, veja o que fez. Veja a devastação que você causou."
— O Rei Matreiro gargalhou. — Que visão será! Que nova e maravilhosa visão.

Depois que entraram na cidade, Bartholomew e Pikey pegaram um bonde que cuspia fumaça e foram até Farringdon Road, depois de Holborn, rumo às prisões de Newgate. Não havia mais ninguém no bonde. Não havia motorista atrás dos mecanismos de comando. O aparelhinho de ferro pintado simplesmente prosseguia, percorrendo o trajeto costumeiro pela cidade desolada e congelada, embora não houvesse mais ninguém para utilizá-lo.

Londres parecia deserta. As ruas estavam vazias, os jornais voavam como fantasmas por cima da neve. As venezianas estavam fechadas, as portas, trancadas. Nos bairros pobres havia sinais de saques e pilhagens. As vitrines das lojas tinham sido quebradas; os postes de luz, serrados. Em uma comprida parede de tijolos, alguém escrevera em enormes letras gotejantes: *Voem pra longe daqui, seus pássaros malditos. A Morte Está Vindo.*

Em Newgate, Pikey e Bartholomew saltaram do bonde e correram pelas ruas em direção à prisão. O bonde continuou sacolejando e desapareceu além de uma curva. Um vento frio bateu no rosto de Pikey. Tinha um cheiro terrível. *De peixe podre, é,* pensou ele. *De tudo podre.*

A prisão não era de modo algum como Pikey se lembrava. Não passava de uma casa velha inclinada com grades nas janelas. Ele não sabia por que tivera tanto medo daquele lugar. Não era nada em comparação às guerras, às prisões de fadas e a um milhão de pássaros.

Eles bateram com força na porta. Ela estava fechada com um ferrolho, mas não trancada a chave, e eles a abriram com os punhos. Entraram e desceram um breve lance de escadas até chegarem ao corredor afundado.

O carcereiro estava esparramado na cadeira, parecendo completamente adormecido.

— Vamos simplesmente pegar as chaves — sussurrou Pikey. — Não vamos acordar o homem. — Ele correu adiante, mas Bartholomew o segurou e o puxou para trás. *Espere*, articulou Bartholomew sem emitir som, e apontou para os olhos abertos do carcereiro. — Ele não está dormindo. Está doente.

Dito e feito; havia uma espécie estranha de fungo crescendo nas bochechas do carcereiro, e seus olhos estavam embaçados, a parte branca amarelada como papel. Ele olhou para os dois de um jeito inexpressivo quando se aproximaram.

— Senhor? — disse Bartholomew, inclinando-se um pouco. — Senhor, ainda bem que o encontramos. Estivemos aqui várias semanas atrás com Lorde Arthur Jelliby e precisamos falar com uma de suas prisioneiras novamente. Edith Hutcherson é seu nome. É bastante urgente.

— Hum? O quê? — O carcereiro se remexeu, fungou e sentou-se direito na cadeira. — Que barulho é esse?

— Edith Hutcherson! — disse Bartholomew, mais alto daquela vez. — Precisamos falar com ela.

O carcereiro começou a se levantar, esfregando os olhos com as mãos fechadas. Seu rosto estava com a barba por fazer, e ele fedia a esgoto. Bartholomew deu um passo para trás. Pikey não se deu ao trabalho, e nem precisava, pois o carcereiro caiu para trás de novo um segundo mais tarde, com tanta força que as pontas de ferro das pernas da cadeira guincharam.

— Edith... — repetiu ele. — Quem é Edith...?

— A louca! — Pikey praticamente berrou. — Aquela que tava sendo alimentada pelas fadas! Ela ainda tá aqui?

— Louca. — O carcereiro já parecia estar entrando novamente em seu estupor. — Alimentada pelas fadas. — Seus olhos piscaram e se abriram.

— Olhe aqui, passe as chaves para cá que a gente deixa você em paz.

— Ela num tá aqui. — A voz dele era baixa, o olhar distante. — Faz tempo que num tá aqui. Eles levaram a mulher pro Hospital Madalena, foi... semanas atrás.

— Para o hospital? — Bartholomew segurou o braço do homem com força. — Por que para o hospital? *Diga!*

A cabeça do carcereiro pendeu. Seus olhos se fecharam.

— Ela tava morrendo de fome — disse ele.

Pikey e Bartholomew estavam diante da enorme mesa de madeira da freira responsável pelo Hospital de Santa Madalena na Dowd Street, arrastando os pés, sem jeito, e remexendo as mãos.

Ela olhou-os com rispidez por cima dos óculos.

— Familiares, é isso? — Tinha a voz aguda e entrecortada de uma aristocrata, a qual ecoou pelas paredes e resvalou pelo teto. Lá fora a noite começava a cair. Apenas uma única lâmpada estava acesa, uma minúscula ilha no meio da escuridão, lançando sombras no rosto da irmã. As paredes caiadas e os pisos cintilantes conduziam a poços de negrume.

— Sim — respondeu Bartholomew de dentro do seu capuz. — Sobrinhos. Do lado do marido dela. É realmente muitíssimo importante. Ela ainda está aqui, não é? Não... não morreu? — Esse último trecho foi dito num sussurro.

A freira piscou.

— Não. Não morreu. Mas Edith Hutcherson está em um estado estranho e antinatural. Vocês podem falar com ela, mas não esperem que responda. Há muito tempo ela não tem nenhuma companhia. Parece que se esqueceu do som das vozes humanas.

— Obrigado, senhora — disse Bartholomew. — Obrigado, será bem rápido.

— Quarto 304. E não precisam ter pressa. Todo mundo que deseja viver foi embora.

Pikey ficou olhando fixamente para a mulher, mas Bartholomew já estava descendo o corredor, apressado.

— As fadas chegarão antes do amanhecer, é o que dizem — continuou a freira, num tom casual. — O hospital está vazio. Os pacientes foram todos embora para casa, aqueles que têm casa. Eu vou ficar aqui até o fim.

Pikey olhou para ela um segundo mais, depois se virou e correu atrás de Bartholomew. A voz da freira pareceu preencher o corredor atrás dele. *Eu vou ficar aqui até o fim. Até o fim, o fim, o fim...*

Eles encontraram o Quarto 304. A porta já estava entreaberta, assim como todas as portas daquele corredor. As freiras devem tê-las aberto antes de fugir.

O cômodo estava escuro. Apenas uns quadrados muito tênues de luz azul entravam pelas janelas, iluminando uma pia e uma cama de ferro. A maluca estava deitada na cama, coberta por um único lençol. Seus braços e pernas estavam tão finos quanto gravetos. Seu rosto tinha um aspecto faminto, e os olhos haviam se afundado no crânio.

— Edith Hutcherson? — Bartholomew deu um passo em direção à cama. — Pode me ouvir?

Ela não virou a cabeça.

— Sr. Pudim. — Sua voz não passava de um rouquejo que se arrastava da garganta. — Meu querido Pudim, é você mesmo? — Mechas de cabelo esvoaçavam de sua boca quando ela falava.

— Não, é Bartholomew Kettle. Preciso de sua ajuda. — Em algum lugar lá fora, uma sirene começou a tocar. Em qualquer outra noite, teria sido respondida pelo ruído do sino da carruagem dos bombeiros, pelo barulho da borracha no calçamento de pedra, mas não nesta. A sirene parou. A cidade caiu no silêncio novamente.

— Ajuda — disse a louca, ainda sem olhar para eles. Seus olhos, um deles azul-celeste e o outro cinza como as nuvens, estavam fixos no teto. — A ajuda se foi. Eles se foram, meus amiguinhos. Eles me abandonaram para morrer de fome.

— Sinto muito, muito mesmo — disse Bartholomew, ajoelhando-se ao lado da cama. — Eu fui... bem, me contaram que a senhora conhece o caminho para entrar. Na Terra Velha. Disseram que a senhora já esteve lá. Por favor, nos conte. Por favor.

— O caminho. O caminho para estradas cinzentas e florestas negras, e a morte.

— Sim, como fazemos para entrar? Existe um portal? Um portal em Londres?

— O garoto sabe — sussurrou ela, e então, sem sequer olhar para Pikey, apontou um dedo trêmulo e magro para ele.

Pikey estremeceu.

— O quê?

— Pergunte a ele — disse ela, um pouco mais alto. — Pergunte a ele, ele sabe.

Bartholomew virou-se para Pikey.

— Do que ela está falando? — Sua voz estava ligeiramente inexpressiva.

— Eu não sei! Ela é louca! — disse Pikey. — Ela é doida de pedra, eu...

Mas então uma imagem formou-se em sua cabeça. *Um vulto alto e magro nas sombras de um almoxarifado. A mão fria. Voar pela cidade num vento de inverno. Onde aterrissamos? Onde estamos?* Ele teve a impressão de caminhar de trás para a frente pelos corredores de seu cérebro. *Onde, onde, onde?* Então viu, assomando-se diante de si, como se tivesse acontecido naquele instante. *Uma árvore. Uma árvore em Spitalfields chamada Árvore da Forca.*

Olhou para Bartholomew. Seus olhos estavam arregalados como os de um coelho numa armadilha.

— Que foi? Pikey, se você sabe de alguma coisa, me diga. Diga-me como chegar até minha irmã!

— Eu tinha esquecido — gaguejou Pikey. — Eu não me lembrava, desculpe...

— *O quê?* — Bartholomew estava quase berrando. — O que você esqueceu?

Pikey desviou os olhos bruscamente.

— Uma árvore — disse. — Tem uma árvore em Spitalfields que se abre.

Bartholomew praticamente saiu voando do quarto. Pikey ouviu seus pés afastando-se pesadamente pelos corredores, e foi atrás. Na porta, olhou de novo para Edith Hutcherson, uma última vez. Ela continuava deitada como uma pedra sob o lençol, mas havia virado a cabeça para vê-los ir embora.

— Depressa — disse ela. — Depressa, Pikey Thomas.

Eles encontraram a árvore em menos de uma hora. Era um treco gigantesco, negro, retorcido, localizado no meio de um círculo de pedregulhos num pequenino pátio atrás de um açougue. A árvore estava morta. O tronco inteiro estava oco, carcomido por insetos. Havia um buraco na base da árvore, muito pequenino, que se infiltrava entre as raízes. Apenas uma criança caberia ali. Ou um Peculiar.

— Ele disse alguma coisa... — murmurou Pikey, enquanto eles a rodeavam. — Disse uma palavra pra árvore abrir, não me lembro de qual...

Bartholomew não estava mais prestando atenção em Pikey. Ficou de joelhos e enfiou a cabeça no buraco. Pikey calou a boca. Tivera a resposta durante todo aquele tempo. Poderia ter sido cem vezes mais importante do que foi, um milhão de vezes. E agora eles tinham descoberto o caminho, e era tarde demais para consertar as coisas. Hettie podia estar morta. Bartholomew odiaria Pikey para sempre por ser um mentiroso imundo. Hettie também podia estar viva. Reencontraria seu irmão, e eles ficariam felizes, mas não precisariam mais de Pikey. Pikey ficaria sozinho novamente.

A cabeça de Bartholomew estava completamente dentro do buraco agora, depois seu pescoço e seus ombros. Um segundo depois, as botas com fivelas de prata haviam desaparecido também.

Pikey olhou ao redor. O pátio estava completamente silencioso.

— Bartholomew? — chamou. *Talvez seja apenas um buraco*, pensou. *Talvez não leve a lugar algum, e somente aquele silfo alto seja capaz de abri-lo.* Bartholomew poderia ainda estar embaixo das raízes, ainda na Inglaterra.

— Bartholomew? — chamou ele mais uma vez. Nenhuma resposta. Lá em cima, os galhos estalaram.

O pânico tomou conta de Pikey. Ele se abaixou e espremeu-se para entrar no buraco. Era escuro como breu. As raízes o espremiam — *é estreito demais, estreito demais* —, não havia ar. Não havia nada além da escuridão e da madeira cheia de mofo, e da enorme árvore acima dele, engolindo-o. Na frente de Pikey havia raízes, atrás dele havia raízes. Ele forçou a passagem, mas aquilo só parecia fazer a passagem ficar cada vez menor, esmagando-o. Então ele sentiu algo. O vento. Um vento fresco e veloz, repleto de sal e da pungência do mar. Estendeu as mãos, agarrando-se ao que existia na frente. O vento roçou a ponta de seus dedos, e suas mãos deram num rochedo. O vento soprava em seu rosto com força. Ele ouviu o som de ondas batendo. O céu estava acima dele, um céu infinito, negro.

Pikey afastou a terra preta e os pedregulhos, e entrou na Terra Velha.

## Capítulo XX
# **Mentiras**

Hettie abriu os olhos. Estava sozinha. Os passos do Rei Matreiro ecoavam pelas escadas, descendo rumo à escuridão.

Ela olhou em volta, virando o corpo para tentar enxergar onde estava. Era uma sala pequena e sombria, lisa como um ovo. Ficava no alto da torre.

Era muito fria. Não havia mobília, embora as marcas no chão denunciassem que um dia houvera. As vigas subiam em ponta para o teto, com coisas penduradas nelas, coisas que pareciam enormes cachos de uvas gotejantes. Um líquido escuro escorria pelas paredes. O vento entrava em rajadas por uma janela estreita sem vidros, a qual dava para a noite e um céu repleto de torres.

*Da próxima vez que abrir os olhos, você estará em Londres, e o rio da cidade correrá entre os dedos de seus pés, e as casas estarão caídas, destroçadas e em ruínas...* Mas aquilo não era Londres. E ela podia ver isso muito bem, fada estúpida. Apressou-se para o alto da escadaria e olhou para baixo.

Os passos do Rei Matreiro ainda ressoavam nas profundezas da torre. Ele ouviria se ela começasse a descer agora. Hettie foi até a janela e içou o corpo para subir no peitoril.

Seu estômago gelou. A altura era extremamente grande. Talvez uns 300 metros. Fiapos de nuvens flutuavam abaixo. A torre era de um tom vermelho ferrugem fosco. Do outro lado, havia mais uma torre, esta cinzenta, a janela quase ao nível da dela.

*Será que dá para pular?* A distância era de poucos metros. Quatro, talvez cinco. Seus dedos seguraram o peitoril. Imaginou-se saltando, com braços abertos. Mesmo em sua imaginação, ela só ia até determinado ponto e depois caía como uma pedra. Hettie voltou até a escadaria e olhou para a escuridão.

Tudo estava em silêncio agora. As escadas seguiam em espiral para dentro das sombras. Ela começou a descer, depressa, saltando os degraus íngremes de dois em dois.

Deslizava a mão ao longo da parede para não cair. As pedras estavam úmidas. Tudo estava úmido. Ela tentou limpar a mão. O líquido grudava em sua pele em filetes grossos. Foi então que, lá de baixo, escutou passos de alguém subindo.

Hettie virou e começou a subir as escadas correndo novamente, mas quem estava a caminho, fosse quem fosse, era veloz, impossivelmente veloz. Ela ouviu uma gargalhada, como se aquilo fosse um jogo terrível. Seus pés batiam com força nas pedras, espirrando líquido por toda a sua camisola. Ela não dava a mínima. *Volte. Volte para cima.*

Então chegou à salinha novamente. Respirou fundo três vezes para não ficar óbvio que havia corrido e desabou no chão.

— Não estamos tentando fugir, estamos? — A voz do Rei Matreiro flutuou escada acima.

Hettie tossiu de leve.

— *Estamos*, minha cara? — Ele havia alcançado o topo. Estava na sala.

Ela sentou-se ligeiramente, tentando não ofegar demais.

— Não — respondeu. Sua cabeça latejava pela falta de ar.

O Rei Matreiro retirou algo do bolso e deu um passo na direção dela.

— Claro que não estamos... — disse ele. Uma luzinha acendeu-se ao lado de sua orelha e flutuou ali como uma estrela. Então a respiração de Hettie saiu numa explosão de seus pulmões e ela começou a ofegar de novo, engolindo o ar em grandes golfadas. Porque nas mãos do Rei Matreiro havia uma garrafinha arredondada cheia de um líquido escuro como a meia-noite, como violetas, e havia sangue por toda parte, nos pés e mãos de Hettie, espalhado pelo chão inteiro, em rastros.

*Uma torre de sangue e uma torre de osso*, o vento pareceu cantarolar. *Quem está no alto, quem está na escuridão, quem sobe as escadas sem deixar indicação...*

O Rei Matreiro já não estava mais sorrindo.

Bartholomew praticamente saiu voando ao longo dos penhascos. A distância, via-se um castelo branco, inclinado sobre um mar coberto de sombras.

— Conseguimos, Pikey! Conseguimos! — gritou ele, e continuou correndo, o capuz se levantando no vento às suas costas.

Pikey parou de repente. A voz dele estava tão leve, não mais velha e solene, e sim a voz de um garoto. Pikey nunca ouvira Bartholomew falar daquele jeito, nem uma única vez em todas as suas aventuras em conjunto.

— O que a gente vai fazer? — berrou Pikey atrás dele. Começou a correr de novo, os pés vibrando com força sobre as rochas. — A gente não pode simplesmente... Barth, não sei onde ela tá!

— Você disse que a viu na casa de um Sidhe! — gritou Bartholomew em resposta.

*Pode ser que ela esteja morta. Pode ser que esteja morta, morta, morta...*

— Você disse que havia tapetes e janelas! — Bartholomew saltou um córrego que gorgolejava entre os rochedos. — Então é lá que vamos procurar! Ela deve estar em algum lugar numa mansão, e tem uma aqui pertinho. Que sorte, não acha? — Ele riu, tropeçou em uma rocha pontiaguda e continuou em frente, ainda rindo.

Pikey o alcançou. Disparou ao lado de Bartholomew, piscando para afastar os borrifos de água do mar de seus olhos, e também algo mais. Lá em cima, o céu noturno estava salpicado de estrelas. *Sorte? Isso aí não é sorte, é loucura. Não vai ser essa casa. Não vai ser essa casa nem nenhuma outra.*

Bartholomew desacelerou um pouco.

— Você viu Hettie ultimamente? — perguntou ele, sem fôlego. — Desde a prisão?

*Não*, pensou Pikey.

— Sim — respondeu ele. — Ela continua sentada.

*Não!*, era o que ele tinha vontade de gritar. *A única coisa que vejo é a escuridão e a água negra passando por cima de meu olho.*

Bartholomew parou, olhou para o castelo a distância e sorriu.

— Bem, que bom então. Dá para ver algum detalhe? Qualquer coisa já ajudaria. Dá para ver pela janela? Dá para ver que espécie de terreno há do lado de fora?

Pikey fingiu se concentrar, mas era uma encenação, e ele se sentiu terrivelmente bobo e horrível.

— Árvores — respondeu. — Não é aqui. Não são rochas. Árvores.

Mas Bartholomew já estava correndo de novo, e Pikey o seguiu, em direção ao castelo à beira-mar. *Oh, Pikey*, pensou. *O que você tá fazendo, seu babaca?*

— O que você vai fazer é o seguinte — declarou o Rei Matreiro. — Ele estava de pé no meio da sala da torre, como uma coluna, como um espinho de ferro, polindo a garrafinha que repousava na palma de sua mão. — Quando você estiver em Londres, vai andar. Andar o mais rápido que puder até o rio. Os globos estarão se aproximando da cidade como bolas de boliche, e... — Ele começou a gargalhar, depois se obrigou a parar. — E eu não gostaria que minha Não-Sei-Quê se machucasse. Atravesse o rio. Não pare. Só pare quando chegar na outra extremidade da cidade. Ali você vai esperar, esperar até que seu portal esteja tão grande quanto o céu.

Hettie sentou-se no chão, praticamente ignorando o que ele dizia, tentando freneticamente limpar o sangue das mãos, dos pés, da camisola.

— Preste atenção, Hettie — disse ele. Sua voz era delicada, animada.

Ela assustou-se e olhou para ele.

— Meus súditos estão prontos. — Ele retirou algo do bolso, um pedaço de vidro parecido com uma lente. — A

Cidade da Risada Negra está vazia, as grandes mansões que me prestaram obediência foram evacuadas. Todos atravessarão por você, a fim de chegar ao novo lar.

*Suas casas?* Hettie se levantou, deu um passo em direção ao rei.

— Não... não é o lar deles. É o *meu* lar. Oh, eles não vão gostar. — O coração dela estava apertado na garganta, sufocando-a. — As fadas que já vivem lá estão muito tristes e infelizes; o ar é enfumaçado, os alarmes tocam a cada cinco minutos, e tem ferro e gim, e...

— Elas estão tristes e infelizes porque os ingleses são uns déspotas — interrompeu o Rei Matreiro, sorrindo. — Porém, seu mundo é tão novo, tão veloz, animado e sempre diferente. Eu vim para governar. Vim para construir um novo mundo para as fadas, com os ingleses subjugados *a nós*. E o que nos importa alarmes e coisas estrangeiras? Por acaso você não notou como falamos inglês? E usamos coletes, vestidos, e cavalgamos com sinos nos arreios? Fiz com que todos ficassem imunes. Entenda, eu desejo seu mundo. Há tempos que o desejo. — Ele começou a contorná-la devagar, como um grande gato sinuoso. — O portal que se abriu em Bath não foi um acidente. Foi um *experimento*. Um posto avançado. Uma posição estabelecida. Mas falhamos. Fracassamos daquela vez. Ninguém estava ciente de seu papel, nem as fadas da alta nem as da baixa estirpe; todas estavam despreparadas para suas malditas fábricas, suas máquinas, seu carvão. Agora tudo é diferente. Tenho mais sabedoria. E mais fome. Desta vez, eu vencerei.

*Então foi isso*, pensou Hettie. Piscaltine fora invejosa e mesquinha, mas também tinha sido mais que isso: havia escondido Hettie em Anseios-perto-da-Floresta para impedir que caísse nas mãos do inimigo. Para impedir que ela fosse um fantoche do Rei Matreiro. Ah, se apenas Piscaltine não tivesse sido tão tola...

— Não vou fazer isso — vociferou Hettie. — Sou o Portal e *não vou* fazer. Conheço o truque. Já fiz isso. Se você fica na linha, o portal também fica. Se você entra na Terra Velha, ele se fecha; se você entra na Inglaterra, ele aumenta. Bem, eu vou fechar o portal. Vou fechar o portal, e você não vai poder fazer nada.

O Rei Matreiro encarou-a, os olhos bastante redondos e escuros. Hettie devolveu o olhar, tremendo ligeiramente.

Então ouviu-se um silvo como um jato de faíscas vindo das escadas.

— *Mi Sathir*.

Uma Belusite estava sob o arco. Hettie não a ouvira chegar. Centenas e centenas de degraus, mas ela não havia ouvido nem um som. A Belusite estava vestida de seda negra, as saias enfunavam-se abaixo de sua cintura de vespa. No lugar onde deveria estar sua cabeça havia um bule de chá de estanho, e suas mãos eram xícaras, também de estanho.

— *Mi Sathir*, ingleses. Na Casa das Tristezas. Vieram pelo buraco de Spitalfields, pela passagem secreta. Estamos de olho neles. Quer acrescentá-los à sua coleção?

O Rei Matreiro se virou para olhar a Belusite com atenção. Levou os dedos até os colares escondidos sob seu casaco.

— Que espécie de ingleses?

— Um garoto. Um garoto e um Leite de Sangue.

— Bartholomew. — A palavra saiu antes que Hettie pudesse se conter.

O Rei Matreiro virou-se para ela.

— Você não sabe! — vociferou ele. Não havia nem sombra de riso em sua voz agora. Ele se voltou novamente para a Belusite que aguardava. — Mate-os.

— *Não!* — gritou Hettie. Saltou até o Rei Matreiro, batendo os punhos em seu colete. — Não, você *não pode* fazer isso!

— Ah, eu posso e vou. — Sua voz era baixa e selvagem. Ele a segurou pelo pulso, apertando-o. — Mate-os, Yandere, e traga seus corpos para cá.

Hettie parou de lutar.

— Pode ser que não seja ele — soluçou ela. — Provavelmente não é. Barthy é mais esperto que você! Não é ele, e não estou nem aí.

Mas era tarde demais para mentir. O Rei Matreiro gargalhou novamente, uma risada afiada como vidro estilhaçado.

— Se não é ele, que diferença faz? E, se for, talvez sua morte ensine a você um pouco de obediência.

Mais uma vez ele olhou para a Belusite, que estava parada em silêncio nas escadarias.

— Que está esperando, Yandere? Vá agora mesmo e faça algo abominável.

Eles chegaram ao castelo e o contornaram rapidamente, procurando por uma porta nas laterais completamente brancas como giz. Não viram nenhuma. As rochas eram lisas, sem furos nem apoios para os pés. Mais para cima, Pikey avistou janelas chumbadas, seteiras e torres curvas como o pescoço de um cisne, mas nada no nível do chão. Nada, a não ser muito acima de sua cabeça.

— Ela não tá aqui — disse ele. — Tem árvores lá fora. Árvores do lado de fora da janela, eu já disse.

— Pode ser que lá dentro existam árvores. Pode ser um pátio. A gente só vai ter certeza se...

Bartholomew congelou. Ele tinha acabado de dobrar uma esquina do castelo, indo para o lado que não ficava visível do mar e dos rochedos. Olhou por um segundo para algo localizado no alto da parede. Depois se virou, as mãos erguidas para impedir Pikey de seguir em frente. Tarde demais. Pikey virou a curva. E também viu.

Os goblins estavam pendurados na parede do castelo, amarrados com cordames. Um deles era pontudo, o outro baixinho. Um deles usava um chapéu de retalhos; o outro, um gibão de couro vermelho com garrafinhas de cobre no cinto. Suas cabeças estavam dentro de gaiolas, e dentro de cada gaiola havia um duende de dentes afiados correndo pelos seus rostos, devorando-os. Pikey olhou para os dois, solene.

— Não — disse Bartholomew com gentileza, segurando seu braço. — Não olhe. Vamos para o outro lado. — Ele começou a apressar Pikey para que desse a volta no sentido contrário.

Pikey continuou olhando para os goblins, virando-se para trás.

— Barth, vamos embora — disse ele. — Vamos, ela não tá aqui, sei que não tá.

Bartholomew não parou.

— Precisamos tentar, Pikey. Vamos ficar bem. Vasculharemos o lugar e depois iremos embora.

Mas justamente quando eles estavam virando a curva final do castelo, ouviram um silvo e um estalo, e, de repente, uma dama com um bule de chá no lugar da cabeça apareceu. Estava a muitos metros de distância, bastante imóvel, e olhava para eles. Pelo menos é o que parecia, pois Pikey não sabia dizer onde eram os olhos dela e onde era a boca, portanto ela parecia estranhamente inexpressiva e sinistra. Lentamente, ela ergueu uma das mãos. Tinha o formato de uma xícara de estanho.

— Barth? — Pikey aproximou-se mais dele. — Isso aí é uma fada? O que é isso?

Outro silvo, oco e metálico.

Bartholomew empurrou Pikey para trás de si.

— Não sei — respondeu. — Fique longe.

Algo pingou do bico do bule, *ping-ping-ping*. Pikey semicerrou os olhos. Não conseguiu ver o que era, e, quando notou as três damas deslizando de trás dos rochedos, já era tarde demais, tarde demais para correr. Facas compridas assobiaram ao saírem de dentro dos vestidos, apontando para Pikey e Bartholomew, fechando o cerco.

— Por favor — sussurrou Hettie. — Por favor, não permita que ela mate meu irmão.

O Rei Matreiro olhou para ela do alto de seu nariz comprido e afilado e não disse nada.

Hettie sentiu vontade de bater nele de novo. De empurrá-lo pela janela.

— Barthy não pode morrer agora. Ele esteve me procurando durante todo esse tempo e... e *não pode*! — Ela explodiu em uma série de soluços.

O Rei Matreiro suspirou.

— Sabe, é muito simples. Se você não quer que seu irmão morra, só precisa fazer o que eu mandar. Precisa ser uma serva obediente, e se seu Rei disser para você abrir um portal para seu povo, é o que deve fazer! Então tudo ficará bem. Você dará uma Belusite maravilhosa. Uma das minhas melhores. Talvez seja até capaz de substituir Florence um dia.

Hettie o encarou. Ela não queria substituir Florence. Não queria ser um portal e não queria deixar aquele rei maluco e suas fadas entrarem na Inglaterra. Mas já sabia o que precisava fazer. Ela poderia gritar e berrar o quanto quisesse, mas isso não a ajudaria a fugir daquela torre. Não salvaria seu irmão.

Enxugou o rosto e se levantou.

— Certo — disse. — Vou andar quando o portal se abrir. Vou fazer isso, mas você não pode deixar ninguém machucar meu irmão. Não pode deixar ninguém matá-lo.

O Rei Matreiro estendeu o frasquinho para ela.

Ela o segurou.

— Beba — ordenou ele.

Hettie bebeu. Os olhos do Rei Matreiro viraram fendas mais uma vez. Ele sorriu. Ao longe, muito longe, baixinho, porém aumentando cada vez mais, Hettie ouvia o som de asas batendo.

— Pronto — gargalhou o Rei Matreiro. — Adeus. — E então ele sumiu e a torre estremeceu como se tivesse sido golpeada por uma força imensa.

— *Bartholomew!* — gritou Hettie.

Mais um tremor.

*Mate-os. Mate-os. Mate-os. Talvez isso ensine a você um pouco de obediência.*

Asas negras rodopiaram pela janela, açoitando o ar ao redor de Hettie. A torre se estilhaçou como um eixo de vidro.

Então Hettie começou a cair, cair, cair... dentro da Cidade da Risada Negra.

\* \* \*

— Não... — Bartholomew levou a mão à lateral do corpo, mas há tempos tinha perdido sua faca. — Não, parem, não somos seus inimigos! Viemos atrás de minha irmã! Por favor!

As lâminas continuaram a vir. As pontas cintilavam à luz das estrelas, cada vez mais perto.

— *Hsthil?* — tentou Bartholomew no idioma das fadas. — *Makevinia pak. Mak tur hendru!*

De nada adiantou. As três damas usavam máscaras compridas, com bicos, e os olhos atrás delas cintilavam, fixos nos garotos.

*Ai, droga, elas vão atravessar a gente que nem espeto*, pensou Pikey, desesperado. *Vão atravessar a gente sem sequer piscar.* Uma lâmina deslizou para dentro de seu manto. Pikey sentiu o metal gelado pinicando a pele.

Então alguém gargalhou.

— Calma, calma — disse uma voz, como se estivesse repreendendo uma criança malcriada.

As damas viraram na direção da voz, mas suas espadas permaneceram nos pontos que tocavam, quase perfurando a pele de Pikey e a de Bartholomew.

Um vulto alto e magro vinha caminhando na direção deles, ao longo dos rochedos. Usava um casaco fino com colete e diversos colares que chacoalhavam de encontro ao tecido.

— Não os matem, minhas queridas. Ainda não. Preciso desses dois um pouco mais.

Ele se aproximou, o casaco farfalhando suavemente ao vento. O coração de Pikey deu uma cambalhota. *Um vulto esguio. A mão saindo das sombras. "Não faça nada idiota"*, *dissera ele.*

— Olá, Pikey Thomas — cumprimentou o rei-fada, parando bem diante dele e oferecendo um sorriso largo e branco. — Que garoto bom e útil você tem sido.

Pikey o encarou, boquiaberto.

— Quem diria? O garoto da caixa de bolachas. Um espécime tão valioso. Uma ajuda tão grande.

— Não sei do que você tá falando. — Pikey tentou grunhir, mas sua voz estava trêmula, e suas mãos também, e as pernas. — Não conheço você.

— Não minta, Pikey Thomas.

— Não tô mentindo. — Pikey abaixou os olhos. — Não conheço você.

O sorriso do Rei Matreiro não se interrompeu nem por um instante.

— Deixe-me puxar um fio de sua memória. Um garoto com casaco de botões de metal, que lhe deu um soco e o deixou sem ar. Uma dama com chapéu de abas largas entrando em uma casa iluminada. Um besouro de metal, virado de barriga para cima na grama.

A pele de Pikey gelou.

— Você não viu essas coisas. *Eu* é que vi, você não pode ter...

O Rei Matreiro não disse nada.

— Você *não pode* ter visto nada disso!

— Ah, mas eu vejo tudo — retrucou o Rei Matreiro. Esticou um dedo branco comprido e deu um tapinha no olho embaçado de Pikey. — Vejo tudo o que você vê. Meu pequeno espião.

# Capítulo XXI
## Verdades

Pequenos rostos brancos tremulavam entre as asas. Suas bocas estavam se mexendo, seus sussurros enchiam os ouvidos de Hettie. Ela via o portal crescendo ao seu redor enquanto caía, não mais aquela coisinha frágil que tinha sido em Londres, mas uma enorme tempestade de asas, tão vasta quanto o céu.

Um pedaço de telhado caiu, aterrissando ao seu lado e quase a esmagando. A torre ia soterrá-la. Ia cair em cima dela e formar um montinho. Ela deu uma cambalhota no ar, viu o chão chegando depressa. E de repente mãozinhas ossudas a seguraram. Sua queda foi interrompida quando seu nariz estava a centímetros das pedras do calçamento. Então ela foi colocada de pé e ouviu um grito agudo ensurdecedor. Cambaleou, levando as mãos às orelhas. E, quando recuperou os sentidos o bastante para olhar ao redor, a torre havia sumido. Tudo havia sumido. A Cidade da Risada Negra, com todas as suas ruas e prédios, fora feita em pedacinhos, e só restaram pedras, arcos quebrados e plumas caindo como neve.

Hettie tirou as mãos das orelhas. Deu uma volta completa em torno de si. Estava no meio do portal. Era um anel gigantesco, com centenas de metros de comprimento e centenas de metros de largura. E havia achatado tudo. Ela podia ver ao longe, do mar até os campos além da borda da destruição, até os morros baixos e as fazendas abandonadas.

Seu coração martelava.

Havia alguma coisa nos campos. Muitas coisas movimentando-se rapidamente pelo gramado morto. Estandartes e flâmulas cortavam o ar em sua direção, agitando-se ao vento.

Fadas. Milhares de fadas, emergindo para dentro dos entulhos da cidade. Goblins, sátiros, duendes, silfos, avançando fileira atrás de fileira, como um exército.

*Meus súditos estão prontos*, ela ouviu a voz do Rei Matreiro. *Prontos para seu novo lar.*

— Você não foi meu melhor espião — disse o Rei Matreiro. Seus olhos brilhavam muito, como se ele estivesse contando a mais engraçada das piadas. As damas com bicos formaram uma muralha de seda ao redor de Pikey e Bartholomew, as lâminas a apenas um fio de cabelo de atravessá-los.

— Na verdade, nunca achei que você daria em nada. Você não é exatamente a cabeça mais pensante do mundo, e as chances de ver algo útil eram bastante baixas. Quero dizer, francamente, aquele silfo sentimentaloide lhe traz uma joia e você vai direto a um joalheiro de Mayfair? Claro que todos iriam achar que a havia roubado! Devia se olhar no espelho um dia e ver que criaturazinha mais lamentável você é. Eu o salvei porque por acaso assistiu a um ângulo cativante da queda da Mansão de Wyndhammer, mas então você vai e acaba sendo pego *de novo*, e vai parar na *prisão*, e lá fica olhando as botas dos outros por dias a fio. Simplesmente não podia me dar ao trabalho de salvá-lo pela segunda vez.

O Rei Matreiro piscou para Pikey.

— Estou felicíssimo por não ter feito isso. Você, encontrando o infame Bartholomew Kettle. As três fadas malcriadas da prisão, e minha pobre e querida Edith, todos tentando avisá-lo de seu objetivo. Você, uma sombra pequenina na tenda do general em Siltpool, reunindo informações, um garotinho no sopé de Tar Hill, observando os soldados subindo as encostas. Tudo se encaixou tão perfeitamente.

Pikey não estava olhando para ele. Estava olhando para as pedras entre suas botas. Podia sentir o olhar de Bartholomew. Podia sentir o olhar do Rei Matreiro.

*Todas aquelas tropas. Todos mortos, por minha culpa.* "Não deixe que ele veja", dissera Edith Hutcherson. "Não o Rei Matreiro." Mas Pikey vira, e portanto o Rei Matreiro também.

Olhou para ele.

— Você roubou meu olho — disse. — Você me fez machucar gente e... eu jamais quis machucar ninguém.

— É, mas o que *você* quer não faz a menor diferença. Eu quis. Eu mandei minhas Belusites para suas ruas e becos, para os gabinetes e casas dos ingleses, para roubar olhos, e então vi tudo! — Ele levantou um pequeno objeto de vidro, parecido com a lente de um telescópio ou uma bola de gude de formato oblongo. Por um segundo, Pikey viu minúsculas cenas tremulando ali dentro, uma após outra, paisagens, quartos e rostos. Então o Rei Matreiro levou o vidro ao olho.

— Neste exato momento, em Buntingford, uma garotinha está olhando por uma janela, vendo uma enorme prisão passar rolando — declarou ele. — Yandere roubou seu olho em 1854. Todos disseram que era pólio. Não era, e agora sei que as prisões estão a trinta minutos de Londres. — Ele tornou a guardar a lente no bolso e suspirou. — É ou não é prático? Esse plano não é à prova de falhas, claro. Os olhos dos ingleses precisam ser conservados com todo o cuidado na Terra Velha. Continuam a funcionar e a ser a janela da alma, mas, às vezes, meus espiões conseguem ver de trás para a frente, ou seja, conseguem ver este mundo. — Ele passou a mão nas correntes ao redor de seu pescoço, e os muitos olhos que ali estavam pendurados começaram a encarar, um olhar profundo e imóvel.

*Olhos dos ingleses*, pensou Pikey. O de Edith Hutcherson, e o do soldado em Siltpool que havia retirado seu olho com as próprias mãos, e os de tantos outros. *Todos eles, espiões.*

— Porém, é um preço pequeno a se pagar — concluiu o Rei Matreiro. — Muito pequeno, realmente. Florence?

Uma mulher alta, com rosto de boneca tão negro quanto uma peça de xadrez, surgiu da escuridão e foi para o lado do rei-fada. Sua saia era de um tom profundo e intenso de vermelho como o das cerejas. Ela enganchou o braço no dele e olhou fixamente para os dois garotos dentro do círculo de lâminas.

— Minha querida? — disse o Rei Matreiro. — Está observando?

— Sim — respondeu ela. — Estou observando.

Eles começaram a sussurrar entre si, as cabeças abaixadas, numa língua que Pikey não entendia.

De repente, Bartholomew disse:

— Minha irmã.

O Rei Matreiro e Florence olharam para ele.

— Minha irmã se perdeu nesta terra há muitos anos. — Os olhos das fadas estavam cheios de desdém, mas a voz de Bartholomew era firme. — Ela se chama Henrietta Kettle, e preciso encontrá-la. Não me importam suas guerras e seus planos, e Pikey não sabia de nada, portanto não pode ser culpado. Por favor, vocês a viram aqui? Alguém a viu?

O Rei Matreiro encarou Bartholomew por um instante mais. Depois, começou a se virar para Pikey, devagar, muito devagar, e Pikey percebeu que o rosto do monarca exibia um sorriso faminto e selvagem.

— Sua irmã morreu — disse o Rei para Bartholomew, embora seus olhos estivessem fixos em Pikey. — Ora, o que foi, meu espiãozinho esqueceu-se de dizer? Ela se afogou em um rio.

Hettie podia ver Londres. Estava a menos de 1 quilômetro de distância, um porco-espinho de telhados cheios de neve e chaminés recortadas contra o céu azul-escuro. Os campos estavam puros e brancos. Fumaça negra erguia-se em novelos em direção às nuvens, como se quisesse prendê-las ao chão.

Lá em cima, as asas movimentavam-se violentamente e guinchavam. Plumas voavam numa tempestade ao redor dela. Hettie estava em uma linha invisível; atrás dela, a Terra Velha, e adiante, a Inglaterra. Seu lar. Onde as casas não se mexiam, e as árvores não engoliam gente, e as bonecas nunca falavam, a não ser quando você quisesse que falassem. Onde estavam Bath, e o Beco do Velho Corvo, e Mamãe.

Hettie, porém, não estava feliz. Sentia-se como um coelho preso em um arbusto de espinhos, emaranhado, sem conseguir sair. Tinha vontade de gritar com o portal, com o céu, com nada em especial, dizer que ela era pequena demais para fazer aquilo.

Olhou para trás. As ruínas da Cidade da Risada Negra estendiam-se em direção ao horizonte estrelado da Terra Velha. As fadas atravessavam-nas marchando, os pés chutando a poeira das pedras. Em algum lugar dali estava Bartholomew. Hettie imaginou-se voltando para ir atrás dele, correndo em direção às fadas, batendo nos escudos e lanças, o portal fechando-se às suas costas, correndo sem parar até encontrar o irmão.

Mas então uma mancha vermelha lhe chamou a atenção. No lado inglês do portal, a poucos passos de distância, estava um grupo de macieiras mortas. Havia um rosto entre os galhos, um rosto branco de boneca. Era Florence La Bellina. Ela observava Hettie, as saias farfalhando silenciosamente ao vento. Seus olhares se encontraram. Devagar, a Belusite ergueu um punhal, cuja ponta estava entre seus dedos. Daí começou a agitá-lo, para a frente e para trás, para a frente e para trás.

Hettie olhou para Londres, tão bonita e renovada embaixo de seu cobertor de neve. Começou a caminhar.

— O quê? — A voz de Bartholomew mal era audível. De repente ele pareceu imaterial, como se feito de papel e cinzas e o menor dos ventos pudesse enviá-lo girando pelos ares. — Ela o quê?

Pikey teve vontade de sumir. Vontade de que as ondas subissem os rochedos e o arrastassem para o mar.

— Ela se afogou — repetiu o Rei Matreiro, pronunciando cada palavra de modo que se enfiasse como um espinho. — Num rio.

Bartholomew olhou para Pikey. Seus olhos estavam marejados, vermelhos.

— Pikey? — disse ele. — Você mentiu para mim? — Sua voz estava tão cheia de mágoa.

— Precisei mentir, Barth, eu...

— Você alguma vez a viu? — Bartholomew estava chorando agora. — Nem que fosse *uma única vez*?

— Vi! — berrou Pikey. — Eu vi milhares de vezes, até a gente sair de Londres! Juro que vi, e que ela tá viva. Ela... só sei que ela *tá*.

— Não minta para o pobre garoto, Pikey — disse o Rei Matreiro. — Não minta mais. Ela está morta, e não existe nada para vocês aqui. Nada para nenhum de nós.

Hettie corria pelo campo nevado, uma figura minúscula com cabeça galhada num imenso mar branco. As asas a seguiam, espalhando-se como uma gigantesca tormenta. A Terra Velha também a seguia. A distância, ela ouvia tilintares, sons metálicos e trovejantes.

— *Você vai matar todo mundo* — dizia uma voz dentro de sua cabeça que soava como carvão e chocolate, como uma grande dama com cachos cor de cobre. — *Você está fazendo exatamente o que o Rei Matreiro quer, obedecendo às ordens dele como uma de suas Belusites. Como uma* Não-Sei-Quê. — A voz cuspiu aquela palavra.

— Cale a boca — sussurrou Hettie, mas suas palavras foram imediatamente engolidas pelo vento e pelo som das asas. — Não posso deixar que ele morra. Ele é tudo que tenho, ele e Mamãe, e *não posso*.

Ela soube instantaneamente que a voz estava certa. Todas aquelas fadas chegariam ali, e lá não era seu lar. Era onde o Rei Matreiro queria que estivessem, mas ninguém havia lhes perguntado o que *elas* queriam. Lembrou-se dos rebeldes na Terra Velha, lutando sem forças contra o Rei Matreiro. Lembrou-se do Beco do Velho Corvo e de como as fadas dali então lhe pareceram tão sombrias e horrorosas. Mas ela não sabia nada sobre fadas naquela época. Elas estavam presas numa arapuca, no meio da fumaça e do ferro, e dos planos de outra pessoa. Assim como Hettie.

Como queria ter a máscara de novo. A única coisa que precisaria fazer seria amarrar as fitas por trás da cabeça e, de repente, seria forte. Seria sábia e saberia como impedir o Rei Matreiro *e* salvar seu irmão, as duas coisas ao mesmo tempo.

Porém, ela não tinha a máscara. Não tinha nada.

*Não-Sei-Quê*, ouviu Piscaltine dizer, e ouviu o Rei Matreiro dizer também, e também o reflexo da velha Peculiar nas águas. *Não-Sei-Quê, Não-Sei-Quê, você não passa de uma Não-Sei-Quezinha inútil. Melhor fazer o que lhe mandam.*

Londres assomava diante dela. As plumas negras incharam, uma grande onda prestes a descer.

Hettie começou a correr desesperada, desvairadamente.

— *Mi Sathir?* — sussurrou Florence. — A Peculiar chegou a Londres.

O Rei Matreiro estremeceu. Foi muito de leve, apenas um ligeiro tremor nos dedos. Mas Pikey viu.

— Quem? — perguntou ele, com voz rouca. — Quem chegou a Londres?

Bartholomew não estava ouvindo.

— *Você mentiu para mim!* — gritava ele. — Você nunca soube de nada! Nunca! — Ele tentou mergulhar por baixo das lâminas. Uma das damas com bico lhe deu um golpe violento, e outra fez o mesmo com Pikey, embora ele não tivesse mexido um músculo.

Pikey tentou não gritar, tentou ignorar Bartholomew.

— Quem chegou em Londres?

O Rei Matreiro olhou para ele.

— Ninguém — respondeu. E, então, dirigindo-se às damas com bicos: — Mate-os.

Pikey gritou, lutando para se desvencilhar.

— Foi Hettie? Foi Hettie que chegou a Londres?

As damas com bicos sacaram as espadas.

— Você mentiu! — berrou Bartholomew mais uma vez, então Pikey o chutou, com força, e os dois caíram rolando e lutando no chão. As lâminas zuniram juntas acima de suas cabeças.

Bartholomew tentou gritar de novo. Pikey o chutou outra vez.

— Cale essa boca — vociferou ele. — Desculpe por mentir. Não queria ter mentido, mas a culpa é toda sua. Você não pode simplesmente desistir. Não pode parar só porque as coisas tão indo mal. Você não sabe o que vai acontecer, mas eu sei e vou lhe contar. Vamos pegar Hettie e...

Uma lâmina se enterrou nas pedras, entre os dedos de Pikey. Outra passou de raspão pelo capuz de seu manto. Ele se desviou depressa, bem a tempo de chutar uma lâmina prestes a arrancar a orelha de Bartholomew.

— E tudo vai ser maravilhoso! — Algo afiado roçou sua coxa. Ele mal sentiu. — E se esse silfo estiver mentindo? Por que você só acredita nas coisas ruins? Não tô nem aí se você me odiar e me largar pra trás, mas você não pode *desistir*!

— Ah, mate-os de uma vez e cessem esse barulho infernal — resmungou o Rei Matreiro.

Florence La Bellina abriu caminho entre as damas. Uma lâmina cintilava em sua mão.

Pikey arregalou os olhos.

— Barth? — disse ele, trêmulo.

Bartholomew nem sequer olhou para a mulher-boneca. A lâmina dela saiu voando. E Bartholomew a apanhou no ar, girando o corpo com a força do golpe. Levantou-se de um pulo. A lâmina voltou a ser girada. Florence soltou um grito agudo. Ele estava segurando a ponta da faca contra o coração dela.

— Para trás — disse ele, com voz entrecortada e baixa. Feroz. — Para trás, todos vocês, senão ela morre. — Quando ele falou isso, Pikey soube que ele cumpriria a promessa.

As damas com bicos recuaram um passo. O Rei Matreiro ficou perfeitamente imóvel.

— Você também — disse Bartholomew, fazendo um gesto para o rei.

O Rei Matreiro sorriu.

— Não — retrucou. — Vá em frente. Mate-a. Tenho uma serviçal melhor agora.

Em um gesto ligeiro, Bartholomew passou uma rasteira em Florence. Ela se estatelou no chão. Bartholomew pressionou a faca contra suas costas, e o veludo vermelho se abriu de leve.

— Para trás — repetiu ele.

— Não! — disse o Rei Matreiro alegremente. — A verdade, entende, é que estou com sua irmã. O Portal de Londres. Henrietta Kettle. Ela é minha carta na manga e meu triunfo. Será o ponto de virada dessa guerra interminável. Porém, ela não sabe. Não sabe o próprio valor. Os serviçais nunca sabem.

Bartholomew virou o corpo e arremessou a faca no Rei Matreiro. O sorriso do rei-fada aumentou ainda mais. Ele levantou um dedo e a faca parou, em pleno ar.

— É tarde demais para impedir. Ela vai destruir Londres. Vai destruir seu reino inteiro e fará isso *por você*. Porque quer salvar você. — Devagar, a faca virou-se no ar. — Mas ela não conseguirá fazer isso.

A faca apontou para Bartholomew e lançou-se para a frente. Bartholomew desviou-se.

— Corra! — gritou Pikey, mas as damas com bicos foram atrás deles novamente, cercando-os. Florence La Bellina já estava de pé.

Bartholomew se curvou e começou a remexer em suas botas.

— Seu idiota, pare com... — Foi então que Pikey viu.

As fivelas. As fivelas de prata em formato de penas das botas de Bartholomew. Elas estavam brilhando, e Bartholomew pressionava-as e torcia-as e murmurava freneticamente. Então ele as levantou, dois punhados de penas de metal cintilantes, e elas pareceram querer se libertar de seus dedos. Ele as atirou para frente. Elas explodiram com sopros sibilantes e, quando a fumaça arrefeceu, haviam se transformado em delicadas criaturas mecânicas, semelhantes a insetos. Cada uma possuía um ferrão, e cada ferrão carregava um bulbo cor de esmeralda cheio de veneno na ponta. Elas rodearam as damas com bicos, bem como o Rei Matreiro.

Antes que Pikey pudesse ver o que elas fariam, Bartholomew segurou seu braço, e os dois saíram correndo pelos rochedos.

Na frente deles estava o buraco que levava até a Inglaterra. Atrás, gritos. Então ouviram um tinido quando os insetos com ferrão caíram nas rochas. Pikey olhou para trás. As mãos do Rei Matreiro estavam levantadas, a boca articulando. Florence e as damas com bicos dispararam em direção a Pikey e Bartholomew, saltando pelos rochedos como marionetes enlouquecidas. Pikey viu o buraco adiante, uma mancha negra entre as pedras. Esticou a mão para tocá-lo. Mergulhou de cabeça dentro dele. Não esperou por Bartholomew. Foi abrindo caminho, cada vez mais fundo, sentindo as velhas raízes se enrolando em volta do seu corpo e o peso infinito de rochas e de terra acima dele.

O primeiro cheiro que sentiu em Londres foi o de algo se queimando, do vento carregado de fumaça e carvão.

As prisões de fadas estavam quase libertas das trincheiras. Rolavam encosta acima, devagar — mil toneladas de ferro e lanças —, e as fadas que as empurravam gritavam de angústia. Foram bombardeadas com tiros. Canhões de éter atiraram bolinhas negro-esverdeadas, gases compactos que explodiram em colunas de fogo com o impacto, mas mesmo assim os globos não pararam. Subiram até a borda da trincheira. Os soldados espalharam-se ao redor, fugindo. As fadas soltaram urras e vivas quando os canhões dos ingleses ficaram presos na lama. Os globos começaram a rolar; de início, devagar, mas logo ganharam velocidade, trovejando por sobre os campos de inverno.

Lá em cima, um minúsculo passarinho mecânico batia as asas. Voava em linha reta sem se deter, um brilho fosco de metal sobrevoando os campos, depois os telhados, até chegar ao Palácio de Westminster. Um cavalheiro idoso estava diante de uma das janelas dos andares superiores. O pássaro pousou em sua mão. Atrás dele, outros cavalheiros aguardavam, lordes, duques e os últimos membros corajosos do Conselho Privado. O Sr. Jelliby estava ali. Seu rosto estava pálido, mas a mandíbula, retesada. Todos eles viram a cápsula de metal presa na pata do pássaro. Todos sabiam o que havia ali dentro. O idoso retirou a fita de papel e a leu em silêncio. Estendeu-a para os demais. Eles também leram. Alguns assumiram uma expressão de gravidade, outros de temor, outros, de determinação. Então todos apertaram as mãos entre si e começaram a descer até a rua, em fila indiana.

A janela ficou aberta. O papel repousava descartado no chão, agitado pelo vento. Havia apenas três palavras escritas ali, num rabisco cheio de manchas: *Nós estamos perdidos.*

Hettie estava na estrada, a caminho do norte de Londres, andando o mais rápido que era capaz. Seus olhos estavam fechados. Lágrimas escorriam deles, mas ela não tentava contê-las. Um celeiro se estilhaçou às suas costas. Seu rosto quase foi atingido por estilhaços de madeira, chumaços de penas brancas (do que deviam ter sido galinhas) e farpas de metal tão compridas quanto adagas. Ela não esmoreceu. Não abriu os olhos. Continuou seguindo em frente, sem parar, aos trancos em direção à extremidade suja da cidade.

Algo estava se incendiando em Londres. Ela sentiu o cheiro e, quando abriu os olhos, viu chamas alaranjadas dançando nas nuvens acima. Adiante estava Bishopgate. Na frente havia carroças quebradas e mobília descartada, formando barricadas — como se aquilo pudesse impedir Hettie. Mais além estavam as ruas retorcidas e as casas inclinadas de Londres. E, em algum lugar, estava Wapping e um depósito antigo e queimado. Um dia, naquele depósito, um silfo de nome John Wednesday Lickerish tentara fazer exatamente o que Hettie estava fazendo agora. Tentara destruir Londres inteira. Na época, Hettie sentira medo. Medo porque as asas faziam um barulho muito alto e o vento era frio demais. Como ela havia mudado! Como tinha sido pequena e cabeça-oca naquela época.

Elas levam a gente para casa?, perguntara ao mordomo-fada, naquela noite no barco. Estas coisas horrendas levam a algum lugar bom?

E o mordomo-fada havia respondido: *Talvez, se nós as obrigarmos.* Mas ela não podia forçá-las. Não podia, não agora, não por ela.

Ela subiu nas carroças sob o arco de pedra e entrou na High Street. Às suas costas, Bishopgate explodia em uma chuva de pedra.

Os globos seguiam numa carreira desvairada em direção à cidade, transformando a neve recém-caída em lama. *Vinte e cinco quilômetros, vinte e dois.* A fumaça da cidade tornou-se visível, depois as primeiras casas, já esmagadas a um ponto impossível de reconstrução. Os globos ganharam velocidade.

Pikey emergiu das raízes da árvore no pátio, atrás do açougue. Virou-se, esperando ver Bartholomew arrastando-se atrás de si. Aguardou, com o coração aos pulos. O vento sussurrava pelos telhados. Em algum lugar a distância, ouvia-se um estrondo como o de um trovão.

— Bartholomew? — chamou ele, o mais alto que ousou.
— Barth?

Nenhuma resposta.

— Barth? — Com uma pontada de pânico, Pikey ficou de joelhos e começou a cavoucar o buraco. — *Barth!*

Sentiu a mão de alguém, um hálito quente contra seu rosto.

— Pikey. — Era Bartholomew. Seus dedos apertaram o pulso de Pikey. — Pikey, alguma coisa está prendendo minha perna. Vá atrás de Hettie. Ela está aqui e está viva; vá atrás dela.

— Não! — Pikey puxou a mão de Bartholomew para tentar tirá-lo.

— Vá — ofegou Bartholomew. — Vá, por favor!

— Não, você precisa sair. Ela é *sua* irmã, e precisa de você, não de mim.

Bartholomew tinha saído pela metade agora; toda a parte superior do corpo estava na Inglaterra. Ambos viram as plumas ao mesmo tempo.

Elas voavam velozmente pelo pátio, como neve negra. O trovejar distante aumentou. Pikey via as asas, uma enorme nuvem de asas, aumentando ao longe sobre o espigão do açougue, escurecendo a lua.

Bartholomew começou a gritar:

— Hettie! É Hettie, ela abriu o portal! *Hettie!*

Pikey juntou-se a ele, e os dois gritaram até ficarem roucos.

Mas não havia como ela ouvi-los. Podia estar a 2 quilômetros de distância. E, de repente, Bartholomew foi puxado com força para baixo da terra. Pikey viu a mão branca com manga vermelha subir pelo pescoço dele e fechar-se sobre seus olhos.

— Pikey, ela abriu o portal! Vai destruir a cidade inteira!
— Bartholomew tentou se desvencilhar da mão. Ele estava

começando a escorregar, a sumir buraco adentro. — Impeça. Diga a ela para não fazer isso, não importa o que aconteça. Diga que estou bem. Que *vou ficar* bem.

A única coisa que Pikey via de Bartholomew agora eram os dedos, rígidos contra as raízes negras retorcidas.

— Pikey? — A voz de Bartholomew estava abafada. Suas mãos arranhavam o chão freneticamente. — Pikey, VÁ!

Pikey soltou um grito de raiva e se levantou depressa. Olhou para cima. As asas ainda choviam sobre a cidade, inundando os telhados e enfiando-se por entre as chaminés, entupindo-as. Elas o matariam. Ele já tinha ouvido histórias suficientes de Bath e das fadas para saber. Virou-se de novo para a árvore. Bartholomew havia sumido.

— Não — sussurrou Pikey. Deu alguns passos na direção dela. Sentiu o vento enfunando seu manto. — Não! — repetiu, mais alto.

Mas precisava ir. Eles tinham uma chance muito remota, Hettie e Bartholomew, e aquela chance estava nas mãos dele.

Pikey ficou parado um segundo, olhando para a tempestade negra de asas. Fechou os olhos... e saltou.

Um cachorro corria pela Leadenhall Street, ganindo. Hettie o seguiu. Móveis atulhavam o calçamento de pedra. Sofás, mesas, porta-retratos quebrados. Envelopes e camisolas saíam das gavetas, flutuando acima dos destroços. Uma carruagem a vapor tinha capotado ao dobrar a esquina de um beco e agora jazia abandonada, de porta aberta, apontando para o céu. A população londrina havia fugido em pânico.

Em algum lugar mais à frente ficava o rio. Depois, Londres continuava, em seguida vinham cidadezinhas, e então, Hettie supunha, campos de inverno.

*Não é o certo! Não é o jeito certo!*, berrava uma voz em sua cabeça, e ela sabia que não era, mas era o único jeito que conseguia enxergar. Passou pelo Banco da Inglaterra e pela estação de Cannon, onde não havia nenhuma locomotiva e o relógio estava congelado nas onze horas. Havia um autômato caído na sarjeta entulhada, e seus olhos a observaram quando ela passou. As asas o engoliram.

De repente, Hettie parou e olhou para a rua. Por um segundo, imaginou estar no Beco do Velho Corvo. Lá era cheio de móveis quebrados também. O céu estava preto, e as estrelas caíam, e uma gargalhada ensandecida pairava no vento gelado. Rostos de fadas irados e tristes olhavam para ela das janelas quebradas, com cabelos de galhos infiltrando-se nas paredes e prendendo-as ao chão.

A imagem sumiu. Ela estava de volta a Londres. *Atravesse o rio*, dissera o Rei Matreiro. *Atravesse o rio, senão você morre.* Mas de qualquer jeito ela morreria. Mesmo que fizesse tudo o que ele mandasse, jamais veria Mamãe ou Bartholomew novamente. Seria uma Belusite, e depois que destruísse a cidade inteira e trouxesse as fadas para a Inglaterra, juntaria-se às outras Belusites e vagaria por aí com belas roupas, inventando ardis para o Rei Matreiro. *Precisava* haver outro jeito. *Gostaria de enxergá-lo*, pensou ela. *Gostaria de saber.*

Então ela ouviu o grito. Uma palavra, ecoando mais alto até do que o barulho das asas batendo. Será que alguém a estava chamando? Ela recuou alguns passos pelo caminho de onde tinha vindo.

— Bartholomew? — As asas formaram uma parede na frente dela, enchendo a rua, de sarjeta em sarjeta. — *Barthy?*

A enxurrada de asas quase esmagou Pikey. Ele lutava para abrir caminho, desesperadamente, um pé atrás do outro, entrando de cabeça no meio do vento ululante. Dedos o beliscavam. Algo frio e afiado deslizou sobre suas mãos nuas, mas ele não parou. Não estava morto — ainda não — e não iria parar.

— Hettie? — gritou ele para a escuridão. — Hettie, cadê você?

Sussurros tomaram conta de seus ouvidos. De repente ele sentiu-se esquisito, tonto, e, quando olhou para baixo, viu que o chão embaixo de suas botas não parava de tremular entre as pedras do calçamento de Londres. Viu também as pedras estilhaçadas de uma ruína cinzenta. Ele estava no portal, bem no meio, entre a Terra Velha e a Inglaterra. Em algum lugar havia uma batida constante como a marcha de um exército vindo em sua direção. Ouvia também as asas e os sussurros. E então, acima de tudo isso, uma voz. A voz de uma criança, aguda como um apito.

— Bartholomew? — Era fraca, rodopiava entre as plumas. — Barthy?

Pikey mudou de direção e seguiu o som.

— Hettie!

— *Bartholomew?*

Adiante, Pikey viu um buraco em meio às asas. Correu até lá. Então viu-se longe do alcance da negritude, correndo em direção a uma criança pequena e pálida. Ela estava no meio da rua, perto de uma cadeira vermelha, de costas para ele.

— Hettie! — gritou Pikey.

Ela se virou. Arregalou os olhos. A cadeira foi atirada para longe em meio a uma explosão de flocos vermelhos.

Pikey correu até Hettie, ofegando e dando tapas violentos nas penas.

— Hettie — disse ele. — Meu nome é Pikey. Sou o ajudante de seu irmão, e você precisa parar com isso. Precisa impedir essas fadas.

Hettie o encarou.

— O quê? — Suas bochechas estavam úmidas, e Pikey viu que os olhinhos dela eram escuros e tinham lágrimas. — Meu irmão? Bartholomew?

— É! Eu tava só...

— Ele está bem? — Hettie deu um passo até Pikey, mas era como se alguma coisa a estivesse segurando, como se mãos a estivessem puxando. — Eles disseram que iam matá-lo, mas ele não morreu, morreu? Ele está bem?

Por um instante, tudo ficou em silêncio. Um papel voou acima, com tanta calma que Pikey pôde ver a imagem que havia nele — um desenho em bico de pena de um campo de verão e de um chalé no morro.

*Sim*, ele quase mentiu. *Ele está bem. Está só sentado, esperando por você.*

Mas logicamente Pikey não sabia se Bartholomew estava bem. Não sabia como poderia estar, ferido, tendo sido arrastado para baixo da Árvore da Forca. E Pikey estava farto de mentiras.

Uma rajada de telhas rodopiou por eles, e o silêncio se estilhaçou.

— Não sei! — gritou Pikey. — Não sei se ele tá bem, mas a gente precisa ter esperança, certo? A gente precisa ter esperança. Eu e ele... a gente fugiu do Rei Matreiro e voltou pra Londres, e ele disse que a gente ficaria bem, e, quando Barth diz uma coisa, pode apostar que é sério. Então você precisa impedir o que tá acontecendo. Precisa, porque ninguém mais pode fazer isso e nada vai ficar bem se você não acabar com essas *fadas* malditas! — As asas subiram numa coluna, juntamente à voz de Pikey, e quase o afogaram.

Hettie o olhou, imóvel.

— Você consegue fazer isso? — gritou ele. — Você é a única que consegue, portanto não venha me dizer que não!

— Não sei! — gritou ela em resposta. Eles estavam a poucos centímetros de distância, mas as plumas negras formavam uma coluna ao redor dos dois. Eles mal conseguiam se ouvir. — Não *sei* se eu consigo!

— Consegue, sim! Consegue, porque *precisa* conseguir!

E, de repente, Pikey sentiu como se pudesse enxergar através daqueles enormes olhos negros e ver uma mente ágil e rápida. Ele viu tristeza, depois dúvida, depois espanto e determinação.

— Certo — disse ela, e não estava mais chorando. — Mas agora você precisa ir embora. Precisa sair correndo e não parar mais. Por ali! Depressa!

Então ela empurrou Pikey, que foi seguindo cambaleando pela rua, afastando-se. Dedos e ventos puxaram seu manto, depois o soltaram. As asas caíram atrás dele. Adiante estava o rio, uma ponte e a grande e silenciosa cidade.

Bartholomew livrou-se das raízes com um chute e saiu mancando pelas pedras espalhadas no chão, segurando o manto com as mãos. A mulher de vermelho o cortara. Ele sentira a faca ou um caco de alguma coisa fria como ferro. Mas então, de repente, ela soltara um grito terrível e o largara. Ele mancava mais depressa agora. Atrás, ainda a ouvia soltando gritos agudos. As asas negras estavam em toda parte, inundando tudo ao redor. Penas arranhavam sua pele, e dedos o cutucavam, mas ele não sentia dor alguma. Os silfos não o matariam. Não matariam um Peculiar, nem um garoto tocado pelas fadas.

Olhou para trás. Florence estava se arrastando para fora do tronco da árvore como um demônio necrófago saindo de um túmulo. Seu rosto tinha se rachado, e ela parecia estranhamente descomposta. Ficou de pé. Atrás dela, a árvore se abriu. Seus galhos balançaram e estremeceram, e de dentro do buraco apareceu o Rei Matreiro.

— Florence! — gritou o Rei, mas ela não olhou para ele. Seus olhos vazios haviam se transformado em imensos poços redondos. Estava olhando para o norte, a mão estendida como se quisesse alcançar alguém que não estava ali. As asas a atacavam violentamente, se amontoando até o alto da árvore. O Rei Matreiro conseguiu sair do buraco. Um segundo depois, a árvore foi arrancada pelas raízes e saiu rodopiando pelos ares. Os galhos chicoteavam ao redor. Então a árvore caiu no chão com toda a força, fazendo as pedras do calçamento saltarem.

A árvore caiu exatamente onde Florence La Bellina e o Rei Matreiro estavam.

Bartholomew não esperou para ver a consequência daquilo. Saiu correndo do pátio e desceu pela rua, cambaleando e lutando contra as asas. Casas desabavam ao seu redor como montes de cartas de baralho. O corte doía. Uma dor no estômago, que fazia com que seus passos ficassem mais lentos.

— Hettie? — berrou ele. — Pikey?

O vento engoliu sua voz. Ele deu mais alguns passos hesitantes, depois desabou sob uma passagem em arco. A casa à qual o arco pertencia zuniu e caiu. Apenas o arco continuou de pé. Bartholomew permaneceu ali embaixo, segurando o ventre, puxando as pernas para perto do corpo a fim de escapar do entulho que despencava num ribombar.

A última coisa que ele viu foi o sangue escorrendo entre seus dedos, pingando como vinho tinto sobre o calçamento.

Nos arredores de Londres, a neve nos campos havia começado a estremecer. Mudava de lugar e chacoalhava ao longo da terra congelada, como um trovão estalando no ar parado.

Devagar, um corpo emergiu de debaixo de um grupo de macieiras. Daí caiu na neve praticamente sem nenhum ruído. Florence La Bellina desabou de rosto para cima, a pele branca como uma teia de rachaduras. Havia arregalado os olhos, e a mão estava estendida para cima, na direção de Londres, tentando alcançar sua metade, sua irmã. Então os globos chegaram, as árvores desapareceram, e Florence idem.

Hettie olhou para a massa de asas que se acumulava em pilhas altas ao seu redor, arqueando-se sobre toda a cidade, e soube o que precisava fazer.

*A gente precisa ter esperança*, dissera o garoto. Bem, Hettie teria esperanças de impedir o Rei Matreiro até que *realmente* fosse capaz de impedi-lo. Ela teria esperança de que

Bartholomew estaria vivo até vê-lo novamente. Mas não precisava ter esperanças de adquirir força e coragem, porque naquele momento ela sabia que as possuía.

Ela virou-se e começou a retornar pelo mesmo caminho de onde tinha vindo, com rapidez e propósito. Pensou na grande dama, orgulhosa e adorável, olhando-a pelo espelho. Pensou em Piscaltine, sempre tentando diminuí-la, dizendo que ela era o que não era. Uma vez, porém, uma única vez, Piscaltine lhe dissera a verdade. *Esta criatura é sua alma*, discursara ela, e era mesmo. A Peculiar velha e horrorosa nas águas não era ela. Podia até ser que um dia viesse a ser, mas Hettie não iria permitir que isso acontecesse. Hettie era a mulher do espelho, ainda que ninguém mais soubesse.

— Parem! — gritou a plenos pulmões para as asas, para o portal e para a escuridão oscilante. Viu as fadas a distância, marchando, fileira atrás de fileira. Portavam armas, espadas, bastões e lanças compridas e cruéis, as pontas parecidas com garras de feras. As primeiras em breve chegariam a Londres.

Acontece que não chegariam.

O portal era dela. *Ela* era o portal, não foi o que o Sr. Lickerish lhe dissera? Bem, então ela faria as coisas de seu jeito.

— Parem! — gritou Hettie novamente, e desta vez sentiu uma reação. *Surpresa? Medo?* Os sussurros dos silfos aumentaram de volume, rodopiaram ao redor. Ela caminhou mais rápido. — Parem!

Sentia o portal, a 300 metros de altura, como se fosse a própria pele. Virou a mão e, lá em cima, bem acima de sua cabeça, os silfos se retorceram também, aos gritos. Ela começou a correr. A Terra Velha de repente ficou para trás, e ela estava arrastando-a, arrastando-a em direção aos campos abertos. As asas deslizavam pelos telhados, fazendo telhas saírem voando como bandos de corvos. Ela voltou para a High Street, que agora não passava de um fio de pedras de calçamento no meio dos destroços. Saltou um sofá, as rochas caídas e as carroças quebradas de Bishopgate. Estava quase lá. Atrás dela, o exército das fadas agora estava próximo, tão próximo que ela podia ouvir o tilintar de suas armaduras e o ranger do aço. Suas pernas corriam com força pela grama, pelas tábuas dos celeiros que ela havia destruído. Então ela parou.

Lá em cima, 12 imensos globos de ferro assomaram diante de Hettie. Estavam indo a toda velocidade em direção a Londres. Na direção dela. Atingiriam Hettie em questão de segundos. Dez. Cinco.

*Você se enganou, Rei Matreiro*, pensou ela. *Posso ser uma Não-Sei-Quê, mas vou interromper isso aqui agora mesmo.*

Plantou os pés no chão e ergueu as mãos. Ficou ali parada, uma garotinha diante de 12 globos gigantescos. Atrás dela, o exército se aproximava. Acima, os globos a acossavam, ensurdecedores. Ela abriu os braços. O portal se alargou, quase 2 quilômetros de cada lado. Ela sentiu suas extremidades distantes, muito distantes, como se fossem a ponta de seus dedos. As sombras dos globos caíram sobre Hettie. O vento chacoalhava os galhos de sua cabeça e lhe rasgava a camisola. Os globos passaram rodando por ela, tão próximos que poderia ter tocado um deles. Saíram rolando diretamente para dentro do portal, para a Terra Velha; 12 prisões de fadas chacoalhando sobre os destroços. O exército das fadas soltou guinchos e se dispersou, largando as armas. Arrancaram os capacetes, as armaduras, e fugiram de volta para suas grandes mansões e colinas ocas.

Hettie não soube dizer por quanto tempo ficou ali parada. Não soube por quanto tempo sustentou o portal, mantendo-o aberto. Viu vagamente fadas passando por ela, algumas entrando, outras saindo, ligeiras, suaves e felizes em seu estranho jeito de fada. Eram famílias de goblins, grupos de duendes barulhentos e *spriggans* solitários de colete e chapéu. Eles a tocavam ao passar, seus galhos e seu rosto, e alguns sorriam, sorrisos largos cheios de dentes, mas Hettie não sentira medo. *Obrigado*, diziam as fadas. *Obrigado, obrigado*. E depois de a lua sumir, aparecer e sumir novamente, quando Hettie sentiu que havia concluído seu trabalho, abaixou os braços e observou o imenso portal se dissolver em um fiapo de cinzas.

# Epílogo

Eles se encontraram nos arredores de Londres, naquele amplo campo de inverno. Bartholomew e Pikey desceram de uma carruagem e caminharam pela neve. Hettie cambaleou, arrastando os pés através de cem mil penas negras.

Todos seguiam o mais rapidamente possível, mas seus passos tinham o peso das feridas e do cansaço. Não gritaram uns pelos outros ao se aproximarem.

Hettie parecia diferente de quando Pikey a vira da última vez. Antes, ela lhe parecera pequena e assustada. Continuava pequena, mas não parecia assustada. E seus galhos... Não eram mais lisos e nus: em algum momento naquela noite, pequeninas flores brancas, suaves como leite, haviam desabrochado. Eram lindas.

— Olá, Hettie — disse Bartholomew, quando eles ficaram frente a frente. Sua voz saiu baixinha. Ele também parecia mudado. Estava trajando roupas finas, um colete de veludo e meias de lã cinza. Um curativo envolvia sua barriga.

— Olá, Barthy — disse Hettie.

Ficaram ali durante algum tempo, apenas olhando um para o outro. Pikey manteve-se afastado, remexendo os pés. Então, sem dizer palavra, Bartholomew levantou Hettie do chão e a abraçou. Hettie começou a chorar e depois a rir, e Bartholomew começou a rir também. Até mesmo Pikey riu um pouquinho, depois enxugou o rosto depressa.

Atrás, Pikey ouviu o rangido de uma dobradiça — o Sr. Jelliby saindo da carruagem. Ele ficou postado ao lado dela, sorrindo com certa tristeza. Pikey olhou para a carruagem e depois para a estrada, uma estrada destruída que levava em direção à luz do sol de inverno. Bartholomew havia agora colocado Hettie de volta no chão. Eles estavam murmurando um para o outro todas as coisas que, Pikey supunha, irmãos e irmãs diriam depois de muitos anos afastados. Ele começou a recuar. Ainda tinha seu manto. Ainda tinha suas botas. Havia sido uma bela aventura.

Começou a caminhar, mas não tinha ido muito longe quando ouviu um grito. Bartholomew e Hettie estavam correndo atrás dele, de mãos dadas.

— Aonde você está indo? — gritou Bartholomew pelo campo. — Você não pode ir embora agora!

— Posso, sim! — gritou Pikey de volta, mas parou.

Eles o alcançaram.

— Não — disse Bartholomew, ligeiramente sem fôlego. — Eu disse que quando a gente encontrasse Hettie, iria para Bath, e estava falando sério. Você fez tudo. Acho que nada teria sido como foi se não fosse por você.

Hettie assentiu.

— As pessoas deviam agradecer a você. A *Inglaterra inteira* devia agradecer a você.

Por um segundo, Pikey imaginou aquilo: a Inglaterra inteira agradecendo ao menino que havia sido abandonado numa caixa de bolachas. Sentiu um brilho preencher seu corpo do alto da cabeça até a sola das botas. Sorriu para Hettie e Bartholomew. Eles retribuíram o sorriso.

— Venha — disse Bartholomew, segurando uma das mãos de Pikey. Hettie segurou a outra. Juntos, os três se voltaram para a carruagem. — Vamos para casa.

FIM